GENTOSHA
OUTLAW
BUNKO

炎《ほむら》

藍川 京

幻冬舎アウトロー文庫

目次

第一章　紅の闇

浅葱《あさぎ》川と千草川の合流する谷間《たにあい》の村は、深い闇に包まれていた。

静まり返った村の一角にある志野焼《しのやき》の窯元《かまもと》〈藤窯〉に向かって、光滋《こうじ》は周囲を憚《はばか》りながら家路を辿《たど》っていた。家人はむろん、近所の者とも顔を合わせるわけにはいかない。これは秘密の行動なのだ。

明かりを落とした和室で、父の雅光《まさみつ》と継母の藤絵《ふじえ》が絡み合っている姿態が次々と浮かんでくる。光滋は激しい嫉妬《しっと》に拳を握ると、急《せ》きたてられるように歩いた。

まだ九時前というのに、いつもは点《つ》いているはずの居間の明かりも消えている。光滋がいないのに安心しきって、すでにふたりは妖《あや》しい時間を共有しているのかもしれない。

もっと早く戻ってくればよかった……。

口惜しさと焦《あせ》りに、光滋はいっそう歩を速めた。

工房の脇を通って家の裏手にまわった光滋は、用意していた梯子《はしご》を使って二階の屋根に上がり、鍵を開けておいた窓から自分の部屋に入った。友人宅に泊まると言って家を出た光滋を、雅光も藤絵も信じきっているだろう。

新婚十カ月にしかならないふたりは、何者にも邪魔されない夜の生活を楽しみたいはずだ。けれど、年頃の高校生の光滋が同じ屋根の下にいることを気遣ってか、そんな大人の時間とは無縁な時を過ごしているのだというように、朝になると何食わぬ顔をして光滋と同じ食卓を囲んでいた。笑顔を作って差し障りのないことを話しかける藤絵や雅光を見るにつけ、ふたりが自分を騙《だま》そうとしているのを直感した。光滋は朝になるたびに裏切りを感じて傷ついた。

母というより、せいぜい姉という年齢でしかない藤絵に思慮深く慈愛に満ちた微笑を向けられると、光滋の胸は切なく疼《うず》いた。切なさは愛するがゆえのもどかしさだった。切なさのあとに、必ず父への激しい嫉妬が湧き上がった。

ささやかな結婚式のあとで三人で暮らすようになってから、光滋は夜になると何度も一階の夫婦の寝室に近づいて、聞き耳をたてた。

掠《かす》れたような押し殺した甘声は、光滋の肉根を否応なく反り返らせた。部屋に戻っては、継母の藤絵を抱く妄想に駆られながら、自らの手で股間のものをしごき立てて果てた。一度果てても、闇の中で目が冴え、若い性は二度も三度も虚《むな》しく放たれた。

やがて、藤絵の声だけでは我慢できなくなり、夫婦の寝室と襖《ふすま》を隔てて続き部屋になっている和室に忍び込み、あるときは欄間《らんま》越しに、あるときは襖のかすかな隙間から中を窺《うかが》った。いつ勘づかれるかと、身が竦《すく》むような時間だった……。

自室に入ることに成功した光滋は、息を整えてから夫婦の寝室に向かおうと思った。だが、鼓動は治まるどころか、ますます荒々しく騒ぎ立てた。

微かな音もさせまいと気を配り、階段を下りていった。風呂も静まり返っている。すでにふたりは風呂に入り、寝室に籠《こも》っているのだ。泥棒猫のようにこっそりと廊下を渡るとき、迸《ほとばし》るような藤絵の声にはっとした。二階の光滋を意識して必死に耐えているようないつもの雰囲気とは違い、オスとメスが自分達だけの世界で堂々と交わっている気配だ。

ふたりは油断している。邪魔者がいないことに安心し、いつになく激しく絡み合っているのだろう。しかし、息子が策を巡らし、こうしてこっそりと近づいているのを知れば、雅光は憤《いきどお》り、藤絵は屈辱にいたたまれずに家を出て行くことになるかもしれない。

これ以上近づいてはならないという不安な気持ちの一方で、ここまで来たからにはすべてを見たいという好奇心にとりつかれた。かつてないほどの昂《たかぶ》りに息を弾ませながら、光滋はそろそろと寝室に近づいていった。

最近の光滋は雅光に対して、嫉妬だけでなく、憎悪に近いものさえ感じるようになっていた。藤絵という光滋の理想の女を、妻にしたというだけで雅光は、自由に玩《もてあそ》んでいる。十六歳も年下の女と再婚した雅光だけに、継母と光滋はたった七つしか歳《とし》が離れていない。まだ二十五歳の女を母と呼べるはずがなかった。継母《かあ》さん……と呼ぶたびに、十八歳の光滋は刃物で胸を切り裂かれるような痛みを感じていた。

雅光に藤絵との再婚を持ち出されたとき、光滋がすぐに同意したのは、恋焦がれ、理想の女になっていた亡き母を彷彿《ほうふつ》させたからだ。外見だけでなく、静かな物腰も、上品な話し方までそっくりだった。そして、光滋のオスの部分を煽《あお》りたてる妖しい官能の炎《ほむら》を息苦しいほどに漂わせているところまで同じだった。

中学生や高校生になると、まわりの者達は、同じような年頃の女達のことを口にするようになり、ふたりだけの時間を持ち、ある者達は童貞を捨てていった。だが、光滋はどんな女にも興味がなかった。

母に似て色白で美形の光滋は、かつて東京で暮らしていたとき、女達の憧れの的だった。そして、この土地に来てからは、いっそう目立つ存在になった。

さほど上背はなく華奢《きゃしゃ》で、ほんのわずかに化粧をして赤い着物でも着せれば、ぞくりとするほど艶《なまめ》かしい女形《おやま》が出来上がりそうだった。美しいだけにどこか冷ややかな表情を持つ光滋の、その近寄りがたさが、いっそう女達を惹《ひ》きつけた。

誕生日ともなると、恋文の入った贈り物が呆れるほど届いた。けれど、光滋はその誰にも心動かされることはなかった。理想の女は亡くなった母、ただひとりしかいなかった。

藤絵の出現は母の再来ではなく、血の繋がりのない理想の女の出現だった。その女を母と呼び、父が夜な夜な自由にその躰を玩ぶのを傍観していなければならない。同じ屋根の下で父に好きな女を自由にされる苦悩に、ときどき光滋は気が狂いそうになった。

瑠璃《るり》色の空に薄い絹のような雲がかかっていた夏の終わりの日、夏草と蜻蛉《とんぼ》柄の入った空の色と同じ涼しげな色の浴衣《ゆかた》を着た藤絵は、紅い団扇《うちわ》を手に、辻本《つじもと》といっしょに〈緑泉窯《りよくせん》〉にやってきた。緑泉窯は、かつて雅光が弟子入りしていた窯だった。

光滋が十二歳のとき、母の桐子《きりこ》が三十四歳の若さで病死した。桐子をこよなく愛していた雅光は生きる気力をなくし、失意のなかで、それまで勤めていた企業を辞して東京を離れた。哀しみの余り、人との接触を苦痛に感じるようになっていた雅光は、長年の趣味が高じて玄人肌《くろうとはだし》と言われていた陶芸の道に進むことを決意して、何度も足を運んだことのある気に入りの緑泉窯に弟子入りした。工房脇の六畳と三畳の部屋を借り、中学生になったばかりの光滋もそこで暮らすようになった。

光滋の祖父であり雅光の父である雅之輔《まさのすけ》の残した不動産を処分すれば、少々贅沢もできるはずだった。しかし、雅光は自分の力で手に入れた自宅を処分しただけで、緑泉窯の弟子としての質素な暮らしを選んだ。

光滋も家に関しては無頓着だった。けばけばしいネオンとは無縁な自然に恵まれた土地が珍しく、山や川に入るのが面白くてならなかった。夜になると餌を求めて硝子《ガラス》戸に張りつく守宮《やもり》の出現も興味深く、ときには何時間も守宮の動きを凝視していることがあった。借家住まいに不満はなかった。


藤絵を伴ってやってきた辻本は、緑泉窯の品物を扱っている土産物屋の主人で、定期的にあちこちの窯に顔を出していた。

遠縁の者が窯元を覗いてみたいと言うので、ちょっとだけよろしいですか……。

辻本の言葉のすぐあとで藤絵が顔を出し、微笑して頭を下げた。雅光も、空いている轆轤《ろくろ》で中鉢作りの手伝いをしていた高校生の光滋も、一瞬、目を見張った。

亡き妻に瓜二つの藤絵の出現に雅光が驚いたように、光滋もいまだ夢に見る母が時空を遡《さかのぼ》って現れたような気がした。

白く滑らかな肌、涼しげな目元、すっと通った理知的な鼻梁、口元に浮かぶ上品で優しい笑み……。亡き母の総身からそこはかとなく漂っていた妖しいメスの匂いさえ、光滋は鼻腔に感じたような気がした。

藤絵の持つ強力な磁石に一瞬の間に光滋が吸いつけられたように、雅光も一目で藤絵の虜になったのがわかった。

息子と七つしか歳の離れていない藤絵との再婚には、藤絵の周囲が反対した。藤絵も躊躇していた。だが、生真面目な雅光の陶芸に打ち込む真摯《しんし》さや、かつての一流企業での功績も認められ、なにより、光滋が賛成だということで、やがて話はまとまった。

結婚と同時に、雅光は独立した窯を持った。〈藤窯〉という名にしたのは藤絵の藤から取ったにちがいなかったが、雅光は家族の次に大切にしている〈藤壺〉という銘の志野茶碗から取ったのだと、冷やかし混じりの知り合い達に説明していた。

光滋は母に似た藤絵のそばにいたかった。藤絵を失いたくなかった。だから、父の再婚に賛成した。だが、それは、四六時中やるせない時間のなかで苦悩することにしかならなかった。肌が触れるほど近くにいながら、誰よりも遠い女。それが藤絵なのだ……。

「だめ……」

藤絵の声が光滋の次の一歩を阻《はば》んだ。

「だめ。いや。ね、いや……」

光滋がいるときは決して廊下に聞こえるほどの声を出したりしない藤絵が、はっきりと聞き取れる声で言った。興奮と狂おしさに光滋は肩を喘《あえ》がせた。あたりの空気が薄くなったように、光滋は胸苦しさを感じた。

「もっと尻を上げろ」

雅光の破廉恥《はれんち》な言葉に光滋は動揺した。いつもはほとんど聞き取れないほどの囁《ささや》き以外は発せず、無言で白い女体を愛《め》でている雅光の今夜の鮮明な声だけでも、誰憚る者のない自由を満喫しているのがわかる。そして、それは光滋の父親の声ではなく、藤絵の夫であり一匹の獣としての声だった。

ぴしゃりと肉を打ち叩く音がした。

美しい悲鳴が迸った。

「もっと上げろと言っただろう？」

「いや……恥ずかしい」

「びっしょり濡れてるじゃないか。恥ずかしいのがいいんだろう？」

「いや……」

光滋が近くにいるのも気づかず、雅光は解放された気分で藤絵を四つん這いにしていたぶっていた。捲り上げられた寝巻の裾は背中にあった。寝巻を剝《は》ぎ取らず、下半身だけ剝き出しにしていることで、素裸のときとは比べものにならないほど猥褻《わいせつ》だった。

愛する妻、桐子を失ったときの雅光の悲哀は、地の底に沈んでいくような恐怖さえ伴っていた。他人と接するのも苦痛で土と向かい合って生きることに決め、志野を選んだのは、亡き桐子の優しい肌合いを表現するには志野焼しかないと思ったからだ。

土を捏《こ》ねるのは桐子の肉体を愛でることだった。やきものを作ることは仕事ではなく、桐子の肉体を指先で思い出し、再現することだった。桐子のまろやかな肉を土で形作り、吸いついてくるようだった餅肌を釉薬《ゆうやく》で表現することに雅光は精魂を傾けた。

周囲が驚くほどの速度で上達していったのは、桐子への狂おしい想いがあったからだ。藤絵が現れたとき、そんな桐子への情熱を知った神が、あの世から桐子を返してくれたのだと錯覚しそうになった。

藤絵は雅光が桐子といっしょになったころの年齢だった。妻になった藤絵の瑞々しい肌に、夜な夜な触れずにはいられなかった。月のものが訪れて藤絵が必死に拒むときも、雅光はいっそうそそられて、藤絵を押さえつけて太腿を割り開き、先に入り込んでいる親指ほどの異物を出し入れしては、恥辱に啜り泣く藤絵の反応をそそけ立つような昂りを感じながら楽しんだ。

桐子と藤絵は似ていたが、決定的な違いがあった。藤絵は雅光を嗜虐《しぎやく》的な男に変えたのだ。

藤絵が「いや」と口にするたびに、何故か雅光に凶暴な獣の血が湧き上がった。藤絵を愛すれば愛するほど泣かせたくなる。優しくいたわってやりたいと思うだけだった桐子と違い、愛するほどに藤絵の歪んだ顔や泣き顔を見たくなる。藤絵の切なそうな顔が雅光を陶酔させ、精神的な法悦をもたらした。

いつも藤絵の意識のなかには光滋の存在があり、二階を気にして必死に声を殺そうとしているのがわかった。それもまた雅光を興奮させた。しかし、今夜は光滋がいない。たまには思いきり大胆なことがしたい。

これまでも白いむちむちした尻たぼを打ちのめしたくて仕方がなかったが、派手な肉音をたてるわけにもいかず、ときどき形ばかりの打擲《ちようちやく》をすることしかできなかった。

今夜は思いきり紅い手形をつけてやるつもりで、雅光は藤絵を四つん這いにさせていた。いつもはほとんど闇に近くなるほど明かりを落としていたが、今夜は翳りの生え具合までよく見える。

美味そうな桃の形をした白い尻肉が、羞恥にいっときもじっとしておらず、むずがるように左右に揺れる。

「脚を開け」

いや……と、切ない声で拒んだ藤絵に、たちまち激しい肉音が弾けた。藤絵の悲鳴が迸った。

「ふふ、尻が真っ赤になってきたぞ」

「ぶたないで」

肩越しに振り返って哀願した藤絵の羞恥の顔はぼうっと火照《ほて》り、濡れたような瞳はぞくりとするほど色っぽかった。藤絵は恥じらうほどに美しさが際だってくる。泣きそうな顔はオスの本能を激しく燃え立たせた。

「猿のようになりたくなかったら脚を開け」

躊躇《ためら》う藤絵に、ふたたび平手が飛んだ。藤絵は短い悲鳴を迸らせ、膝を折って前のめりに倒れ込んだ。

雅光はすぐに腰を掬《すく》うと、ぐいっと破廉恥に持ち上げた。尻だけ掲げた恥ずかしい格好を恥じて、藤絵は腰をくねらせた。雅光はさらに藤絵の膝を肩幅ほどに割った。掠れた拒絶の言葉を繰り返しながら、藤枝は尻を落とそうと躍起《やっき》になった。

「動くな！」

暴れる藤絵に嗜虐の血が滾《たぎ》る雅光は、乱暴に腰紐を解いた。寝巻の前身頃がはだけていった。

　か弱い藤絵と争いながら寝巻を剝ぎ取った雅光は、波打つ白磁のような乳房に視線をやった。子を産んだことがなく、乳を飲ませたこともないだけに、小さめの鴇色《ときいろ》をした乳首は少女のように初々しい。けれど、やや乳暈《にゅううん》に沈んでいるはずの乳首が、触ってみるまでもなく、今ではコリッとしこり立っている。

　内心ほくそえんだ雅光は、藤絵の両手を背中にまわすと、腰巻きを手首にぐるぐるとまわした。

　総身にうっすら汗を光らせている藤絵は拒絶の声を上げながら、両手の自由をなくす恐れを露《あら》わにして、必死に肩先をくねらせた。

「ちっとも言うことを聞いてくれないんだ。こうするよりしょうがないじゃないか」

　抗《あらが》う藤絵を無視して、雅光はいましめた両手首の間にも残りの紐が交差するように縦にぐるぐると巻きつけ簡単に解かれないようにした。いつになく異常な行為をしている自分に雅光は興奮した。桐子にはしたことがない行為だった。

　もがいても後ろにまわった両手のいましめを解くことができない藤絵は、理不尽な夫の行為に洟《はな》を啜《すす》った。

　それにかまわず、雅光は藤絵をひっくり返し、腰を高く掬い上げた。

いつもは物静かな藤絵の我を忘れた叫びは、雅光の股間を痛いほどに疼かせた。

藤絵は布団に頭をつけてもがいていた。だが、両手が使えないとあっては躰を起こすこともできず、雅光のなすままに破廉恥に尻を突き出しているしかなかった。

荒々しい息を噴きこぼしながら、雅光は藤絵の膝を割った。いちだんと大きな悲鳴が上がった。

「動くなっ！」

上品さをかなぐり捨てて尻を振りたくる藤絵を容赦なく打擲した雅光は、股間のものを若者のようにひくつかせた。

つきたての餅より肌理《きめ》細かな白い谷間で、排泄器官とは思えない愛らしい菊の蕾《つぼみ》が恥じらいにひくついている。その下方で肉の饅頭がこんもりと盛り上がり、うっすらとした翳りを載せていた。しとやかな藤絵に相応《ふさわ》しく、翳りの生え方まで春の若草のように淡く萌えている。だが、いくら美しい器官であっても、オスを誘い欲情させる淫靡《いんび》な器官に変わりはない。むしろ、品も恥じらいもなく脚を広げる女の器官より、そこを見せまいとする気品に満ちた女の秘密の部分の方が、何倍も何十倍も猥褻さを漂わせているのだ。その証拠に、雅光の股間のものは、いつ爆発してもおかしくないほどいきり立っていた。

真後ろからじっくりと女園を観察したい雅光の気持ちなどわかるはずもなく、藤絵は羞恥に身悶え、いっときも静止することなく尻をくねらせていた。

「じっとしていないなら、後ろに太い奴を入れてもいいんだぞ」

腰を摑んで持ち上げている雅光は、肉桂《にっけい》色の愛らしい後ろのすぼまりを、生暖かい舌で舐め上げた。

排泄器官を滑っていった薄気味悪い舌の感触と、恥ずかしい部分への思いがけない行為に、藤絵は吹き抜ける風とも声ともつかぬ音を喉から迸らせて硬直した。

藤絵の抵抗がこれまで以上に激しくなった。肩先をくねらせながら、顔を右に左にと動かして、首を振り立てながら抗っている。肩より少し長めの軽く波打った髪は乱れ、汗ばんだ頰やこめかみにへばりついていた。それが藤絵をいっそう妖艶に見せた。

「そうか、じっとしていないのか。わかった。だったら、いま舐めたところに太い奴を押し込んでやる。そう言ったはずだ」

股間のものをひくついている後ろの蕾に押しつけると、息を呑んだ藤絵の総身が粟立《あわだ》った。

「しないで……動かないから……しないで……もう動きません。許して……許してください」

肩先を震わせながら藤絵が啜り泣きはじめた。

脅されただけとは知らず、藤絵はすっかり観念して、雅光が腰を摑んでいた手を離しても、破廉恥に尻を掲げたままだった。

　泣き砂が広がっているような繊細な肌をした背中が、照明を反射して赤みを帯びた火照りの色に輝いている。

　可愛い女を泣かせている後ろめたさより、昂りの方が大きかった。亀頭を先走り液で濡らしながら、雅光は肉のふくらみのあわいを両手でくつろげた。

　蜜でぬめ光っている女の器官は、透き通った真珠色に輝いている。二枚の花びらは恥じらいに震え、肉の豆はひっそりと包皮に隠れてあたりを窺っているようだ。プルプルした器官を眺めていると、藤絵の尻がむずがるように左右に揺れた。

　見ないでと、掠れた声を出した藤絵は、破廉恥な姿を視姦される屈辱に、この場から逃げ出したい衝動に駆られていた。けれど、両手をいましめられていては、せいぜい廊下までしか逃げられないだろう。それでも、恥ずかしい姿勢からひとときでも逃れたい。逃げるか留まるかとせめぎ合う気持ちに、鼓動が早鐘のように騒いだ。

「藤絵のここはとっても可愛いんだぞ。花びらもあそこもゼリーみたいに透き通っているんだ。食べてみたくなる」

　顔を埋めた雅光は、会陰から花びらのあわいを通って肉の豆まで一気に舐め上げた。

　くうっと仔犬のような声を上げながら、藤絵の白い尻が跳ねた。

さっきから雅光の脳髄を刺激していた仄《ほの》かなメスの媚臭が、股間のものを直撃するように鼻腔いっぱいに広がった。風呂上がりとはいえ、決して消すことのできない猥褻なメスの誘惑臭だ。

いちど舌を滑らせただけで、秘口周辺に溢れた銀色の蜜は、会陰へと雫《したた》り落ちようとしていた。やや塩辛いそれを、雅光は再び舌で掬い上げた。

白い総身が硬直して跳ねた。

布団に押しつけている頭をやっとのことで動かして肩越しに振り返った藤絵の顔は、息を呑むほど妖しかった。しないで……と訴えている泣きそうな目が、雅光の嗜虐の血をいっそう滾らせた。

「藤絵は恥ずかしいことをされるのが好きだろう？　洩らしたように濡れてるぞ。ひょっとして、本当に洩らしたのかもしれないな」

「いやっ！」

ついに藤絵は尻を下げて躰を横に倒し、逃げる体勢になった。

雅光は藤絵を仰向けに転がした。また泣きそうな顔をして、藤絵はしっかりと両膝をくっつけた。

雅光は椀形のほどよい大きさの乳房を絞り出すように摑むと、親指と人差し指の間でコリッと立ち上がっている乳首を舌先で軽く舐めまわした。

短い声を上げて身悶えする藤絵に唇をゆるめながら、雅光は乳首だけをちろちろと羽根でくすぐるように舐め続けた。

肩をくねらせる藤絵は苦痛に近い快感に耐えきれなくなったか、そのうち、もっと強くというように、背中を布団から浮かせて胸を突き出した。

「何が欲しい？　欲しいんだろう？」

眉間に皺を寄せた藤絵は、うっすらと紅《べに》の載った花びらのような唇を微かに開けたまま首を振った。

「そうか、欲しくないのか」

意地悪く言った雅光は、触れるか触れないかという微妙さで乳首を責めたてた。

「それは……いや……もっと」

微妙な愛撫に耐えきれなくなった藤絵が、ついに雅光の望んでいた言葉を口にしていっそう胸を突き出した。

「もっと何だ。あそこに太い奴を入れてほしいんだろう？　こいつを」

藤絵の顔を跨《また》いだ雅光は、側面に血管を浮き立たせた屹立を握って、これ見よがしに突き出した。

「入れてほしいならおしゃぶりするんだな」

半開きの唇に、雅光は強引に屹立を押し込んだ。美形の歪みが雅光の嗜虐を煽り、征服欲を満たした。

「舌を動かせ。もう上手にできるだろう？　できないなら、お仕置きだぞ。光滋もいないんだ。何だってできる。どんなに藤絵がいやがっても、何だってできるんだからな」

脅しが効いたのか、ようやく藤絵がちろちろと舌を動かしはじめた。まるで初めて男を知った女が、こわごわと一物に触れているような頼りなさだ。

雅光は藤絵の口戯だけで法悦を極めたいと思っていた。けれど、未熟な動きは、いまだに雅光に口中でのエクスタシーをもたらしてはいなかった。

処女のように恥じらう藤絵が自分の妻だというだけで、雅光の陶芸にかける情熱は、寡夫だったとき以上に燃えている。藤絵は今や亡くなった桐子と完全に一体になり、桐子と暮らしていたとき以上の幸福感をもたらしていた。

昼間は陶芸に全力を注ぎ、夜になると妖しい肉の宴を催して、獣になって藤絵の喜悦の声に胸をときめかす。雅光は自分ほど幸せな男はいないと思っていた。

藤絵の舌が繰り返し亀頭をつついたりなぞったりする。けれど、雅光がゆっくりと腰を浮き沈みさせると、藤絵は為すすべもないというように、ただじっと口を窄《すぼ》めている。

わずかでもゆるめれば菩薩のような笑みを湛える唇に、こうして血管の浮き立った異様な屹立を押し込んでいると、藤絵を哀れと思うより、昂りの方が遥かに強い。光滋のいないふたりきりの貴重な時間だけに、寝る間も惜しんで徹底的に肉の世界に溺れていくのだ。

喉を突くほど深く屹立を押し込むと、藤絵は苦しそうに目尻に涙を溜めて噎《む》せた。その拍子に歯を立てられそうになり、雅光は慌てて腰を浮かせた。

「解いて……痛いの。解いて……ちゃんと言うことを聞きます。解いてください。ね……」

長い時間、両腕が躰の下になっていただけに、藤絵の腕は痛みを通り過ぎ、痺《しび》れたように疼いていた。いつもと違う雅光の異様な行為に藤絵は戸惑っていた。

「解いてやったら、動く手であれをしてみせるか？」

藤絵は意味を解せず小首を傾《かし》げた。

「結婚前に、ときどき自分の指で遊んでたんだろう？　こんなふうに」

雅光の指は秘園に潜り込み、花びらを揉みしだいた。

たちまち藤絵の耳朶が朱に染まった。

「そんなに赤くなったということは、やっぱりしてたんだな。どんなふうにするんだ。花びらを触るのか。それとも、この可愛いお豆をいじるのか。それとも、あそこに指を入れたりもするのか。私にしてみせてほしいんだよ」

両手の自由のない藤絵は耳を押さえることができず、総身をよじっていやいやをした。

「さあ、どうする？　このままか、あれをしてみせるか？」

藤絵は耐え難い羞恥に声を上げて顔を背け、ずり上がっていった。すかさず雅光は足を取って元の位置まで引き戻した。

「いやなら朝までそのままだ。両手が使えないとなると、トイレに行くのも困るな。全部私が手伝ってやる」

首筋や乳房や腹部をねっとりと舐めまわしていった雅光は、腰のあたりまで舌を這わせると、藤絵をひっくり返してうつぶせにした。それから足首を取り、桜貝のような光沢のある爪を載せた親指を口に入れた。

くすぐったさと快感の伴ったぞくりとする感触に、藤絵は声を上げて足を引いた。

雅光は決して足首を離そうとはしなかった。親指を舐めまわしたあとは、第二指との間の谷間をゆっくりと舐めまわしていく。

藤絵は髪の生え際まで粟立った。足指やその周囲を舐めまわされているというのに、女園が妖しく疼いて肉の豆が脈打ってくる。くすぐったさの伴った火照りに、うつぶせの藤絵は、ひらがなを描くように総身をくねらせて身悶えた。

感じすぎているとわかる藤絵の鼻にかかった甘声に、雅光は十本の指を執拗にゆっくりと舐めまわした。

間延びしたようなな時間のあとで、ようやく雅光は指を離れて脹《ふく》ら脛《はぎ》から膝裏へと舌を滑らせていった。絶えず藤絵の鼻から、雅光の股間を反応させる切ない啜り泣きに似た声が洩れた。

産毛一本ない絹のようなつるつるの肌が、しっとりと汗ばんでいる。ついに太腿の付け根に辿り着いた雅光は、藤絵の腰を持ち上げて、べっとりと濡れた秘所を後ろから破廉恥な音をたてながらしゃぶりたてた。犬や猫が愛しい我が子を舐めまわすように、雅光は愛する女がとめどなく溢れさせる蜜を熱心に啜って味わった。

「しないで……いや……おかしくなるの」

掠れた声の後で、あっ、と短い声が上がった。汗まみれの藤絵の尻が大きく跳ねて痙攣《けいれん》した。

両手首を後ろで括《くく》られたまま迎えた藤絵の絶頂を、口のまわりを蜜でてらてらと光らせた雅光は、息を弾ませて凝視した。肉茎が独立した生き物のようにひくついた。

痛いほど反り返っている屹立を、雅光はそのまま後ろから秘口に押し入れた。その瞬間、新たに藤絵の総身が硬直し、肉の襞が法悦の収縮を繰り返しながら屹立を握り締めた。雅光は紅色をした磯巾着《いそぎんちゃく》に玩ばれているような気がした。

法悦の収縮を味わった雅光は、そのまま何度か腰を動かした。それから、正常位になって藤絵の顔を見下ろした。目の縁が薄く染まっている。息も絶え絶えというように、力ない視線を雅光に向けた。

「許して……解いて……お願い」

最後の声は聞き取れないほど小さかった。

か弱い藤絵の姿に野性の血を滾らせながら、ようやく雅光は最後の行為に入った。

深く貫かれるたびに、藤絵は喉が張り裂けそうな声を上げた。躰の下にある両腕の感覚はすでにない。

激しい最後の抜き差しのあとで、雅光は一瞬息を止め、藤絵の女壺の奥深く白濁液を噴きこぼした。

揺れ動いていた空気が静止したあと、雅光はゆっくりと屹立を抜き、赤々とした腫れぼったい秘園のぬめりを拭き取ってやった。

「風呂だ」

目を閉じて死んだようにぐったりしている藤絵を、雅光はゆっくりと抱き起こした。

「解いて……痛い……嫌い」

目を開けた藤絵は、恨めしさと羞恥の入り混じった視線を向けて哀願した。

雅光は両手をいましめていた腰紐をようやく解いた。細い手首に潤朱《うるみしゅ》のような色の痕跡が残っていた。

「解いてやったから、あれをしてみせてくれるんだろう？」

はっとした藤絵がいやいやをした。

「だったらまた括るぞ。風呂から上がったらしてもらうからな」

風呂に行くのを拒む藤絵を、雅光は強引に引きずっていった。

いつ気づかれるかと腋下にぐしょりと汗をかきながら、光滋は雅光と藤絵の破廉恥な一部始終を、襖を隔てた隣の部屋から盗み見ていた。

四枚の襖の右から一枚目と二枚目の間に、わずか一センチ弱の隙間があるにすぎなかったが、ふたりの痴態を目にするには十分だった。光滋がいないと安心しきっているふたりは、いつもなら気にするはずの隙間にも無頓着だったのだ。

これまで藤絵の喘ぎや、それとわかる行為を想像しながら聞き耳を立てるだけで気をやりそうなほど昂り、激しい嫉妬に両手を固く握り締めたものだが、今夜のふたりの生々しい姿は十八歳の高校生には強烈すぎた。全身の血が沸騰したように熱く、恐ろしいほどの速さで総身を駆け巡っていた。

継母というより可憐な女と言った方がふさわしい藤絵をいましめて辱めた雅光に、光滋は殺してやりたいほどの怒りを感じた。それでいながら、かつてない興奮に包まれていた。トランクスがべっとりとしている。ふたりの交わりを見ながら昇り詰めてしまったのだ。自らの手でしごき立てることもなく気をやったのは初めてだった。

今のうちに二階に行かなければ危険だと思うものの、光滋はその場から離れることができなかった。いま見つかってしまえば、これからの生活に支障が起きる。

躊躇い迷っているうちに、ふたりが寝室に戻ってきた。

「ね、嫌いにならないで……もう嫌いになったの……？　意地悪……酷い人……うんと優しくしてやるからって、そう言ったくせに、いつも酷いことばかりして……恥ずかしいこともいっぱいして……」

四十一歳の夫より十六歳年下の藤絵は、さっきまでと打って変わって、まるで子供のような甘えた口調で雅光に拗《す》ねた。

「嫌い……光滋さんがいないからって、あんなことするなんて……」

「あんなことをされて、あそこが洩らしたように濡れてたじゃないか。藤絵はあんなことが好きなのか」

「嫌い。あなたなんて嫌い」

「嫌いでけっこう。今度は自分の指でしてみせろ。いやなら、お仕置きだ。真っ赤になるまで尻をひっぱたいてやる」

「いや。恥ずかしいことなんかしない。絶対にしないの」

バシッと派手な肉音がした。それは四回五回と容赦なく続いた。そのたびに背中がぞくりとするような悲鳴が迸った。

「許して！　します！　しますからぶたないで！」

ついに藤絵は観念した。

風呂上がりの藤絵の裸体は、それだけでぽっと赤みを帯びて艶やかだった。それが、雅光の理不尽な打擲を受けて、ますます朱を濃くしてとろけるように色めき立っていた。その肌の色は、雅光の大切にしている志野の銘碗〈藤壺〉の、ほんのりと明るい桜色に染まった釉薬の色と同じだった。

まだ桐子が健在だったときに手に入れた高価な〈藤壺〉を、雅光は金庫に保管して、ときおり取り出しては慈しむように触れていた。

雅光が父親のやきものの趣味に小さいときから接していたように、光滋も雅光の趣味に幼いときから接し、器の善し悪しも少しはわかるようになっていた。だが、十八歳になった今、〈藤壺〉の釉薬の色が女の肌そのものであり、雅光の愛する桐子の肌であるのをようやく悟った。それは継母の藤絵の肌の色でもあったのだ。男に愛されるときに仄かに色づく女の肌の不思議が、〈藤壺〉という銘碗に見事に表されていた。

雅光は半身を起こして藤絵に向かい合った。膝をつけたまま躊躇っている藤絵の脚を、破廉恥に大きく割り開いた。

すぐさま脚を閉じようとした藤絵は、それができないとわかり、ばか……と、ようやく聞き取れる声で言った。それから、ちらちらと雅光を窺いながら、戸惑いがちにほっそりした右手を女園に近づけていった。

「ばか……」

指先が花びらに触れたとき、藤絵は再び小さな声で、ばか……と口にして、上目遣いに雅光を見つめて俯いた。

「そこを開いてしないと見にくいじゃないか。左手で開いてするんだ」

破廉恥なことばかり命じる雅光に、藤絵ははっきりと拒否の言葉を口にした。

「またぶたれたいのか」

躰をひっくり返そうとした雅光に、藤絵は慌てて左手を下腹部へと動かした。

「嫌い……大嫌い……いやらしい人……優しそうな顔をして、ほんとは世界一意地悪な人……世界一いやらしい人……嫌い……ほんとに嫌い……」

黙って指を動かすのは恥ずかしすぎる。藤絵は少しでも気を紛らそうと、雅光への恨めしさを口にした。

「嫌い……もうお食事なんか作ってあげない……お洗濯もしてあげない……何にもしてあげない……嫌い……大嫌い」

左の人差し指と中指でこんもりと肉のついた土手をくつろげている藤絵は、二枚の透き通るほど煌《きら》めいている撫子色《なでしこいろ》の花びらを、右の人差し指でぴらぴらと玩んだ。それは本気ではなく、雅光の目をごまかすための動きだった。

「いくまでずっとさせるぞ」

雅光の言葉に藤絵の指先の動きがひととき止まった。

「本当はそこじゃなくてお豆をいじってるんだろう？　藤絵のお豆はよく感じるからな」

何もかもわかっているんだというように、雅光は唇をゆるめた。そして、花びらの上で止まっている藤絵の指を掴み、肉芽を包んだ細長い包皮の上に移し置いた。

藤絵の細い肩が喘ぎ、鼻から荒い息が洩れた。

「これ以上待たないぞ」

藤絵のつんと張った乳房が、藤絵の気持ちを表すように波打った。

肉の包皮の上の人差し指が、ついにゆっくりと円を描くように動きはじめた。

「嫌い……ばか……嫌い……大嫌い」

掠れた藤絵の声は妖しい恋歌のようだった。

雅光は熱い息をこぼしながら、しなやかに動く指先に視線を張りつかせた。

オスを昂らせる透き通った桃色の器官のほんの小さな一点が、女の総身を悦楽に導いていく。世界でひとつきりの真珠玉は、藤絵が指を動かすほどに充血してぷっくりとふくらんでいく。細長い包皮がもっこりと太ってきた。ほとんど隠れていた真珠玉が、煌めきながら帽子から顔を出し、それとともに藤絵の鼻からこぼれる息が荒くなり、乳房が波打ちはじめた。

女園は多量の蜜液でとろとろになり、銀色に輝きながら会陰を雫り落ちている。

「嫌い……嫌い……こんなことさせるなんて……こんな恥ずかしいことさせるなんて……大嫌い……あなたなんて嫌い……」

藤絵の言葉は噴きこぼれる息とともに、艶めかしい響きとなって押し出された。

桜貝を載せた指先が徐々に速く円を描くようになり、やがて左右に細かく振動しはじめた。

眉間の皺と半開きの口が切なそうに動き、薄桃色に染まった総身から官能の炎《ほむら》が噴き出していた。自らの細い指で肉の芽を慰める狂おしいほど妖艶な妻の姿に、雅光の欲情は一気に燃え上がっていった。

羞恥のなかで昂まっていく藤絵の唇が、ふるふるとこぼれるように震えはじめた。眉間の皺が深くなった。そのとき、弾かれたように総身を硬直させた藤絵が、あっ、と叫んで直後に背中を反り返らせた。顎を突き出した半開きの口元から、煌めく白い歯がこぼれた。

自らの手で法悦を極め、悦楽の表情を刻んで打ち震える藤絵を抱きしめた雅光は、再び愛する女を押し倒して濡れた柔肉のあわいに屹立を押し込んだ。

唇を合わせ、舌をこじ入れ、甘い唾液を絡め取る雅光に、気をやって疲れきっている藤絵はされるままになっていた。

雅光は汗ばんだ白い首筋を舐め、耳朶を嚙み、乳房を両手で絞り上げて乳首を吸った。藤絵は小鼻をふくらませながら、あえかな声を上げて身悶えた。

藤絵の太腿の間で膝を立てた雅光は、藤絵の膝裏に手を入れ、高々と掬い上げた。ねっとりと汗ばんだ尻は床から離れ、宙に浮いた。藤絵が尻を振りたくってもがいた。

雅光は股間に顔を埋め、蜜でぬめ光る秘部を舌で割り、秘口に口をつけて蜜を啜った。周囲を憚ることを忘れた藤絵の声が、和室の外にまで広がった。そのメスの声に煽られ、雅光は猥褻な音をたてて蜜を啜った。啜っては充血しきった花びらや肉芽を生暖かい舌で舐めまわした。

性獣と化したふたりの部屋は、爛《ただ》れきった空気に包まれていた。

二階に戻って、忍び込んだときのままになっている梯子を使って外に出た光滋は、登り窯のいちばん奥、四の間に潜り込んだ。股間のものが反り返り、ずきずきと脈打って痛んでいた。

「チクショウ！　親父の奴、あんな破廉恥なことをしやがって！」

吐き捨てるように言った光滋は、父と継母に自分の美貌とは似ても似つかぬ薄汚ない呪詛《じゅそ》の言葉を投げつけながら、屹立を握り締めてしごき立てた。

「チクショウ！　チクショウ！　おまえのそこに俺のこいつをぶち込んでやる。おまえを犯してやる。親父とあんな破廉恥なことをしやがって！」

悲鳴を上げる藤絵を押さえつけ、柔肉のあわいに剛棒を突き立てる妄想に浸りながら、光滋は荒々しく右手を動かした。

キッチンに立って炊事をしている藤絵は、光滋が起きてくると桐子に似た天女のような微笑を浮かべて、優しい言葉をかける。食卓に三人が揃い、朝食がはじまる。性の匂いを微塵《みじん》も感じさせないようにしている雅光と藤絵。しかし、光滋は愛する女を自由にしている雅光を正視することができず、継母というには若すぎる藤絵の服の下の裸体を想像し、ダイニングテーブルに座ったまま股間を漲らせ、食事が済んでも立ち上がれないことがあった。

あら、食べすぎて苦しいの？

藤絵はたった七つしか歳の離れていない義理の息子の妄想にも気づかず、いつもそう言って微笑した。

「チクショウ！　犯してやる！　いけ！　いけよ！」

明日になれば、今夜のことなどおくびにも出さず、ふたりは、お帰り、と言って邪魔者の光滋を満面の笑みで迎えるだろう。

「チクショウ！」

光滋のいない解放された空間で、ふたりは朝まで求め合い、躰を絡ませ、獣の声を上げ続けるに違いない。

光滋は穿《うが》たれる藤絵が許しを乞う妄想をした。

(許して！　光滋さん、許して！)

(親父に毎日こうされて甘い声を上げてるじゃないか。俺とどっちがいい。やっぱり親父か。親父の方がいいのか！)

(許して！　堪忍！)

(俺は知ってるんだ。いつも覗いてたんだ。俺がいるときは声を殺してやるくせに、俺がいないとなると淫らに脚を開いて大きな声を上げるじゃないか。いつだって覗いてたんだ。隙を見せてこっそり覗いてたのさ。いけよ！）

犯される苦悩に顔を歪める藤絵が絶頂に打ち震えたとき、光滋は自らの手で精を放って硬直した。

その日、上京を口にした光滋に、雅光が溜息をついた。落胆を装っているとは思えなかった。

「東京の大学がいいのか……」

「近くには行きたい大学がないんだ」

「お父さんは光滋さんが陶工になってくれるんじゃないかと楽しみになさってたのに……光滋さんは何でも上手に作れるのに……器用で感覚もいいから、お父さん、とっても楽しみにしてらっしゃるのよ」

雅光の作った絵志野の湯呑に入れたお茶をテーブルに置きながら、藤絵は光滋の選んだ大学が東京ばかりと知って意外な顔をした。

「窯焚きどうなるかしら……」

藤絵は次に、困惑の表情を浮かべた。

雅光が独立して藤窯を築いてから、いつも窯焚きは光滋が手伝っていた。

窯焚きによって器の善し悪しが大きく変わる。窯焚きは器に命を吹き込む最後の重要な工程だ。その間、徹夜になる。わずかでも仮眠を取らなければ躰が保《も》たない。そのわずかな雅光の仮眠の時間に、光滋は窯を守って薪を投げ込みもすれば、中の温度を見守ってもいた。

ふたりがこの土地に来て六年。雅光がプロの陶工になることを決意したのは、光滋が中学に上がるころだった。それ以前から轆轤を挽いて器を作ることを趣味にしていた雅光だけに、光滋も幼いときから轆轤に触れていた。

雅光が東京を離れ、朝から晩まで轆轤を挽くようになってから光滋も自然に工房に入り、またたくまに店に出す雑器を作れるようになった。藤絵が言うように、勘もいいし器用なので将来が楽しみだと、他の陶工達も口を揃えて言っていた。光滋は独立して窯を持った雅光にとって、強力な助っ人だった。

「毎月窯焚きするわけじゃなし、火入れのときは戻ってくる。だから、いいだろ？　俺は東京の大学に行きたいんだ」

雅光が反対したら、光滋はアルバイトしながらでも東京の大学に通うつもりだった。働きながら学ぶのが無理なら、東京で就職してもいい。ともかく、この家から離れなければならなかった。

ただでさえ性の衝動に突き動かされる年頃だというのに、毎夜、雅光が藤絵を抱いていると思うと、目が冴えて眠れなくなる。自分の女を父に毎夜玩ばれ、犯されていると思うと、ひとつ屋根の下で暮らせるはずがなかった。

何度、藤絵を強引に押し倒そうと思ったことだろう。軽蔑されてもいい。一度でいいから白い肌を抱きしめ、いきり立つ屹立を禁断の祠《ほこら》に打ち込んで果ててみたかった。

雅光が仕事絡みで数時間留守にしているとき、きょうこそ藤絵を犯そうと、背後からこっそり忍び寄ったこともある。

犯せという声と、そんなことをすればここにはいられなくなる、二度と雅光にも藤絵にも顔向けできなくなるのだという声がせめぎ合い、狂いそうになる葛藤ののち、藤絵は父の女なのだと、負け犬のように尻尾を巻いて自室に退散した。そして、藤絵を犯す妄想に血を滾らせながら、自らの手で肉茎をしごき立てて始末した。

精を迸らせるたびに、果てのない暗い宇宙をたったひとりで彷徨《さまよ》っているような恐ろしい孤独と虚しさを感じた。たった七つちがいの藤絵が、なぜ自分ではなく父の妻になったのだと呪詛の言葉を吐いた。

藤絵といっしょにいたいがために雅光の再婚を承諾した自分の浅はかさに、壁に頭を打ちつけたい衝動に駆られることもたびたびあった。もうここにいるのは限界なのだ。

「おまえの人生はおまえだけのものだ。自分でそれがいいと思うなら、そうすればいい。私はおまえの意志を尊重したい。私もまわりの反対を押し切って、会社勤めを中途で辞めてここに来た。おまえが反対していたら勝手なことはできなかっただろう。だから、今度は私がおまえの意志を尊重する番だ。歳が離れすぎていると言われて再婚にも反対されたが、それもおまえが賛成してくれたから、お母さんといっしょになれたんだ」

雅光は光滋の藤絵に対する狂おしい思いには微塵も気づいていなかった。多くの若者達が都会に憧れるように、光滋も静かな村より賑やかな都会がいいのだと単純に考えていた。かつて東京で暮らしていただけに、都会が恋しいのも頷《うなず》けた。

「ただ、おまえには才能があるのは覚えておいてくれ。これは親馬鹿で言うんじゃないぞ。誰でも何年も轆轤を挽いていれば同じ形のものを作れるようになる。だけど、おまえは雑器を作る陶工というより、芸術品を作れる陶芸家としての才能がある。釉薬の調合に釉薬の掛け方、なかなかのものだ。これからどんな釉薬を作るか楽しみにしていたんだ。どんな素晴らしい器を生み出してくれるか、本当に期待していたんだ」

雅光の言葉は重々しかった。

「やきものは好きだ。いいものを作ってみたい。だけど、自分の将来をじっくりと考えてみたいと思うようになったんだ」

心の内を誰にも明かせないのが光滋は苦しかった。藤絵と暮らせるなら、藤絵が自分のものになるのなら、今の生活に何の不満があるだろう。土を捏ねて器を作るのは楽しい。自分には陶工が合っていると思っていた。けれど、藤絵から離れなければならない。しかし、離れてしまえば、藤絵に会えない新たな苦しみに苛《さいな》まれるだろう。それがわかっていても、ここにいればいつか藤絵を犯すことはわかっている。父への裏切りも、継母への大罪も犯すわけにはいかない。

「窯焚きのときは本当に手伝ってくれるのか。いや、いつも呼び戻すわけにはいかんな。藤絵もいる。何とかなるさ」

雅光は少し微温《ぬる》くなったお茶を、思い出したように口に運んだ。

第二章　暗紅色の夜

煉瓦《れんが》造りのやや古めかしいビルの外壁には蔦《つた》が絡まり、賑やかな都心であるにも拘わらず、そこだけ時間の流れに取り残されているようだ。けれど、そのビルの地下にあるパブスナック〈ノクティルーカ〉は、周囲のどの店より活気があり、いつも満席で繁盛していた。

大学生のアルバイトをバーテンとして使っている店だけに、もともと女子大生や若いＯＬ客が多かったが、最近はやや年輩の女性客も増えていた。

目当ては光滋。誰もが光滋を一目見て息を呑んだ。透き通るような白い肌、すっと通った鼻筋に官能的な唇、ほどよい眉の濃さに女形が似合いそうな優しげな目。それでいて、人を寄せつけない冷ややかさを併せ持っている。その冷淡さがかえって女達の心を摑んでしまうのだ。

光滋と視線が合えば、女達は心騒いだ。毎日のように通ってくる人妻などもいて、客同士、互いがライバルと思っている節《ふし》があった。

「毎日は無理か？　時給は倍にしてもいい」

ほかにも三軒の店を持っているオーナーが、週に三日のアルバイトをしている光滋に尋ねた。

「学生ですし……」

「わかってる。うちは学生しか雇わない。だけど、きみを目当ての客でいっぱいなんだ。きみのいる月水金は満員。火木土もまあまあだが、月水金の入りとは大違いだ。だから、一日三時間か四時間……いや、日によっては二時間でもいいから、できるだけ出てほしいんだ」

光滋によって客の入りが左右されるなら、時給を二倍どころか三倍にしても損はない。

「週に六日はきついです……」

「じゃあ、五日ならどうだ。土日休めばいいだろう？」

黙り込んだ光滋に、オーナーは今までより一日だけ多めの四日、時給二倍を提示した。オーナーに押された格好の光滋は、月火木金の四日、〈ノクティルーカ〉でアルバイトをすることを承諾した。

光滋は家からの仕送りで何とか暮らしていけるはずだった。わざわざアルバイトをすることはなかった。ただ、部屋にいると藤絵のことばかり考えてしまう。気晴らしにアルバイトをすることにしたまでだ。それが〈ノクティルーカ〉だったにすぎない。アルバイトは家庭教師でもほかのものでも何でもよかった。

桜が散るころ、いっしょに上京した同じ高校の友人を、かつて東京で暮らしていた光滋が案内し、酒でも呑むかということになって、たまたま〈ノクティルーカ〉に入った。

光滋を見たオーナーは、熱心に店でのバイトを勧めた。ふたり分の勘定も取らなかった。

それから二カ月半になる。じめついた梅雨時だというのに、光滋に熱心な女性客は、天候に左右される気配など一向になかった。


高層ホテルのツインルームで、光滋は客の絵里子《えりこ》が躊躇いもなく、むしろ誇らしげに有名ブランドの黒いシルクのスーツを脱いでいくのを、窓際のソファに座って眺めていた。

遊び慣れた男が連れて歩くのに重宝するような洗練された化粧と衣服。頭の回転が速く、男を会話で楽しませたあとは、ベッドでも十分に楽しませてくれそうな雰囲気の女だった。男慣れしているものの擦れた感じはなく、恵まれた環境で育ってきた女という感じがした。

活動的なショートカットに、小気味よくすっと描かれた眉毛、けばけばしくはないが完璧に目元を引き立てているアイシャドーやアイライナー。それに合わせたワインレッドに近い深い口紅の輝き。活動的な女の耳で揺れるゴールドのピアスが、陽気なセックスをしましょうと言っているようだ。

「たくさん知ってるんでしょ？」

「えっ？」

「まあ、とぼけて。女に決まってるでしょ。最初はいくつのとき？」

絵里子は歳の離れた実業家の夫と結婚している二十五歳の人妻だ。絵里子は初婚だが、五十歳になる夫は三度目の結婚で、旅行中の機内で知り合って熱心に言い寄られたという。

絵里子は金のために結婚したようなところがあり、光滋の慕《した》ってやまない継母の藤絵とはまったく逆の性格に見えた。だが、藤絵と絵里子の歳が同じということ、夫が再婚ということ、名前に同じ「絵」が入っていることで、光滋は絵里子に奇妙な近しさを感じた。

店ではさりげなく、あるいは赤裸々に女達に誘われていたが、誘いを受けたのは初めてだった。性の氾濫した時代にありながら、まだ光滋は女を知らなかった。藤絵に対する思いが深すぎて、高校時代までは近づいてくる同世代の女達と躰を合わせてみようという欲求など湧かなかった。いつも乾いていた。朝から晩まで精液を噴きこぼしたい衝動に駆られていた。だが、相手は藤絵でなければならなかった。

絵里子は、決して藤絵がつけないような豪華で派手なインナーを身につけていた。黒地のブラジャー、ショーツ、ガーターベルトには、赤と緑の刺繍がたっぷりと施され、スーツ以上に華麗な彩りを見せていた。

藤絵の身につけるものが気になり、いつもこっそりと洗濯機の中まで掻きまわしていた光滋は、初めて目にする絵里子のガーターベルトに目を見張った。

男を煽っているとしか思えない大胆な下着を目にしていると、あたりの空気に不意に噎せ返った。

「ふふ、気に入ってくれた？　お店に行くたびに、いつもインナーにまで気を配っていたのよ。いつこうなってもあなたが落胆しないように。だって、女なんて見飽きてるでしょうし、服を脱いだだけで嫌われちゃ、淋しいもの」

媚《こ》びたような目を向けて微笑した絵里子は、服を着たまま椅子に座っている光滋に近づいた。

「どうしてじっとしてるの？　女は食傷気味？　私は何人目の女？　何人のお客さんとベッドインしたの？　私が初めてじゃないでしょう？」

ブラジャーに包まれた深い谷間の乳房を誇るように突き出し気味にして、絵里子は光滋の横に腰を下ろした。

「したいようなしたくないような、なの？　どっちなの？　私を落胆させたりしないわよね？　あなたに会ってから、毎日が切なかったのよ。ほかの女を抱いてるところを想像すると、いてもたってもいられなくなって、夫に気づかれないようにベッドを抜け出して、しこたまブランディーを呑んだこともあるのよ」

息遣いは荒いものの、動く気配のない光滋の心中を測りかね、絵里子はぞくりとするほど美しい男の顔を見つめた。

光滋の総身は妖しい磁石のようだ。女達を狂わせ、惹きつける。光滋が無言で立っているだけで強力な磁場ができ、周囲は感応してしまう。光滋はメスを呼び覚まし、誘惑する。それでいて、こうやってやっとふたりきりになったというのに、服を脱ぐのをじっと見つめている。自分の手で剝《は》ぎ取って犯してやろうという気持ちにならない女でしかなかったのか……。絵里子は光滋の気持ちをあれこれ想像した。

「私がたとえあなたの好みの女じゃなかったとしても、ここまで来て触れないまま帰ったりしたら許さないわよ。それとも、私が怖いの？　たくさん女を知ってるくせに」

プライドが傷ついた絵里子は、勝ち気さを剝《む》き出しにして挑むように言った。

「女なんて知らないさ」

光滋の言葉に、絵里子は硬い表情を崩し、くっと笑った。

「冗談を言うこともあるのね」

絵里子は椅子から立ち上がって光滋の前に立つと、もっこりしている白っぽいパンツ越しの股間を眺めて笑みをこぼした。

〈ノクティルーカ〉には制服があり、パンツは白で自前のものを用意して穿き、白いシャツは店から貸し出される。光滋は白い制服がひときわ似合っていた。

先にホテルにチェックインして待っていた絵里子の部屋に、蒸し暑い梅雨時というのに、光滋は紳士らしくシャツにネクタイ、ジャケットで現れた。象牙色のジャケットと麻のパンツは、光滋の端整な顔をいっそう引き立たせていた。

耳よりやや長めの、ほんのわずかに栗色がかった柔らかい癖のない黒髪。まん中から分けた前髪が落ちてくると、光滋はときおり煩わしそうに掻き上げる。そのしぐさひとつにも、絵里子をはじめ、女達は心騒がせた。憧れのその光滋がインナーだけになった絵里子に昂り、股間のものを反り返らせている。絵里子は自分が女として見られていると確信し、ひととき失った自信を取り戻した。

「外して」

絵里子はさりげなく光滋の股間に手を置いてその硬さを確かめると、背中を向けて跪《ひざまず》いた。目の前の健康的な背中は、一瞬、絵里子を忘れさせ、藤絵を思い出させた。

雅光がそうさせているのか、藤絵の好みなのか、藤絵は日常的に着物が多く、作業の手伝いをするときは作務衣《さむえ》だった。夜もパジャマやネグリジェなどは一切つけず、木綿の寝巻だった。

雅光は寝巻を脱がさず、故意に裾だけ捲り上げて藤絵をいたぶることがあった。その破廉恥な情景を覗いただけで、光滋は精をこぼしたこともあった。四つん這いになったときの藤絵の背中が、目の前の絵里子の背中と重なった。

光滋は震える指先で邪魔なブラジャーのホックをはずした。乳房を押し込めていたブラジャーが弾けるように落ちていった。

光滋は後ろから両手をまわし、ふたつのふくらみを摑んだ。はじめて触れるふくらみは、掌のなかでとろけるように柔らかかった。それでいて、瑞々しい張りがある。この世には、こんなにも心地よい感触のものがあったのだ。

「痛い……」

掌に力を入れた光滋に、絵里子が顎を突き出して声を上げた。

「ね、全部脱がせて。その前に、あなたも裸にならなきゃ」

躰を回転させた絵里子は、跪いたまま光滋の淡い水色のストライプの入ったネクタイをゆるめると、シャツのボタンを外していった。

光滋は目の前の椀形に盛り上がった乳房を眺めていた。触れようとしても触れることができなかった藤絵のふたつのふくらみ。そのふくらみより絵里子のものの方が大きい。桜色の乳暈のまん中の珊瑚色の果実は、まるで鳥達に啄《ついば》んでくださいと言っているようだ。

光滋の股間のものがひくついた。

光滋の上半身を裸にした絵里子は、パンツのベルトを外してファスナーを下ろした。絵里子は立ち上がった光滋のパンツを下ろすと、トランクス越しに硬いものを摑んだ。

光滋はそれが合図というように、カーペットに絵里子を押し倒した。絵里子は不意を食らってもがいた。光滋は乳首に吸いついた。柔らかい果実は口の中ですぐにこりこりとしこり立ってきた。

「痛い……そんなに強く吸わないで」

絵里子は眉間に皺を寄せた。

さんざん雅光と藤絵の行為を覗いてきたというのに、いざとなると光滋の性の知識は無きに等しく、ひたすら赤子のように乳首を吸い上げることしかできなかった。

「まだキスもしてないのに……案外乱暴な人ね」

未熟だと言われたようで、光滋は怯《ひる》んだ。

「こんなところでしないで。ベッドに連れていって。シャワーは浴びなくていいのね？　初めてなのに、こんなところじゃいや。せっかくベッドがあるのに」

鼻にかかった甘い声を出した絵里子に、光滋は安堵した。だが、このままの勢いでことを実行しなければ、間の抜けたことになるだろう。

光滋は乳首を吸いながら、ガーターベルトの上にある刺繡入りの黒いハイレグショーツをずり下ろした。はじめて触れるそこには、光滋のものよりやや硬めの翳りがあった。翳りを撫でまわし、肉のふくらみのあわいに指を押し入れた。

秘貝の中は熱く湿っていた。単純な男の器官と違い、女のものは複雑に指先に絡みついてきた。どれが女体のうちでもっとも敏感だと言われている肉の芽で、どれが花びらなのか、初めて触れる光滋にはわからなかった。

しかし、ぬるぬるとした女園を触っていると、つるりと指が沈んだ。光滋の鼓動が、どくっと鳴った。ぬめついた暖かい女壺に指を沈めていく不安はあったが、それ以上にオスとしての昂りがあった。指は根元まで沈んだ。これが屹立を呑み込む肉の祠《ほこら》なのだ。これまで知っているどんな生き物とも違う妖しい生物の粘膜だった。

ぬめりで奥まで簡単に入り込んだ指を引き抜こうとすると、それを拒むようにねっとりと絡みついてくる。肉の襞がぞよぞよと蠢《うごめ》いていた。

指を引き抜いた光滋は、トランクスを脱ぎ捨てた。獣が生まれながらに本能として持っている性の衝動が、指を咥え込んだ肉襞の感触で荒々しく呼び起こされ、そこに屹立を押し入れたいという思いだけが光滋を支配していた。

吸うことを忘れ、咥えていただけの乳首を放して顔を上げた光滋は、まだ太腿に半端に止まっている華麗な刺繍入りのショーツをさらに手でずり下ろした。そして、最後は足指を掛けて踝《くるぶし》から抜き取った。

「キスして」

絵里子の掠れた声を無視して屹立に手を添えた光滋は、指を押し込んだあたりを亀頭で探った。偶然だったとはいえ、あれほど簡単に探し当てた秘口がどこにあるのか、今度はなかなかわからなかった。

「まるで初めてみたいなことをして。わざとなのね。ちゃんと指を入れたくせに」

とうに光滋が複数の女を知っていると思っている絵里子は、女の器官をあちこちと滑る屹立に苦笑した。

光滋は焦った。この部屋で女は初めてと告白したつもりが、絵里子は信じていない。再び童貞だと口にするのは屈辱だった。

また何か喋るかもしれない絵里子を黙らせるために、光滋は初めて唇を塞いだ。肝心な唇への愛撫をこれまですっかり忘れていた。とろけそうだった乳房の感触より、さらにやわやわとしていた。

ただ唇を押しつけていた光滋に、絵里子の舌が動きはじめた。やがて光滋も躊躇いがちに舌を動かしはじめた。唾液が混じり合い、多くは絵里子が奪い取った。鼻からこぼれる湿った息が互いの顔を濡らした。

「何だか想像していたのと違うわ」

顔を離した絵里子の微笑を、光滋は屈辱的に受け取った。

何て下手なの。もっと上手だと思っていたのに……。そう言われたのだと思った。

光滋は剛直に手を添え、秘口を探した。今度は不思議なほど容易に入口を探し当てた。体重をかけると、熱い肉の襞を押し広げながら硬い肉茎は奥へ奥へと沈んでいった。

朱の紅を塗った唇を開いた絵里子は、屹立の沈みにうっとりとした表情をつくりながら、いいわ……と喘いだ。

指が一本だけ入り込んでも締めつけてきた女壺に、その何倍もの太さの肉茎が入り込んでいく。それは、初めて女を体験する光滋には不思議でならなかった。

紙一枚入らないほどに躰を密着させた光滋に、

「嬉しい……凄くいい気持ち」

絵里子が腰をくねらせた。肉の襞も妖しく収縮した。光滋は息が止まりそうになった。動かないまま気をやってしまいそうな気がした。

「ね、動いて」

じっとしている光滋に絵里子が催促した。

光滋が奥歯を噛み締めると、絵里子がふふと小悪魔的に笑った。

「私、締まるでしょう？　みんなそう言うの。すぐにいってもいいのよ。若いから、どうせまたすぐに元気になるんでしょう？　一度いけば、次は長持ちするわね」

そう言うなり、絵里子は面白がるように下から腰を突き上げた。たちまち、肉茎の先から四肢や頭部の頂点に向かって衝撃が走り抜けていった。呆気ない射精だった。

女を知るということは、童貞を棄てるということは、こんなにも簡単なことだったのだ。自慰のときと同じように、白濁液をこぼしたあとには虚しさが広がった。光滋は気怠《けだる》い消失感を味わっていた。

童貞喪失の日から、光滋は頻繁に女を抱いた。それも、次々と相手を変えた。飽きっぽい子供が買い与えられた玩具をすぐに放り投げ、次の玩具を求めるように、光滋は同じ女と二度寝ることはほとんどなかった。女が再度光滋を求めようとしても、光滋は口実を作って冷ややかに拒んだ。拒まれた女は光滋の心が離れたことを悟るしかなかった。光滋は女の涙にも心動かされることはなかった。

琴夜《ことよ》はいつも着物だった。

光滋の勧める店に、早い時間に顔を出すか、零時過ぎに現れるかだ。素人とは思えない高価な着物、いかにも着慣れた着付けや色っぽい髪型から、高級クラブのホステスかママという感じがした。

〈ノクティルーカ〉は本来、二十歳前後の若い客で賑わっていたが、光滋がアルバイトをするようになってから、三十代、四十代の客も増えていた。琴夜は四十代そこそこに見えるが、それは着物のせいで、案外、三十代半ばかもしれなかった。

琴夜は粋《いき》で、誰もが声を掛けられるような雰囲気ではなかった。ある程度の地位と金のある男だけが近づくのを許される……。そんな凛《りん》とした女だった。それでいて、誰もが性欲を刺激され、肉の妄想をふくらませずにはいられない魅惑を秘めていた。ふっくらした頬がゆるんで笑みが浮かぶと、それだけで男の股間が疼きそうな強烈な色気が漂った。着物の下に女の匂いをぷんぷんさせた豊満な肉体が隠れているのは、琴夜の艶やかな外見だけで十分すぎるほど想像できた。

琴夜は光滋目当てに来る他の客達のように、露骨に物欲しそうな顔をすることはなかった。いつも淡々と呑んで三十分ほどで帰っていく。無駄な話はせず、いかにも気分転換だというような呑み方だ。

「どう？　あとでお食事でもしない？」

化粧室から出てきた琴夜は、客にカクテルを運んでカウンターに戻る途中だった光滋に囁いた。

黒地の絽《ろ》に筆で描かれたあっさりした白い瓢簞《ひょうたん》柄の付下《つけさ》げに紗《しゃ》の袋帯を締めた琴夜は、客達の中で異質な美しさを放っていた。

「先客があるならいいの。よかったら店を出るときにでも携帯に電話して」

他の客にわからないように懐から出したメモ紙を光滋に渡した琴夜は、何食わぬ顔をして席に着き、新しく作ってもらった水割りをゆっくりと空けて店を出た。

週に四回のアルバイトになってから、光滋は一時まで働くことはほとんどなく、零時には店を出るようになっていた。仕送りもあり、生活費に困ることもなく、浪費癖もないだけに、通帳の残高は増えていくばかりだ。

アルバイトを終えて店の外に出ると、光滋が出てくる時間を見計らって先に出ていたとしか思えない女が満面に笑みを浮かべて近づいてきた。

「コーヒー飲まない？　ご馳走するから。おいしいコーヒーを飲ませてくれるところがあるんだけど」

光滋とさして歳の離れていない女は、ミニスカートから伸びたすらりとした脚を誇らしげに見せていた。他の男なら食指をそそられるに違いない美形でグラマーな体型だ。

「こんな時間にコーヒーを飲むと眠れなくなるんだ。明日は早いし、客が多かったからクタクタなんだ」

女の呼び止める声に耳を貸さず、光滋は人混みに紛れ込んだ。零時とはいえ、あたりは昼間のように人通りが多く、女を撒《ま》くのは容易だった。

光滋は駅の公衆電話から琴夜の携帯に電話した。

「Kホテルにいるわ。来るのね？」

ふふと笑っている琴夜の官能的な唇が、受話器を握っている光滋に伝わってきた。


ドアを開けた琴夜は、黒地の絽の着物のままだった。

「お腹、空いたでしょう？　勝手にルームサービスを頼んだの」

スイートルームとわかる広いリビングのテーブルに、ローストビーフやサラダ、サンドイッチなどが並んでいる。

「お口に合うかしら。まず腹ごしらえでもしてちょうだい。ワインで乾杯しましょうか。あなたの素晴らしい未来に」

赤ワインのボトルを手にした琴夜は、ふたつのグラスにワインを注いだ。

実母の桐子が生きていれば四十歳。琴夜と同じぐらいの歳だろう。

桐子もよく着物を着ていたが、琴夜のようなはっきりした色の着物ではなく、淡い色が多かった。それが顔だけでなく、桐子の全体をいっそう優しく見せていた。それに比べ、琴夜の着物は男達をはっとさせ、同時に、無言のうちに男を選別する作用をしていた。多くの男は自分の立場を悟って近づくことを諦め、少数の男だけが自分の名誉を賭けて近づくのだ。そんな誇り高い女が、光滋には自分から近づいていったのだ。

「あんな店には勿体《もったい》ないわ。いくら貰ってるの？　どうせたいしたことはないんでしょう？　あなたなら、ホストクラブにでも行けば、月に何百万か稼げるはずよ。あんなところで何時間も拘束されるなんて、本当に勿体ないわ」

確かに、最近は何件かのホストクラブからの誘いがあった。学生には不似合いな高額の給与を示されて呆れた。大学を出て一流企業に就職して何年か勤めたとしても、そんな給与が貰えるとは思えなかった。しかし、光滋は裕福で貪欲な女達の機嫌をとって金を稼ぐ気はなかった。金に困ったことがないだけに、金そのものにもさほど興味はなかった。

〈ノクティルーカ〉では客に大した接待などしなくていい。客はいっしょに来た客同士で話すのが基本だ。注文された飲み物や肴《さかな》を出すのがバーテンの主な仕事だ。これほど気を遣わなくて済む容易なアルバイトはなかった。

「ね、いくら貰ってるの？」

「俺には十分すぎる額を貰ってる」

「まあ、欲がないのね。もっとも、育ちがよさそうだから、お金に困るってことはないんでしょうけど。でも、お金に困ってないのにあんなところでアルバイトというのも変ね」

「退屈しのぎにちょうどいい」

「その若さと美貌で退屈だなんて、がっかりすることを言わないで」

「仕事のことで僕を呼んだんですか」

「仕事って？」

「だから、ほかの店とかあなたの店に勤めないかって」

「私の店はクラブ。あなたはただのクラブのバーテンには勿体ないわ。ホステスは喜ぶでしょうけど。ともかく、そんなことはどうでもいいの。ふたりきりで話してみたかっただけ」

「年下の男を抱くのが趣味ですか」

童貞を棄ててから二カ月、光滋は何人もの女を取っ替え引っ替え体験してきただけに、もはや女を前にして戸惑うことはなかった。ただ、琴夜はこれまでの女とは異色に思えた。

「かわいい顔に似合わずはっきりと言うのね。年下とか年上とか、そんなこと関係ないわ。どれだけ私のハートに絡みついてくるか。それだけ。あなたの噂を聞いたから、好奇心であのお店に寄ってみたの。一目あなたを見ただけで抱いてみたいと思ったわ。あなたには生まれつきの品性が備わっているけど、男の色気も、持って生まれたものね。もてるでしょう？女を惹きつけるフェロモンが滲み出ているのよ。さあ、呑んで」

琴夜は妖しく美しい男に微笑みかけた。

光滋はワインを呑んで上質の生ハムが挟まれたサンドイッチに手をつけた。

店では客の頼んだものを摘むことは禁止されており、仕事を終えるころには空腹になっている。目の前の料理は、深夜の空腹を満たすためには高価すぎるご馳走だった。

「私のような年上とは初めて？　それともみんなに誘われて、もっと年上とも経験してるの？」

「いちばん年上かもしれない……死んだお袋と同じぐらいの歳と思うし」

「あら、あなたのお母様、ずいぶん早く亡くなられたみたいね。だったら、お父様、再婚されないと可哀相ね」

「とうに再婚してるさ」

雅光に自由にされていた眩しいばかりの藤絵の肢体が浮かんだ。琴夜という誰もが近づけないはずの極上の女を前にしていながら、藤絵に対する震えるような思いがこみ上げてきた。

光滋がいないのを幸いに、雅光と藤絵は夜な夜な淫らな行為に耽っているだろう。もしかすると、光滋が盗み見たとき以上の爛れるような行為をしているのかもしれない。

「継母とうまくいかないの？」

微妙な光滋の表情から、琴夜は何かを探ろうとしていた。

「男にとっては母親が理想の女なのよ。父親と息子は生まれながらにしてライバルなのよ。お父様の再婚は、あなたの愛するお母様を裏切ったことになるのかしら」

「そんなことはない……継母はお袋と瓜二つだからな。最初は俺も親父も驚いた……」

「じゃあ、いいじゃない。いえ、いくら似ていたってお母様とその人は違うわね」

琴夜の言うように、いくら似ていようとふたりは別人でしかない。そして、実の母としての桐子に対する慕情は血の繋がりの上にあり、藤絵に対する思いは継母としてではなく、他人としての男と女の感情の上にある。母子と言うには歳が近すぎる藤絵を母と呼ばなければならず、雅光との妖しい営みを指を咥えて見ていなければならない理不尽さ。光滋は藤絵に会いたいという飢えた思いを、ほかの女を抱くことで満たそうとした。だが、光滋の空虚な心を満たしてくれる者はいなかった。

「お店にはあなた目当てのお客さんが溢れてるのに、あなたはちっともそんな人達に興味を持ってないようだとわかったわ。だから、きょうだって、無視されるかもしれないと覚悟してたのよ。来てくれて嬉しいわ。そして、女に興味がないわけがわかったわ。お母様か継母以外にあなたの興味はないのね」

「そんなはずないだろ！」

隠しておきたかった秘密を容易に嗅ぎつかれたことで、光滋はいつになく狼狽《うろた》えた。

「ふふ、いいじゃない。母親は男の永遠の恋人なんだもの。怒ったの？　お風呂に入ってくるわ。先に入っちゃ失礼かと思って帯も解かなかったのよ。解いてくれる？」

もの静かで感情を表に出さない光滋が声を荒らげたことにも動じず、琴夜は椅子から立ち上がって光滋の横に立った。

「着物を脱がせたことはある？　わかる？」

男を知り尽くしているような琴夜の沈着な口調だった。

光滋は立ち上がって白緑《びゃくろく》色の透かし組みの帯締めを解いた。お太鼓がはらりと落ちた。

桐子も藤絵も着物を着ることが多かった。桐子が亡くなったのは光滋がまだ十二歳のときで、光滋に着物の知識はなかった。だが、藤絵と暮らした高校時代の二年足らず、さりげなく、しかし実際は目を凝らして、藤絵が着物を着るときの些細な動きを見つめていた。

光滋の前で藤絵が肌襦袢や長襦袢をつけることはなかったが、着物を着て伊達締めで整えたあとは、部屋から出てくることがあった。そして、寝室の三面鏡より大きな和室の三面鏡の前に立って、帯を締めることがあった。帯をまわして締めることもあれば、躰をくるりとまわして締めることもあった。その違いが不思議だったが、そのうち、帯の種類によって締め方が異なることがわかった。

光滋は琴夜の帯締めを解くと、迷うことなく帯締めと同じ淡い色をした絽の帯留めを解いた。

「いい歳をした男でも、帯を解くとき面食らうことがあるのよ。若いのに、思った以上に女に詳しいみたいね」

「帯を解いたのははじめてだ」

「嘘ばっかり」

解いた帯を椅子の背に掛けた光滋は、懐かしいような香の香りが仄かに漂う黒い着物を躊躇うことなく脱がせていった。白い絽の長襦袢が現れた。

桜色の伊達締めを解こうとした光滋の手を止めた琴夜は、光滋の白地に赤いチェックの入ったシャツのボタンを外していった。

「ねえ、いっしょにシャワー浴びない？　私が入ってる間に逃げられたくないもの。それとも、泊まってくれるの？」

「どっちでも」

「泊まるって言わないのね。同じ質問をしたら、みんな喜んで泊まるって言うのに。まったく悔しいったらありゃしない。そんなだから、余計に女にもてるのね」

地位や金のある男達にちやほやされてきた琴夜は、今すぐにでも離れていきそうな光滋の危うさに惹かれた。容易に自分のものになりそうにない男だからこそ夢中になりそうな気がした。

「あんなところでアルバイトなんかさせたくないわ。辞めるなら、そのくらいのお金、毎月払ってもいいのよ。取って食おうとは言わないわ。みんなの前に出したくないだけ」

勝ち気な琴夜だったが本音を口にした。

「何かをしていたいんだ。じっと部屋にいたくないんだ」

「家庭教師なんかの方が楽でしょう？」

「特定の誰かと深く関わり合うのは面倒だ」

「だから女との関係も淡泊なわけ？　でも、こんなに元気になってるわ」

トランクスを押し上げている股間のものを布越しに掌で包んだ琴夜は、夜の匂いのする妖しい笑みを浮かべた。

跪いてトランクスを脱がせた琴夜は、反り返っている肉茎に目を細め、自分で伊達締めを解いて長襦袢を落とし、肌襦袢と湯文字も落としていった。

香の匂いと違う噎せ返るような女の肌の匂いが部屋中に漂い満ちた。これまでの女達の匂いもオスの本能を煽りたてたが、琴夜の肌の匂いは屹立を脈打つように疼かせた。光滋の肉体を呪縛する妖しく強烈な麻薬が秘められていた。

母乳が雫ってもおかしくないほど漲っているふたつの乳房を掴んだ光滋は、そのまん中の熟れた果実を口に含んだ。ふくらみはとろけそうなほど肌理細かで柔らかかった。

琴夜は光滋の頭を反射的に抱き締めた。

「シャワーを浴びないと塩辛いでしょう？　優しい舌をしてるのね……その舌でつつかれると……ずんずんするわ」

女のように柔らかな唇が乳暈に触れ、生暖かい舌が乳首を万遍なく舐めまわしていくと、琴夜の女園は妖しく火照り、とろりとしたものが秘口から溢れ出た。

光滋はどれほどの女を知っているのだろう……。琴夜は光滋の過去を思った。光滋の心を摑んでいる女がいるとは思えない。それは、苦労し、長く水商売をしながら数多くの男達と接してきた女の勘だった。

誰も光滋の心を摑むことができないのだろうか……。琴夜に珍しく虚しさが過《よぎ》った。しかし、そのあとで、クラブのママとして成功してきた琴夜だけに、光滋の心を摑んでみせようと思い直した。

光滋は獣を興奮させる甘やかな不思議な匂いを発する肌に目眩《めまい》さえ感じながら、片手を下腹部へと下ろし、濃いめの翳りをまさぐった。

絵里子を知ってから女達の誘いに乗って次々と交わってきただけに、光滋の動きは自然だった。女達が口にする些細な言葉で、光滋は短期間のうちに女を扱うときの知識を蓄えていった。

光滋の相手は人妻や離婚した女達が多かった。そんな女達は大学生になりたての美しい光滋を、男としてではなく、半ば愛玩物のように感じていたのかもしれない。光滋に抱かれたいというより、光滋を愛でてみたいと思ったのかもしれない。だから、女達は光滋の未熟さを咎めたり落胆することはなく、懇切丁寧に女の躰の仕組みを教え込んだ。

「乳首を触られてるだけであそこが疼いてきたわ……上手いのね……シャワーを浴びるから待って。それからベッドに行きましょう」

光滋は含んでいた乳首から顔を離したが、翳りをまさぐっていた指を唐突に秘口に押し込んだ。

耳に届いた琴夜の喘ぎは、これまで交わったどの女より艶めかしかった。女を抱けば抱くほど興奮が薄れていく中で、光滋は琴夜に強烈な官能を呼び覚まされた。

琴夜の女壺は光滋の指をねっとりと締めつけた。歯のない生き物の口に咥えられているような感触だった。光滋は餌を求めるときの鯉の口を思い浮かべた。

「シャワーを浴びるから待ってって言ったのに……いけないオユビ……キスはしてくれないの？」

湿った息をこぼしながら、琴夜は光滋に唇を近づけた。濡れたような紅の色がいっそう煌めいた。

光滋は柔肉のあわいに指を沈めたまま、誘惑的な唇を塞いだ。琴夜の舌はすぐに光滋の唇をなぞり、奥へと入り込んだ。舌と舌が絡み合った。

柔肉の襞が光滋の指を締めつけてはゆるめ、吸い込もうとさえした。その一方で、琴夜の唇と舌の動きは光滋の全身を雁字《がんじ》搦《がら》めにしていった。光滋は琴夜が白蛇になって総身に絡みついているような気がした。

かつて、藤絵の裸身が白蛇のように見えたことがあった。その記憶が鮮明に甦り、光滋は喘いだ。拘束された身を躍起になって振りほどくように、指を女壺から引き抜いた。それから、琴夜を傍らのソファに押し倒した。

琴夜は呆気なく倒れていった。豊満な乳房が弾んだ。肩で息をしている光滋に比べ、琴夜は仰向けになってもゆとりのある笑みを浮かべていた。

「せっかち。シャワーも浴びてないのに」

琴夜の態度は、いつも切ない声を上げていた受け身の藤絵とは対照的だった。

琴夜のゆとりに光滋は負けまいとした。落ちていた腰紐を取った。それから、琴夜をひっくり返して尻に乗って押さえ込み、後ろ手にして両手首に巻きつけていった。初めてのアブノーマルな行為だった。

「こんな趣味があったの？　意外ね」

琴夜は慌てなかった。光滋の行為を楽しんでいるような響きがあった。光滋は玩ばれているような気がした。

粋にまとめ上げられた黒髪に刺さっている鼈甲《べっこう》の玉簪《たまかんざし》を引き抜いた光滋は、再び琴夜をひっくり返して仰向けにした。

「括ってするのが好きなの？　私はＭ女じゃないけど、あなたになら何をされてもいいっていう気になるから変ね。でも、先にシャワーを浴びさせてほしかったけど」

まだ簪を抜かれたことに気づいていない琴夜は、光滋の行為を面白がっていた。けれど、光滋が玉簪を握ってその尖った先を向けたとき、琴夜の表情から笑みが消え、怯えが走った。

「そうだ、そんな顔がいい。笑ってる顔より、うんと綺麗だ。俺はそんな顔が好きなんだ」

光滋は括られて玩ばれていたときの藤絵の切ない表情を見ただけで、何度も気をやりそうになった。女は男に抱かれるとき、笑ってはいけないのだ。救いを求める顔をしなければならないのだ。許しを乞う言葉を口にしなければならないのだ。

何人の女を抱いても冷めていた原因が何であったのか、光滋は目の前の琴夜の、戸惑いと恐怖のない交ぜになった顔を見て悟った。藤絵が笑いながら雅光に抱かれていたら、光滋は嫉妬こそすれ、決して昂りはしなかっただろう。

「尖ってるから危ないわ……上等の黒鼈甲よ。記念に持って帰ってもいいのよ……だから、そんなふうにこっちに向けないで」

捩れきった言葉が光滋には快かった。肉茎をくいっと反応させた光滋は、故意に玉簪の先を琴夜の目の前に近づけた。

喉を鳴らした琴夜が目を閉じた。睫毛が怯えを表すように小刻みに震えた。

「危ないわ……しまってちょうだい。お願い……」

目を閉じたまま乳房を波打たせている琴夜の哀願に、光滋はかつてない悦楽を感じた。

玉簪の軸の先を琴夜の喉元に当てた。息を止めた琴夜の皮膚がそそけ立った。滑らかな皮膚の粟立ちに更に昂りながら、光滋は玉簪の尖った先を滑らせて、形のいい乳房のまわりを一周した。絹のようなふくらみが音を立てるように瞬時に鳥肌立った。爽快だった。緊張にしこり立っているふくらみの中央の果実を、光滋は尖った先でぐいと押さえ込んだ。

美しい眉間に皺を寄せて声を上げた琴夜は、目を開けて唇を震わせた。光滋は冷酷な笑みを浮かべて玉簪の軸を沈ませた。

ぞくりとする声が唇のあわいから押し出された。光滋の亀頭に透明液が滲んだ。

ようやく琴夜を支配することができたのだ。琴夜は痛みに顔を歪め、これから何をされるか怯えている。男達に君臨している女豹より優位に立ったことで、光滋は鈴口から透明液を雫らせて恍惚とした。

乳首に食い込んだ玉簪を反対側の乳首に移して押さえつけると、反射的に琴夜の胸が浮いた。それだけ琴夜の乳首に黒鼈甲の軸が深く食い込んだ。苦痛に喘ぐ琴夜の顔に汗が滲んだ。

「そんな悪戯……やめてちょうだい」

光滋はいっそう意地悪く果実の奥に向かって簪を進めた。琴夜の悲鳴とともに、腹部が大きく波打った。

「今度はどこを突いてほしいんだ。どこでも突いてやるから遠慮なく言ったらどうだ」

琴夜の唇は渇いていた。怯えた顔をして総身を緊張させている琴夜を小気味よく見下ろしながら、光滋は玉簪を乳首から鳩尾《みぞおち》へと滑らせ、漆黒の翳りの中へと潜り込ませた。

両手の自由を失っている琴夜は抵抗できず、デリケートな部分を傷つけられるのを恐れて身じろぎもしなかった。

「ここが濃いのは情が深いって言うんだろう？　好き者とも言うな。女のここの毛は男より太いって聞いたことがあるけど、ママのここを触ってるとそうかもしれないって思えてきた。この濃い毛を見ることができる男達は、これを撫でまわすのか？　それとも、舐めまわして唾液でべとべとにするのか。自分で脚を開いていやらしいところを見せてくれよ」

優位に立つことで冷静さを取り戻した光滋は、相変わらず翳りの中を簪の軸で玩んでいた。

琴夜は膝を固くつけた。

光滋は渾身の力を込めて膝を割ると、太腿の間に片膝を入れた。更に躰を割り込ませ、翳りを載せた肉の饅頭を左右に大きくくつろげた。女の器官はぬめった蜜液にまみれていた。

年輩の男達を色香で惑わせ、それによって裕福な生活を築いてきたに違いない琴夜を、たった今だけでも支配していると思っていた光滋は、たっぷりと溢れた蜜を目にすると、琴夜が恐怖など感じておらず、むしろ快感に身を浸していたのだと知って困惑した。

雅光の破廉恥な行為に遭って拒否の言葉を口にする藤絵も、結局はこれと同じなのだ。女の、いや、という言葉や拒絶の態度が単なる記号に過ぎないことは、とうにわかっているつもりだった。だが、恐怖に戦《おのの》いていると思っていた琴夜の快感の印をまざまざと目にして、女という生き物の不可解さを見せつけられた気がした。そして、結局は男を知り尽くしている琴夜に操られていたのかもしれないと、口惜しさが募った。

光滋は玉簪の玉の方を、ぬらついている秘口に押し入れた。

一瞬、尖った先を押し込まれたと思った琴夜は、蒼白な顔をして渇いた声を上げた。

光滋は押し込んだ簪の玉の部分で肉襞の上部を執拗に擦った。奥の方より入口に近いところが感じると言った女が多かった。光滋は女達に教わったように、秘口近くの女壺の粘膜を玉簪で擦り続けた。

背中に両手をまわしている琴夜は、丸味を帯びた肩先と熟した腰のあたりをくねらせながら、顎を突き出し、ますます色っぽく喘いだ。豊満な尻肉のくねりは男を誘っていた。

「そこ……」

琴夜は、もっとちょうだいというように、貪欲に腰を突き出した。だが、光滋はわざと簪を抜いた。落胆の息が琴夜の唇から洩れた。

光滋は琴夜を乱暴に起こし、隣室の豪華なキングサイズのベッドに引っ張っていった。白い足袋を穿いたまま桜色に染まって汗ばんでいる琴夜を押し倒すと、その顔を跨いで腰を落とした。

言葉は交わされなかったが、反り返った屹立が唇に触れると、琴夜は舌を伸ばして亀頭を舐めた。光滋の華奢な躰からは想像できない太めの肉杭に黒ずみはなく、見るからに女を悦ばせてくれそうな肉傘の張りだ。鈴口に滲んだ透明液を琴夜は愛しげに舐め取った。

光滋は更に腰を落とした。唇を割って入り込んだ屹立を、琴夜は迎えるように受け入れた。根元まで屹立を押し入れた光滋に、琴夜は唇をすぼめて側面を締め上げた。光滋はしばらく腰を動かして出し入れしたが、そのうち、押し入れたまま静止した。

すぐに琴夜の頭が動きはじめた。下からでは動きにくく疲れるのはわかっている。頭が浮き上がって元の位置に戻る動作を二回繰り返した琴夜は、あとは舌だけ動かして亀頭や側面を舐めまわしたりつついたりした。

クラブのママとしての勝ち気さや聡明さを滲ませた琴夜の唇は、ひたすら光滋に奉仕していた。それを見下ろす光滋に、確実にそのときが近づいてきた。若さと体力があっても、中腰のままじっとしているのはくたびれる。かといって、自分の腰を動かして絶頂に達したいとは思わなかった。琴夜の口戯だけで昇り詰めたかった。

光滋は屹立を抜き、仰向けになった。腹につきそうなほど反り返っている屹立を、琴夜は言われるまでもなく覆い被さって口に含もうとした。だが、両手を後ろでいましめられている琴夜は、そのままでは光滋の躰に被さることはできない。バランスを崩して倒れないためには、光滋の脚の間でまず正座して、それから上半身を倒していくしかなかった。

頭を難なく動かせるようになった琴夜の口戯は絶妙で、その浮き沈みとともに動く舌は、鈴口に入り込もうとしたり、亀頭を舐めまわしているかと思えば、いつのまにか傘裏を舐めている。かと思えば裏筋をねっとりと辿っている。頭はぐねぐねと浮き沈みし、側面は妖しく唇でしごかれていった。

かつて経験したことのない強烈な口戯だった。一度知ったらまた欲しくなる唇と舌だ。琴夜とのベッドでこの麻薬の味を知った男達は、琴夜を求め続けるに違いなかった。

「まだいっちゃだめよ。私のあそこに簪なんか入れたくせに、肝心のこの坊やはまだ入ってくれてないじゃないの」

上半身を起こした琴夜は、腰を上げて光滋を跨いだ。秘口に屹立をあてがった琴夜は、腰を揺すり立てるようにして、ゆっくりと結合を深めていった。

紅の薄くなった唇をゆるめて光滋を見下ろした琴夜は、紙一枚の隙間もないほど完全に密着すると、腰をくねらせた。光滋は一転して犯されているような気がした。

騎乗位の琴夜は腰を上下に動かすだけでなく、数字やかな文字を描くように、くねりくねりと微妙に腰を振った。文字を書きながら腰を浮き沈みさせ、同時に秘口や肉襞を収縮させる行為は、男を殺すための巧みで妖しい技だった。光滋は奥歯を噛みしめながら、琴夜の唇に浮かんだ笑みを見つめた。

「どう？　いい？　あんなお店、さっさと辞めておしまいなさいよ。お小遣いぐらい出してあげるわ。マンションも借りてあげる。だから……ああ、最高よ」

琴夜の声はうっとりしていたが、妖しい微笑が過ったあと、激しく腰が動き出した。

光滋の全身をとてつもなく大きな火の塊が駆け抜けていった。

第三章　青鈍色の罪

　果てしない薄藍色の空に、純白の雲がわずかに浮かんでいた。昨日の雨のせいか、山の緑が眩しいほどに鮮明だ。真夏とは思えない澄みきった田舎の空気とは裏腹に、光滋は藤絵と会える期待と不安に息苦しさを感じた。上京後、一年三カ月ぶりの帰省だ。

〈藤窯《けいとう》〉の看板は以前よりくすんでいた。それとは対照的に、看板の周囲には、炎のように赤い鶏頭の花が咲き誇っている。

　光滋は連絡なしに帰省した。いまさら帰りますというのも気恥ずかしかった。それと、いきなり戻った光滋を、雅光と藤絵がどんな顔で迎えるかも知りたかった。

　達筆な文字で、藤絵はときおり手紙や葉書を送って寄越した。雅光は一、二カ月に一度ぐらい、電話を掛けてきた。ふたりとも、たまには帰って来いと言った。だが、ふたりの夜の営みを何度も覗いたことがある光滋には、自分は邪魔者なのだという意識しかなかった。そして、今、邪魔者をどう迎えるだろうという興味があった。いや、むしろ、自虐的な思いといった方が相応《ふさわ》しかった。

光滋は〈ノクティルーカ〉の仕事をとうに辞め、クラブのママ、琴夜との交際が続いていた。愛人に近かったが、ときにはほかの女達と躰を合わせることに躊躇《ためら》いはなかった。琴夜は魅力的な大人の女だ。しかし、琴夜だけではどうしても満足できず、見失った故郷を探し求めて放浪する旅人のように、次々と女をむさぼった。

しきりに蟬の鳴き声がする。それ以外の音がないことで、藤窯の周辺はかえって静けさに包まれている。湧き出すかと思えるほど人口の密集した東京で暮らしていた光滋には、緑の多い景色も蟬の声も胸に染みた。

今もなお藤絵への思いを断ち切ることができない苦悩も一瞬忘れ、光滋は歩を速めた。敷地のもっとも手前に、藤絵が手紙で知らせてきたように、小さな展示場兼売店ができていた。人影はない。

志野焼は桃山時代に日本で初めて生まれた画期的な白いやきものだ。粘り気の少ない百草《もぐさ》土《つち》と厚めに掛かった長石釉《ちょうせきゆう》が特色で、土も釉も美濃《みの》東部でしか産出しない。百草土は焼くと軽くなる性質を持っていた。

模様のないものを無地志野、鬼板《おにいた》と呼ばれる褐鉄鉱を擦って絵の具にして絵付けし、黒や茶の模様を浮かべるものを絵志野、鬼板を溶かした泥で化粧した上に白い志野釉を掛け、鉄の部分が鼠色になったものを鼠志野、鬼板の濃淡によって赤く発色したものを赤志野、更に釉薬の違いで淡い緋色の下地に鉄の赤色が浮かんだものを紅志野、その紅志野の中で、紫に発色した黒ずんだものを紫志野といっている。鉄分を含む赤土と含まない白土を練り上げて作る練り上げ志野など、単に志野焼と言っても、様々な技法と仕上がりがあった。

新しい藤窯の展示場には、湯呑からぐい呑、徳利、抹茶碗に壺、皿……と、様々な種類の美濃焼が並べられ、中には藤絵が挿したとわかる野の花が生けられていたりする。

三白草《さんぱくそう》や淡紅色の河原撫子、紅紫色の瑠璃玉薊《るりたまあざみ》、淡紫色の九蓋草《くがいそう》など、近くに咲いている野辺の花が挿された器は、そうでない器より生き生きとしていた。

花の可憐さに光滋は藤絵を重ねた。東京の花屋の店先で澄ましているどんな高価な花より、目の前の花は美しかった。花そのものが藤絵の化身のようだ。

藤絵に会いたい……。

一年三カ月も藤絵に会わずにいられた忍耐を、光滋は今更ながら奇跡のように思った。藤絵に向かう心を、琴夜やほかの女達を抱くことでほかに向けようとした。けれど、ここまで来ると、琴夜さえも消え失せ、ただ藤絵に会いたいという思いだけがこみ上げてきた。

陶器とは思えないほど柔らかい色の出ている非売品の紅志野の抹茶碗に目が留まり、光滋は息を呑んだ。雅光が藤絵を毎夜愛することでできた茶碗という気がした。かつてのように、雅光への激しい嫉妬が湧き上がった。その抹茶碗を抱き締めたい思いと、床に叩きつけてしまいたい思いが交錯した。

これ以上ここに立っているのは危険だ……。

光滋は売店が工房と繫がっていることを知り、急いで工房へと足を向けた。

最初に藤絵が光滋に気づき、驚いた顔をした。

「おう、いきなりどうした」

轆轤を挽いていた雅光も顔を上げた。

雅光の隣では二十二、三歳に見える若い男が湯呑を作っていた。藤絵の手紙にあった、半年前から修業に来ているという男だ。

藤絵は臙脂《えんじ》の地色に桜色の縦縞の入った生紬《きつむぎ》の着物を着て立っていた。薄い色の着物を着ることが多かった藤絵の、まるで娘のような明るい色の着物に、光滋は面食らった。

藤絵はまだ二十六歳。未婚でもおかしくない年齢だ。赤い着物を着てもおかしくない歳なのだ。けれど、光滋には自分がいなくなったことで藤絵が羽根を伸ばして雅光に甘えるようになり、着るものまで若返ったのだと思った。

藤絵が眩しかった。一年以上男女の仲が続いている琴夜は三十九歳。そんな琴夜と比べると、藤絵は若すぎた。なぜ歳の近い自分ではなく、歳の離れている雅光と結婚したのだと、またも光滋に口惜しさがこみ上げた。ふたりの間に子供ができないのがせめてもの救いだ。

「卒業するまで帰ってこないかと思ってたんだぞ」

「窯焚きのときは帰ってくるなんて言って、ほんとに光滋さんは嘘つきなんだから」

光滋の不意の出現に心弾んでいるような藤絵の口調は、無理に喜びを装っているようには見えなかった。

「紹介しよう。掛川《かけがわ》君だ。窯元の息子さんだから、このとおり上手いんだ。一、二年、ほかで修業してこいとお父さんに追い出されたようだが、こっちが彼に教えられることがある。うちなんかで修業してもためになるとは思えないが、やけにここを気に入ってくれてね」

「よろしく。ご厄介になってます」

轆轤を挽くのをやめた掛川に光滋も頭を下げたが、藤絵がいるからここで修業することにしたのではないかと苛立ちがつのった。

「彼が俺の部屋を使ってるのかな」

光滋はさりげなく探りを入れた。

「まさか。光滋さんのお部屋はそのままに決まってるでしょう。掛川さんは坂の下の椎名《しいな》さん方に居候《いそうろう》」

「どうして」

掛川の藤窯での修業を意地悪く深読みした光滋には意外だった。

「いくら修業に来てるからって、新婚さんとこに他人が同居するもんじゃないって言われました」

掛川が笑った。

「ここまで歩いて来れる距離だからって、旦那様が強引に連れて行かれたのよ。毎日のように店に顔を出されるの」

「話し相手が欲しいんだ。娘が三人とも遠くに嫁いでしまったからな。部屋代も食事代もいらないからと、藤絵が言うように、本当に強引に攫《さら》われたって感じだ」

雅光が笑った。

光滋はまずはほっとした。それでも、毎日掛川が藤絵と接していると思うと、不安が消えたわけではなかった。

「話には聞いてましたし、写真も見せてもらいましたけど、男の口からこう言っちゃ何ですが、本当に美男子ですね。何だか、絵から抜け出してきたような」

「母親似なんだ」

雅光が口を挟んだ。

「ほんとに奥さんにそっくりです」

掛川はそう言ったあとで、

「あ、そうか……違うな……だけど、奥さんと似てるなあ。実の親子と言ってもいいほど似てますよ。涼しい目元とか、すっとした鼻筋とか、口も似てるし。色が白いところも」

光滋は藤絵と似ていると言われてまんざらでもなかった。掛川への警戒心が少し薄れた。


小料理屋の座敷には、雅光、藤絵、光滋と掛川のほかに、掛川が居候している先の老夫婦、椎名夫妻もいた。

「光滋君がこんなに親不孝とは思わなかった」

白髪の椎名老人は光滋の杯に冷酒を注ぎながら、呆れたような口調で言った。

「帰って来ない、帰って来ないと、いつも藤絵さんが心配してたんだぞ。どんなに光滋君のことを心配してたか。若いのにできた奥さんだ。今は光滋君の母親でもあるんだぞ。心配かけるもんじゃない。盆と正月ぐらいは帰って来るもんだ。今どきの大学生は暇なんだろ?」

「暇なのは不真面目な子ですよ。光滋さんは真面目だから、一生懸命勉強してるんですよ。ねえ」

椎名夫人が穏やかな笑みを向けた。

「さあ、何をやってるやら。いつか、仕送りはいらないと言ったところを見ると、本業の勉強よりアルバイトに忙しいのかもしれません」

雅光は光滋が何をしようと信じきっている口調だ。しかし、光滋は、雅光が何もかも知っているのではないか、ひょっとして、琴夜や他の女達とのことも……と、ふっと思った。口にする冷酒が不意に苦くなった。

藤絵はときどき掛川に声をかけてやっている。光滋が戻ってきたことで、修業中の掛川が遠慮しているのを気遣っている。その藤絵の優しさは誰に対しても同じなのだと頭でわかっていても、やはり愛情を横取りされているような気がした。ふたりの間に危うさを感じずにはいられない。藤絵を好きにならない男などいるはずがないのだ。

自宅に戻った光滋は、酔っているような冷めているような半端な気分だった。掛川が椎名夫婦と消えてくれたことにはほっとした。ようやく以前の三人に戻れたのだ。

「もう少しいいだろう？　藤絵も呑め。おまえはワインの方がいいか」

「いえ、おふたりが日本酒ならおつきあいします。ほんのちょっとだけ……」

雅光は上機嫌だ。藤絵も弾んでいる。光滋はふたりから疎《うと》まれていないことが嬉しかった。どうしてもっと早く戻ってこなかったのだろうと、東京での生活を振り返った。童貞から男になって戻ってきたことが後ろめたいような恥ずかしいような奇妙な感覚もあった。

冷酒を運んできた藤絵は、枝豆などの軽い肴も持ってきた。

「お腹が空いてるなら、何か作ってくるわ」

「いや、パンクしそうだ」

光滋は腹部に手を当てた。

「光滋、呑め。もうじき二十歳だな。あっちじゃ、しょっちゅう呑んでるんだろう？　こっちにいるときは高校生だったし、こうして呑めなかったもんな。藤絵、さっきはあまり呑んでなかったじゃないか」

光滋に注いだあと、雅光は藤絵にも勧めた。

「あんまり強くないこと、わかってらっしゃるくせに。みっともないことになると光滋さんに嫌われます。そうよね？」

小料理屋で呑んだ酒のために、わずかに瞼を紅く染めている藤絵は、臙脂色の着物と相まって、ますます可憐で、しっとりした色気を滲ませていた。その藤絵が、ほろ酔いのせいか、愛らしく相槌を求めたことで、光滋の胸は騒いだ。

雅光といっしょになってから、藤絵は幾度抱かれたのだろう。夜の営みを重ねるだけ、藤絵の艶やかさは増していくのだ。闇の中で縺《もつ》れ合う歳の離れた夫婦の姿態が、否応なく脳裏に浮かんだ。

「藤絵、酔ったらどうなるか見せてみろ」

「いやな人」

じゃれあっているようなふたりに光滋はいたたまれなかった。

「継母さんが二日酔いになったら、楽しみにしていた朝御飯が食えなくなる。俺、朝飯はいい加減に食ってるからな」

ホテルではなく女の部屋に泊まれば、光滋のために食事の支度をしようとする者は多かった。光滋は頻繁に手作りの朝食にありついていた。それでも、藤絵の作ったものに勝るものはなかった。

「美味《おい》しいものを作ってくれる人がいるんじゃないの？　だって」

藤絵がくすっと笑った。

「光滋さん、ここにいたときからとっても人気があったもの。東京じゃ、大変でしょう？」

「悪い女にだけは捕まるなよ」

「まあ、あなたったら。光滋さんはいい人を見つけるに決まってます。ね？」

また藤絵は息苦しいほどの色っぽい表情で、光滋に相槌を求めた。

実の母親と同じぐらいの歳のクラブのママと肉体関係を重ねていると知れば、ふたりはどんな顔をするだろう。しかも、琴夜との交わりでアブノーマルな行為をしてしまってから、それは徐々にエスカレートしていた。

『お客さんから聞いたんだけど、調教師……縄師とか言ったりもするらしいんだけど、何て説明したらいいかしら……女の躰を知り尽くして専門的にプレイする人がいるみたいなの』

ある日、琴夜はそう言った。そして、何を言い出すのかと思っていると、その調教師のところに行ってみないかと言った。

クラブのママとして厳しい琴夜は、ホステス達の神経をぴりぴりさせているくせに、光滋との関係では、ときどき被虐的な女になることで興奮していた。それでいて、ほかの男との営みでは、決して光滋がするような行為を許さないのだ。

琴夜はいかがわしいテープや深夜のテレビ番組で、美しく縄化粧される女や上手に女を鞭打つ男の姿を見て、光滋にも高度なプレイのできる男になってほしいと願ったのだ。

琴夜は光滋の前ではM女のようにも行動したが、決して被虐的な女ではなかった。琴夜は被虐の女を演じる自分と、嗜虐的に振る舞おうとする光滋に、肉体と心の快感を得ているのがわかった。

どこまでいっても琴夜の上に立つことはできない。琴夜を今夜こそ征服したと思っても、それは、征服された演技をしている琴夜の思う壺でしかない。

光滋は琴夜に言われるまま、調教師の元に通った。雅光が藤絵を後ろ手に括って辱めているところを目にしたときから、光滋は異常な行為に興奮する自分を知った。光滋はその男の元に通うとき、心躍った。女達を思いのままにいたぶり操っていく男に感服した。

『どんなにいたぶっても痛めつけても最後の最後に愛情を示してやれば女は納得するんだ。いや、最初から、愛しているからこうするんだと示すことができればいいんだ』

顔を背けたいほどのハードな仕打ちを女に施したした男は、そう言って笑った。

鞭打たれ襷《たすき》のような痛々しい赤い印を背中や腹部に刻みつけられた女は、白い柔肌に針を突き刺され、うっすらと血を滲ませてもいた。だが、女はプレイのあとで男の足元にじゃれつき、辱められ痛めつけられ、声を上げて許しを乞うたことが幻だったのではないかと思わせるほど、至福に満ちた目をしていた……。

「なんだ、黙ったところを見ると、彼女、いるのか」

雅光が笑った。

「えっ？　いや……まさか」

光滋はぐいと冷酒の杯を空けた。

「また冬休みには帰ってこなくちゃだめよ」

「今から冬休みの話か」

雅光がまた笑った。

「だって、たまには轆轤を回さなくちゃ、いくら素質がある人でも勘が狂ってしまうわ。いつも光滋さんが戻ってきてくれたらって仰ってるくせに」

「明日、轆轤を挽いてみるか？　午後から私と掛川君は、うちの品物を卸している名古屋の店まで行かなくちゃならないんだ。帰りは夜になるから、明日は勘を取り戻すにはいい機会だぞ。半日も練習すれば、翌日は大丈夫だろうからな。私達に腕の落ちたところは見られたくないだろう？　それとも、あっちでこっそり轆轤ぐらい挽いていたか」

雅光は愉快そうに光滋を窺った。

「なんだ、みんないなくなるのか」

藤絵とふたりきりになれるかもしれないと心ときめかせた光滋だが、故意に溜息をついてみせた。

「藤絵には残ってもらう。店番がいるからな。久しぶりに戻ってきたおまえにいきなり店を任せても不安だからな」

それを聞いた光滋は、明日の午後が待ち遠しくてならなかった。

それから光滋は、しこたま酔った振りをした。横になれば、今すぐ眠ってしまいそうな素振りをしてみせた。

「ここで寝ちまいそうだ。ここでいいか」

「駄目よ。光滋さんのお部屋のベッドのシーツ、換えてあるわ。それとも、ここにお布団敷いた方がいい？　お風呂は？　さっぱりするわ」

「いや、酔ってるときの風呂はやめたほうがいい。食事に行く前にシャワーも浴びてるんだ。おい、光滋、大丈夫か。案外情けないな」

千鳥足《ちどりあし》を装った光滋を、雅光は二階の部屋まで連れていった。

光滋はベッドに横になるなり、雅光を意識してすぐに寝入った振りをした。


「あいつ、意外と弱いな」

雅光は酔いで気怠《けだる》そうにしている藤絵に、光滋が眠ってしまったと報告した。

「まだ呑み慣れてないのよ。あと一、二年もすれば、あなたより強くなるわ。若い人は元気だから」

「じゃあ、私は若くないって、そう言いたいのか」

いつもより多めの酒を呑んだ雅光は、目の縁をほんのりと染めた色香漂う藤絵を抱き寄せた。藤絵は慌てて雅光の胸を押し、光滋さんが……と、天井をちらりと見遣った。

「もう寝たと言っただろう。あれじゃ、今ごろ夢のなかだ。そう簡単に起きやしない」

「でも……ここじゃ」

唇を塞ごうとした雅光を、藤絵は拒んだ。

「あっちでならいいのか」

寝室に引っ張っていこうとする雅光に、藤絵はシャワーを浴びたいと口走った。

「飯を食う前に浴びたじゃないか」

藤絵は泣きそうな顔をして足を突っ張った。

「ちょっとぐらいおまえの匂いがないとつまらない。藤絵のあそこの匂いはそそる匂いだからな」

にやりとした雅光に、藤絵はいっそう寝室に入るのを拒んだ。

何度も汗ばんだ躰を愛されていながら、藤絵の羞恥心が薄れることはなかった。藤絵はシャワーのあとでないといやだと言い張った。

「そうか、言うことを聞かないなら、ここで抱く。どうせ光滋は下りてきやしないんだ」

雅光は着物と同じ白い生紬地の帯を解きにかかった。

藤絵は二階の光滋を意識して押し殺した声を上げながら、必死に雅光を拒んだ。

「ここじゃいや。言うことを聞きます。だから、向こうで。ねっ？　向こうでして」

雅光は抵抗する藤絵に昂ったが、今にも泣きそうな顔は半端ではない。帯締めを解いて帯がだらりと垂れたところで、雅光は藤絵を寝室に引っ張っていった。

鼻息荒く帯を解いて着物を脱がせた雅光は、麻の長襦袢と足袋を穿かせたまま、胸元を左右に大きく割った。窮屈そうに押し出された白い乳房は、細い肩先が晒されるほど胸元を割られたとき、ようやくぽわりと上下に揺れた。

　雅光は飢えたように乳首に吸いついた。布団の上で反射的に胸を突き出した藤絵は、雅光の麻の作務衣をぎゅっと掴んだ。

　知り合ったときより心なしか大きくなったような乳首を、雅光は吸い上げたり唇に挟んだりして、舌先で果実の先を舐めまわした。毎日同じことを繰り返しているにも拘わらず、藤絵の喘ぎを聞くだけで、いつも新鮮な興奮がある。

　片方の乳首だけを舌と唇で責める雅光に、藤絵は肩先をくねらせながら雅光の胸を押した。雅光は藤絵を押し倒して、両手を肩の横で押さえ込んだ。そして、また片方の乳首だけをねっとりと責めたてた。

　藤絵が押し殺した声を洩らしてもがくたびに長襦袢の裾は乱れ、白い太腿がちらちらと覗いた。

「ここだけ触られるとあそこがじんじんするんだろう？　えっ？　藤絵、じんじんすると言ったじゃないか。自分の口でどこがじんじんするか言ってみろ。言うまで舐めまわすぞ」

　動こうとする細い両手首を強く押さえつけて、雅光は乳首に間延びした愛撫を加えた。こりこりとしこり立っている乳首は、熟れる直前の茱萸《ぐみ》のようだ。

　藤絵はみるみるうちに汗ばんでいった。最初こそ光滋を気にして懸命に拒んでいたが、いつしか火照った総身をのたうたせて快感の声を上げるようになった。

おかしくなるの……おかしくなるの……と、譫言《うわごと》のように繰り返す藤絵は、切なげな視線を乳房に被さった雅光の頭に向けて、熱い息を洩らした。

「どこがおかしくなるんだ」

藤絵は泣きそうな顔をして首を振った。

「言えないのか」

雅光がしこった乳首に歯を立てると、藤絵はヒッと呻いて胸を突き出した。

顔を離すと、藤絵の苦悶の顔があった。嗜虐の血を煽られた雅光は、足袋でくるまれている藤絵の足首を握って押し上げた。叫びを上げた藤絵の麻の長襦袢の裾が破廉恥に広がった。

雅光は藤絵の足首から膝裏に手を移し、両足が胸につくまで深く折り曲げた。敷物になった長襦袢と湯文字の上で、翳りを載せた肉の饅頭がぱっくりと割れ、真珠色にぬめ光っている器官が露出した。

「濡れてるぞ。洩らしたようにぐっしょりだ。おまえのあそこは何ていやらしいんだ」

見ないでと、藤絵は羞恥に汗をこぼしながら尻を振りたくった。

いっそ裸にされて見られるなら諦めもするが、雅光は破廉恥な格好をさせたり、半端な姿にして挑んでくる。それに、今夜は二階に光滋がいる。いくら光磁が眠っているとはいえ、藤絵は大胆な夫婦の行為に集中できない。ほんのひととき光滋の存在を忘れていたものの、今は神経が研ぎ澄まされていた。

「藤絵のそこはかわいいくせにいやらしいんだ。いやと言いながら、どうせすぐに花びらもぷっくりしてくるんだ。その前に大洪水だからな」

見られることを恥ずかしがる藤絵に、雅光は脚を押さえつけ、剝き出しの器官をただ眺め続けた。見られるだけで秘口からとろりとした透明液が溢れてくる。それは真珠の涙のように美しいにも拘わらず、猥褻な輝きを宿していた。

雅光は太腿の間に顔を埋めて蜜を啜った。藤絵は声を殺すことができず、腰を小刻みに震わせながら身悶えた。

蜜は舐め取ることができないほど、次々と溢れてくる。ぬめりを帯びた双花や肉の莢《さや》もねとついていた。雅光は器官全体を舐めまわしたあと、秘口に深く舌を差し入れ、肉の襞を捏ねまわした。

抑えようのない啜り泣きに似た声を絶えず唇から押し出しながら、藤絵は尻をくねくねさせながらずり上がっていった。伊達締《だてじ》めのまわっている腰には長襦袢がまとわりついているが、胸元も下半身も乱れに乱れ、綺麗に纏《まと》め上げていた黒髪もほつれきっていた。汗でへばりついたこめかみあたりの髪がぞくりとするほど色っぽい。啜り泣きに似た押し殺した声は、いつしか遠慮のない喘ぎに変わっていった。

「いきます……いくの……もうすぐ」

喘ぎながらそう訴える藤絵に、雅光は剛直の側面の血管を蚯蚓《みみず》のように浮き立たせていた。

舌や唇で外側の器官だけでなく、秘口の中の肉の襞まで捏ねまわされて、藤絵の可憐な花びらは今やぼってりと充血し、肉の莢も丸々と太っていた。

呻きのような短い声が上がったあと、法悦を極めた藤絵が上半身を弓なりにして形のいい顎を突き出し、激しく打ち震えた。

咲き開いた花びらのあわいで蜜を雫らせながらひくついている秘口を、雅光は興奮に喘ぎながら眺めた。

来て。来て。来てよ。ここに来て……。

収縮する秘口は唇のように言葉を発し、雅光の剛直を誘っていた。

作務衣を脱ぎ捨てた雅光は、再び白い太腿を押し上げ、ようやくいきり立った肉杭を赤くぬらつく柔肉に突き刺した。

法悦の収まりきっていなかった藤絵が、喉から声を押し出して、次の絶頂を迎えて痙攣した。秘口と入口近い膣襞の収縮が、肉茎を心地よく締めつけた。

藤絵の足を肩に載せて深く結合した雅光に、藤絵が白い喉元を伸ばしきって口を開けた。

ぬらっと妖しい光を反射した白い歯が、雅光の獣欲を刺激した。躰を倒して藤絵の唇を塞いだ。気をやった藤絵はぐったりしていたが、やがてむさぼるように雅光の舌を求めた。舌と舌が絡み合い、唾液を啜り合った。

いつもより多めに呑んだ酒のせいでひととき光滋を忘れ、また思い出し、いま再び藤絵は光滋の存在を忘れて雅光との獣の行為に没頭していた。肩に掲げられたままの両足の親指と第二指を擦り合わせては反り返らせながら、腰を妖しく揺すり立てた。湿った熱い鼻息をぼうと洩らし、唾液をむさぼりながらメスの喘ぎをこぼした。

雅光の腰が動きはじめた。抜き差しして子宮頸をつついては、肉傘で浅い襞の上部を引っ掻くように刺激した。

くぐもった声が藤絵から洩れた。小鼻がふくらみ、切なさが眉間に刻まれた。

「こんなのが好きだろう？　ほら、ここを擦られるとたまらないだろう？」

泣いているような藤絵の声に煽られながら、雅光は微妙に腰を動かし続けた。藤絵は肩に担がれて浮き上がっている腰を、更に高く掲げて卑猥にくねらせた。

久々に見る夫婦の営みの激しさに、光滋の剛直から先走り液が溢れていた。

今もふたりは濃密に躰を重ね合っている。雅光の藤絵に対する執着がわかる。藤絵が光滋の妻だとしたら、やはり光滋も毎日のように藤絵を抱くに違いない。

帰省しなかった一年三カ月の間に、藤絵の躰はますます丸味を帯びて女らしくなっていた。轆轤を挽いて器を形作るように、雅光は毎夜藤絵の肉体を捏ねまわし、最高の女に仕上がるように手を入れている。だからこそ、楚々《そそ》として恥じらうだけだった藤絵が、今では美しくも猥褻な獣となって自らも腰を動かし、雅光を求めるようになったのだ。恐ろしいほど悩ましい姿だった。女からメスに変身した生々しい継母に、光滋は呆然としていた。

母と呼ばなければならない女とわかっていても、雅光だけに藤絵を自由に捏ねまわす権利が与えられていると思うと、光滋はただ狂おしかった。

何故だ……何故俺の母親なんだ……。

そう繰り返している間も、襖の向こうで藤絵は声を上げながら揺れていた。

「いくぞ。藤絵、いくぞ」

やがてふたりから短い声が迸り、静寂が支配した。

こっそりと部屋に戻った光滋は、冴えきった頭を持て余した。琴夜に破廉恥なことをしているように、藤絵をそうやって辱めて抱く妄想に浸りながら、自分の手で三度も精を解き放った。そして、夜明け近く、ようやく眠りに落ちた。

目覚めたのは正午近かった。

「疲れてたのね。あんまり遅いから、そろそろ見に行こうかと思ってたのよ」

台所に顔を出すと、昼の用意をしていた藤絵が笑みを浮かべた。昨夜のことは光滋の妄想だったのではないかと思えるほど、藤絵の微笑は清々《すがすが》しかった。けれど、藤絵の裸体の生々しさを思い出した光滋は息苦しかった。

強く抱き締めれば華奢な躰は粉々に砕けてしまいそうだ。その藤絵の媚唇を容赦なく突き刺して穿って果てた雅光と、その荒々しさに耐えて自ら腰を近づけ揺すり立てていた藤絵……。目の前の白地に黒い縦縞を織り出した着物に身を包んだ藤絵の姿は、昨夜の激しすぎる行為とは重ね合わせることができないほど脆弱《ぜいじゃく》に見えた。

「もうじきお昼だから、みんなといっしょでいいかしら。お昼は掛川さんもいっしょなの。お昼を食べてからすぐに出かけるみたい。死ぬほどお腹空いてる？　いま食べる？」

藤絵がくふっと笑った。

「いや、いっしょでいい。それまで工房に行ってくる」

質のいい香の匂いが仄かに漂っている。藤絵は懐か袂《たもと》に匂い袋を入れているのかもしれない。ただそれだけで漲ってきそうな股間に、光滋は慌てて背を向けた。

藤絵が昼食の用意をしている間、雅光は轆轤を休んで店番をしていた。

店には年輩の客がふたりいた。いかにも老後のゆとりを感じさせる夫婦は、絵志野の筒茶《つつ》碗を購入した。

「二日酔いか？」

光滋に夫婦の営みを覗かれていたのを知らない雅光は、夫婦が店を出ていくと、光滋に笑いかけた。

「ちょっと呑みすぎた。家に帰ると落ち着くのかな。呆れるほど眠ったみたいだ」

まともに雅光の顔を見られず、光滋は目をこすってみせた。

「親父のやきもの、よくなったみたいだ」

「ほう、おまえにそう言ってもらえると嬉しいが、おまえなら、修業すれば私よりいいものが作れると思うがな」

「親の欲目さ」

東京に行っている間に釉薬の調合が変わったのか、器に優しさが増している。どの器も女なら、少女が破瓜《はか》の痛みを味わったあと、その苦痛を忘れるほどの深い悦びを覚えるようになり、至福の時を過ごしているような、そんな妖しい官能の匂いをさせる器だった。

「登り窯の調子、いいようじゃないか。いい色が出てる。釉《くすり》も変わったみたいだな」

「今回のはこれまでになくいい出来だったんだ。いつもこうとは限らないところが辛いがな。

だけど、やっぱりやきものは面白い。生き物だからな。サラリーマンの私が窯元の主人になっているのが不思議に思えることがある。ここまでこれたことは幸運だ。昔の同僚や部下が尋ねてくれることもあるし、玄人みたいだと言われることがある」

　雅光が苦笑した。

「それから、桐子を知ってる奴が、藤絵を見て驚くんだ。桐子が死んだことを忘れて挨拶してしまうのもいれば、娘さんはこんなに大きかったのかと言うのもいるし」

「俺達が最初会ったときに驚いたくらいだから、他人が驚いて当たり前さ」

　もし雅光が藤絵と再婚していなければ、藤絵には二度と会うことがなくなり、別の誰かのものになっていただろうか。それとも、光滋が妻にしていただろうか。雅光への感謝と恨みはいつも紙一重だ。

「轆轤、挽いてみろ。嫌いじゃないだろう？　器用なおまえのことだ。ちょっと動かせば勘は戻るさ。何か作っていけ。焼いておく」

「この紅志野……最高だ」

　故意に無視しようと思っていた非売品の抹茶碗のことを、光滋はつい口にした。

「この生活に入って、これが最高の出来だ。そうそう出る色とは思えないし、売ってくれという人がときどきいるが、これ以上の器ができるまで、いくら積まれても売る気はない。これを窯から出したときは手が震えそうになった。ほかが全部だめでも落胆はしなかったと思う」

「何かに出品しないのか。これなら賞は取れるはずだ」

「ああ、考えてはいるがな」

藤絵の火照った肌を思い出させるような色だ。昨夜の少し酒の入った藤絵の瞼の色にも似ている。毎夜、抱いて寝たくなるように色めいてしっとりと落ち着いた茶碗だ。

「盗まれないようにした方がいい。ちょっと目を離した隙に盗られたらどうするんだ。二度と同じものはできないんだ。もっと厳重にしろよ。ガラスケースに納めるとか。このごろぶっそうなんだからさ」

「そうだな。だけど、やきものを見に来るような人に悪人はいないさ」

「親父は甘いんだ。俺がこっそり持っていったらどうする」

「おかしなことを言う奴だ」

光滋は雅光の最高傑作であるこの紅志野に魅せられていた。藤絵を見るような目になっている。しかし、たとえ息子にでも、この器を渡しはしないだろう。こんな器を自分も作ることができたらと、光滋に不意に創作欲が湧き上がった。

「轆轤、やってみるか。昼飯がもうすぐらしいけど」

光滋は工房に入った。

「お早うございます」

掛川が顔を上げた。ちょうど湯吞が出来上がり、切り糸を使って切り離したところだった。

掛川の方が年上だが、光滋が窯主の息子ということを意識しているのか、掛川はずっと光滋に敬語を使っていた。

「お早くはないさ。お天道様は真上だしな。何時から作ってるんだ」

「九時です」

「で、五時までとか」

「ええ」

「まるで会社みたいだ。だけど、窯焚きのときは徹夜だろうし、残業はしょっちゅうなんだろう？」

「この仕事はそんなものです。轆轤、挽くんですか」

「笑われるのはいやだがな」

光滋は電動轆轤の前に座ると轆轤板を湿らせ、そこに粘土を密着させるために粘土を叩きつけるようにして載せた。

粘土を紡錘形に整えた光滋は、轆轤を回転させて、粘土を伸ばしては戻す土殺しを二、三度順調に繰り返した。

「さてと、何を作ろうかな。百万円ぐらいの茶碗が作れるといいけどな。いや、冗談だ」

光滋は手を濡らした。

「毎日轆轤を挽いてるようじゃないですか」

「まだ準備しただけで何も作ってないぞ」

光滋はそう言ったが、またたくまに土に命を吹き込み、自在に操り、湯呑茶碗を形作っていった。それから、切り糸で湯呑を切り離して、右側のサン板に載せた。

「なんだ、どこかの窯元で修業してるみたいだ。ほんとに大学生？」

光滋の湯呑作りが堂に入っていることで、掛川に仲間意識が生まれたのか、堅苦しかった敬語が消えていた。

「正真正銘の不真面目な大学生だ」

光滋も笑った。

「トンボ、これでいいのかな」

雅光の座っている轆轤の正面の道具台から、竹トンボに似ている手作りの道具を取った。同じトンボがあれば、何人で作っても、同じ湯呑や皿ができる。湯呑や皿など、同じ大きさの器を作るとき、それで素早く直径や深さを確かめる。

「うまく作れたら、バイト料をもらって帰るか」

光滋は店に出す湯呑を作りはじめた。

「何だ……」

工房に入ってきた雅光は、サン板に並んだ数個の湯呑茶碗とトンボを使っている光滋を見て意外な顔をした。

「光滋さん、プロじゃないですか」

手を休めた掛川が、雅光に嬉しそうな顔を向けた。

「高校生のときから手伝ってもらってたから作れるんだ。だけど、一年以上も帰ってきてないのに、のっけからこれだけ作れるとは思わなかった……」

「眠った振りして夜中に練習したんだ」

冗談を言ったつもりだった光滋は、雅光に覗きの疑惑を持たれはしなかったかと戸惑い、不安になった。

「夢の中でも轆轤を挽いてたみたいだ。そのせいで勘が戻るのが早かったかな」

強ばりそうになる顔を意識しながら、光滋は精いっぱい笑ってみせた。

「おまえ、ときどき轆轤を挽いてるな。そのくらい、隠してもわかるぞ」

光滋が工房に入ってさほど時間は経っていない。雅光は光滋が轆轤と縁を切っていたのではないことを知った。

「ときどき素人の陶芸教室を冷やかしに行くんだ。それにしても腹が減った」

「そうだ、飯だと言いに来たんだ。おまえがあまりに見事に作ってくれたから、肝心なことを言い忘れていた。店は私が見るからふたりは先に行くといい」

「いえ、僕はあとでいいです」

掛川が遠慮した。

「腹は減ってるけど、俺こそあとでいい。ふたりとも名古屋に出かけると言ってたじゃないか。先に食べろよ」

「二時か三時に出ればいいんだ」

「でも、先に食べろよ。俺はゆっくり食べたいんだ」

光滋は店番をすることにした。

中学生のときから光滋は、雅光とともに六年間、頻繁に轆轤を挽いていた。掌が土の感触を忘れるはずがない。東京でも、手が土を恋しがった。

琴夜と知り合い、琴夜とつき合うようになってから、琴夜は息子のように若い光滋のために金を使うことを楽しんでいるふうだった。

流行の服やゴールドのネックレスやブレスレットなど欲しくもなかった光滋は、ある日、陶芸をやりたいと言ってみた。琴夜は電動轆轤から、小さな電気窯まで、光滋の欲しがるものをすべて買い与え、それを置くことのできる郊外の古い田舎家まで借りてしまった。それから、光滋は週末をそこで過ごすことが多くなった。

志野焼だけでなく、いろいろなやきものを作った。小さい電気窯では、薪を焼《く》べる登り窯のような面白い作品はできないが、陶芸の道に進むのが自分にいちばん似合った道かと、将来を考えるようにもなった。だが、家に帰るわけにはいかないと思っていた。

店に客はいない。あらためて光滋は、ひとつずつの作品を丁寧に見ていった。湯呑、急須、皿、向付《むこうづけ》、ぐい呑、徳利などの日用品のほかに、茶入、香合《こうごう》、香炉、花入、壺なども並んでいる。火色の出方の面白さは電気窯では絶対に真似ができない。登り窯で焼きたいという欲求が、炎のように噴き上がった。

雅光と掛川がライトバンに品物を積んで出かけていったのは三時ごろだった。

ふたりを見送った藤絵と光滋は、店でコーヒーを飲んだ。絵志野のコーヒーカップも雅光が作ったものだ。

「継母さんの淹《い》れるコーヒーは相変わらず美味いな」

「碾《ひ》いたばかりの豆だからよ」

「絵志野の絵付け、継母さんもやってるんだろ？」

「あら……やっぱり未熟なものが混じってるとわかるのね」

藤絵は恥じらいを見せてわずかに睫毛を伏せた。まるで年下の女のような愛らしさに、光滋は抱き寄せたい衝動に駆られた。

「いかにも優しい絵で、男が描いたものとは思えなかったからさ。柔らかい志野の釉薬とよく合ってると思った。器の優しさや力強さや釉薬の色合いによって、微妙に絵も変えなくちゃならないし、親父といいコンビになるんじゃないか」

光滋は嫉妬に苛まれていた。

「お父さんから描いてみろって言われたの。最初は私の絵付けしたものをここに並べるのが恥ずかしかったわ。いくら水墨画をやってたからって、ほんの物真似程度だもの……」

藤絵は光滋と話すときは雅光のことを「お父さん」、他人と話すときは「主人」、雅光とふたりのときは「あなた」と呼んでいた。そのどれひとつとして光滋には受け入れることができなかった。

「やきものは茶道とは切っても切れない関係でしょう？　それでね、茶室を作ろうかと思ってるの。そっちの方を建て増しして」

藤絵は店の入口と反対側、工房寄りの奥の方をほっそりした指で指した。

「どうかしら」

「好きなようにすればいいじゃないか。この店だって、俺がいない間にできたんだ」

「何度も手紙に書いたわ。でも、光滋さんは何も言ってくれなかったじゃないの」

「俺が何か言ったってしょうがないじゃないか。親父と継母さんの意見が合えば、それでいいだろう？」

「他人みたいなことを言って。何か言ってほしいわ」

他人みたいなという藤絵の言葉に、光滋は他人じゃないかと言いたかった。他人は他人でも半端な他人だ。愛していても触れることができず、血の繋がりがなくても母と呼ばなければならない残酷な関係だ。

「茶室のことだけど、大袈裟なものじゃなくて、そこに八畳ばかりの広間を作って、お父さんの作品を飾ったりして、お客様にはお抹茶を出したりしてあげたらどうかと思うの。大きめの壺やお皿は、和室にゆったりと飾った方が見栄えもよくなるし」

「継母さんは意外と商売人だな」

「いやだわ。そんなつもりじゃ……」

茶化した光滋に藤絵がまた俯いた。意識しているはずはないが、まるで男の欲情をそそっているような表情の色っぽさに、光滋はもう我慢できないと思った。可憐でいて、息を呑むほどの艶めかしさが漂っている。

「親父達、いつごろ帰ってくるんだ」

「向こうには気の合う方がいらっしゃるの。いつも話が弾むようだから、今夜も九時か十時かしら。いえ、そのくらいまでに戻ってくればいい方よ」

「俺は置いてきぼりを食ったってわけか」

光滋は口惜しさを装った。

「帰ったばかりで疲れてるだろうって気を遣ってるのよ。それに、轆轤を回したいだろうって」

藤絵のあとの話はどうでもよかった。これから六、七時間はふたりきりとわかれば十分だ。

「客なんかめったに来ないんだろ？　五時まで開けておくことなんかないじゃないか。そろそろ閉めて、美味いものを作ってくれよ。手料理がいちばんんだ」

「あら、私が作ったものでいいの？　美味《おい》しいものを出すところに連れて行ってやれって言われてるのよ」

「外食は飽き飽きだ。継母さんの料理の方がいい」

「まあ、社交辞令でも嬉しいわ。何がいいかしら」

光滋はふたりきりの夕食を、少しでも早く摂らなければということしか頭になかった。外食をやめたらしい藤絵にほっとした。そして、これからの企みに心騒いだ。

和室の座卓には、藤窯で焼いた器が並んだ。白志野の四方足付皿《しほうあしつきざら》に盛られた刺身、無地志野の手付片口鉢に盛られた菠薐草《ほうれんそう》の和《あ》え物、絵志野の片口には独活《うど》、煮物や焼魚にもそれに相応しい鉢や角皿が使われている。そんな志野が多いなか、緑青色《ろくしょう》の青織部《あおおりべ》や漆黒の瀬戸黒なども あった。

「凄いな……料亭より豪華だ」

自分のためだけに藤絵がこれだけのものを作ったと思うと、素直に感激できた。しかし、息子を装って継母を女として見続けてきた光滋は、白地に黒い縦縞を織り出した着物を剝いで、藤絵の肌を見る決意を固めていることに興奮していた。

「お味はどうかしら」

家事が好きな藤絵は、料理も得意だった。

「美味い。小料理屋でもできそうだ」

「ほとんど冷蔵庫にあったものよ。お魚だけは電話して届けてもらったけど」

「あとは酒だな。冷酒もいいけど、燗をつけたのも美味いだろ？　クーラーを効かせて呑むか」

「まあ、すっかり東京で呑兵衛さんになったみたいね」

藤絵はすぐに燗をつけた酒を運んできた。無地志野の徳利に紅志野のぐい呑ふたつだ。驚くほど美しい赤味が差していた。

「綺麗な色だ……これも親父が作ったのか」

「お父さんのお気に入りなの。店の非売品の茶碗ができたときのものよ。日本酒をいただくときはこれなの」

「じゃあ、親父と継母さんのぐい呑なんだ」

「それはお父さんの」

さりげない会話で夫婦仲のよさがわかる。今を逃しては永遠に藤絵の肌を目の前で見ることはできない気がした。

一合半ほど入る徳利は、すぐに空になった。

「俺がつけてくる」

「あら、いいのよ。座ってて」

「これだけ作ってもらったんだ。酒ぐらい俺につけさせてくれよ。もう継母さんはじっとしてればいい」

それでも立ち上がろうとする藤絵を制して、光滋は台所に立った。そして、食器棚からもう一本の二合徳利を出した。空にしたばかりの徳利に睡眠薬を入れた。

琴夜がたまに飲んでいる薬だ。光滋はまだ睡眠薬に世話になるようなことはなかった、だが、帰省して藤絵と雅光の夜の行為を想像して眠れなくなるかもしれないと、そのときの苦しさから逃れるつもりで黙って持ってきた。それが、雅光と掛川の外出を知ったときから、藤絵を眠らせて白い肌を見ようという悪魔の思いに支配され、そのために使うことを思いついた。

『お酒と睡眠薬をいっしょに飲んだら効くのよ。光滋がいないとき、そうやって眠ることがあるの。光滋と楽しいことをすれば、薬なんか飲まなくてもすぐに眠れるのに』

琴夜はそう言って、熟女の妖しいまなざしを向けたことがあった。その言葉が、昨日、ふっと光滋の脳裏に甦った。

「一本じゃすぐになくなるから、二本持ってきた。俺は大きい奴。継母さんは小さい方だ」

「まあ、小さいったって……どちらも光滋さんがどうぞ」

「酒なんて、ひとりで呑んだってつまらない。相手がいるから楽しいんだ」

「ちゃんとお話相手になってあげます」

「酒の相手もしてもらいたいな。久しぶりに戻ってきたんだから」

光滋は藤絵の肌のような優しい紅志野のぐい呑に、睡眠薬入りの酒を注いだ。

「俺は手酌でいくか」

光滋は二合徳利の方の酒を自分のぐい呑に注いだ。

「瀬戸や織部まで焼いてるとは思わなかった」

「同じ美濃焼だもの。でも、志野以外はもう少し釉薬を研究して、もっといいものができるようになってからしか店には出さないんですって」

「今でも十分に商品になると思うがな」

「あんなに優しい人なのに、やきもののこととなると厳しくて」

藤絵はぐい呑をやわやわとした唇につけて傾けた。酒が白い喉元を過ぎたとわかると、光滋の動悸が激しくなった。また徳利を差し出した。

「まだ入ってるわ」

「酒はいっぱいにしておかなくちゃ淋しいだろ」

藤絵のぐい呑に、光滋は強引に酒を注いだ。それから、何食わぬ顔をして呑みながら、藤絵の料理に箸をつけた。

「美味い。親父達、夕飯は食べてくると言ってたけど、どこで食べたって、継母さんの料理が恋しくなるんだろうな」

「そんなに誉めたってだめ。そんなに言う人が一年半近くも帰って来ないはずがないもの」

藤絵は笑いながら徳利を取った。睡眠薬の入っている方だ。

「俺は自分で注ぐからいい。継母さんはこれだけ作ったんだから、あとは食べて呑むのに専念すればいい。俺には気を遣わなくていいんだ」

光滋はぐい呑を空けると、藤絵の持っている徳利を無視して、二合徳利を取って注いだ。

「継母さん、注いでやるよ。今夜の功労者だからな。ほら」

光滋は藤絵の手から徳利を取った。

「私はあんまりいただけないの」

「遠慮してるだけだろ？　それに、親父が帰ってきたとき、またいろいろ面倒見るつもりだろ？　いつも周囲に気を遣いすぎだ。たまには家事は放棄してゆっくりするといいじゃないか。後片づけぐらい俺がするから」

「そんなわけにはいかないわ」

「今夜はいいじゃないか。ほら」

あれこれ言いながら二本の徳利を空にして、光滋はまた台所に立った。

小さい方の徳利に睡眠薬を入れた。一度に多くを入れて味がおかしいと気づかれないために、一回目は量を減らして入れた。けれど、酒量の少ない藤絵が二本も三本も呑めるとは思えない。これが最後だと思って、さっきより多めに入れた。

燗をつけて和室に戻ると、藤絵の目がとろんとしている。

「なんだ、まさかもう眠いなんて言うんじゃないだろう？　いい燗がついた。次はやっぱり冷酒がいいかな」

「すごく眠くなったわ……呑みすぎたのかしら」

「一本で呑みすぎたはないだろ。もう少しつき合ってほしいな」

「だめよ」

「じゃあ、あと一、二杯。ゆっくりでいいから」

二本目を半分空けないうちに藤絵は持っていたぐい呑を座卓に落として慌てた。動作の鈍くなっている藤絵に代わって、光滋はさっと藤絵の近くにあった布巾を取って座卓を拭いた。

「ごめんなさい……」

「ほんとに眠いようだな。夏バテかな。ちょっと休むといい。親父が戻ってくるまでにはまだ時間があるから」

「でも……そうね……ああ、いやね……ごめんなさいね……」

藤絵の唇は気怠そうに動いた。

「横になったら？　肌布団でも持ってきてやろうか。すぐに持ってくるから」

期待と不安に、光滋はおかしくなりそうだった。

肌布団を持ってきたとき、藤絵はすでに畳に横臥《おうが》して軽く膝を曲げ、寝息を立てていた。

「継母さん……継母さん」

光滋は透けるようにきれいな耳元で囁いた。藤絵の寝息は乱れなかった。

「継母さん……継母さん……夏風邪を引くじゃないか」

今度は肩を揺すった。やはり藤絵は目覚めなかった。

ふたりだけの部屋で、藤絵はどんな夢を見ているのか、夢さえ見ずに熟睡しているのか。ともかく、これまでになく光滋の近くにいるのだ。禁忌を犯せるほど近くに。

「藤絵……好きだ……」

光滋は御所人形のように美しい藤絵に、掠れた声で囁いた。そして、ほんのり朱を帯びた頬を掌でさすった。多くの女達と躰を重ねてきたが、これほど美しい女はいなかった。人妻でありながらまだ少女のように無垢で、それでいて妖しいメスの匂いをぷんぷんと漂わせて男の欲情をそそっている。

光滋は胸を喘がせながら、人差し指で、ほんの微かに開いている花びらのような唇を触れた。指先から全身に電流が駆け抜けていった。

見たい……見たい……見たい。

誘惑を撥ねのけることはできなかった。

総身を見るには、黒地に白い朝顔の染め帯が邪魔だ。帯締めと帯揚げを解いた。横になっている女の帯を解くのは厄介だ。それでも、生涯にたった一度の機会かもしれない今を逃すわけにはいかない。

いつ唐突に雅光が戻ってくるかもしれないという恐怖と藤絵の目覚めに怯えながら、光滋は藤絵の腰から帯を解き放った。それだけで汗だくになった。

帯を締めたままでは寝辛いと言って、藤絵が自分で解いたと言えば、何とかごまかせるだろう。伊達締めも解きたかったが、それはたとえ藤絵が解いたことにしても、戻ってきた雅光がどう思うか考えると危険な気がした。

伊達締めを解いて着物を着ているというのはおかしい。かといって着物を脱がせるわけにはいかない。長襦袢で眠っている藤絵を見て雅光はどう思うだろう。何も勘ぐったりしないだろうと思うものの、後ろめたいことをしているだけに、万一知られたらと、不安が増した。

雅光に疑惑を持たれることも藤絵に疑惑を持たれることも避けなければならない。光滋はさんざん迷ったあげく、帯だけしか解くべきでないと判断した。

藤絵は深い寝息を立てている。躰を持ち上げたりしながら胴を二周している帯を解いても目覚めない。今ならどこを触っても大丈夫だという確信があった。気にかかるのは雅光の帰りだけだ。だが、まだ七時。少なくともあと一時間ぐらいは安全だと信じたかった。

「藤絵……」

光滋は名前を囁きながら、薄く開いている唇を塞いだ。日本酒の匂いと甘やかな体臭が混ざりあっていた。溶けてしまいそうなほど柔らかい唇だ。

荒々しい鼻息をこぼしながら、光滋は舌を差し入れた。だが、合わさっている歯列が邪魔をした。強引にこじ開けて、美しい藤絵の顔を醜く歪めたくはなかった。奥に差し入れるのは諦め、やわやわとした唇を何度も舌でなぞっては押しつけた。

光滋の股間はぐいぐいと反応した。

屹立を秘口に押し入れることができるなら……。

光滋はその誘惑と闘った。

痛いほどいきり立っている肉茎のことを忘れるために、光滋は藤絵の胸元に手を入れた。もわっとした妖しい熱気が指先を包み、すぐにふくらみに届いた。

何十人もの女を知り、粋で匂い立つような琴夜とは数え切れないほど躰を合わせているというのに、藤絵の乳房に触れた光滋の指先は、まるで初めて女に触れたときのように震えた。

光滋はますます荒い息をこぼしながら、ふくらみを揉みしだいた。永久に揉み続けても飽きることはないと思えるほど心地よい柔肉の感触だ。中心の乳首に触れると、光滋の屹立は、亀頭を愛撫されたように激しく反応した。

肩で息をしはじめた光滋は、懐に両手を入れて長襦袢や肌襦袢ごと大きく割り開いた。溶けてしまいそうなほどやわやわとしたふくらみが、眩しいほどに輝きながら現れた。

光滋はさらに肩先から二の腕近くまで着物を割った。完全に剝かれたふたつのふくらみに、青い血管が透けていた。この暖かく華麗なふくらみを、雅光は毎日のように眺め、触れ、愛でているのだ。

掠れた声を出して藤絵の名を呼んだ光滋は、淡い色の乳暈に載っている撫子色の乳首を唇で触れ、おずおずと舌を出した。小さな果実に触れた舌先に、痺れるような感覚が走った。

光滋はがむしゃらに果実を吸いはじめた。心なしかしこり立ってきたようだ。はっとして顔を上げたが、藤絵は寝息を立て続けている。

噎せるような甘い肌の匂いと、着物に染みている沈香らしいかすかな残り香が、仄かであるにも拘わらず光滋の官能を激しく燃え立たせた。

光滋は息苦しいほど胸を喘がせながら、着物の裾を左右に捲り上げた。長襦袢、湯文字と、できるだけ大きく捲り上げていった。

絹のように肌理《きめ》細かな白い太腿が現れ、薄めの翳りも晒された。伊達締めに腰部を隠されている藤絵だが、胸や骨盤あたりから下を見ただけで、襖越しに見ていた総身よりさらに瑞々しい女体だとわかった。

　夫婦の行為を盗み見ているとき、現実は生々しかった。だが、光滋には目の前の出来事は現実であると同時に、触れることができない幻想でもあった。けれど琴絵のものよりはるかに柔らかい翳りを手で撫で、頰で撫でた光滋は、これは幻想ではなく現実だと実感した。

　翳りに鼻をつけて匂いを嗅いだ。汗だけでなく、動物的な誘惑臭が、そこにも微かに籠っていた。次は、こんもりした肉の土手を大きくくつろげるしかない。ひとりひとりの女の器官の景色が違うことはわかっているものの、藤絵のものを見るのだと思うと、自分の鼓動が耳に届くほど騒ぎ立てた。

　鼻から洩れる荒い息が、縮れの少ない藤絵の茂みを揺らした。縦の窪みに添えられた親指が震えた。柔肉のあわいをくつろげると、眩しいほどにぬめ光る薔薇のような器官があった。藤絵の性格を表しているような可愛い花びらは、強引に指でくつろげられ、もの言いたげな唇のようになっていた。肉の豆はほとんど包皮に隠れ、見つめられるのを恥じらっているようだ。

　毎日のように雅光の太い肉茎を押し込まれ、激しい抽送を受けているとは思えないほど器官全体は初々しかった。薔薇というより撫子や片栗《かたくり》の花に近い優しさだ。その優しい花が、男を誘う扇情的なメスの匂いを放っていた。あらゆる思考を停止させ、ひたすら交わることを欲情させる仄かで強力な誘惑臭だ。光滋は顔を埋めて肺いっぱいに匂いを吸い込んだ。血液が沸騰するようだった。

光滋はゼリーのような触れれば壊れそうな器官を舐め上げた。心地よい感触だった。夢中になって舐めまわした。花びらや肉の豆を吸い上げた。目立たない聖水口を舌先でつついた。男を受け入れる蜜壺に舌をこじ入れた。肉の襞が舌を包み込むような気がした。甘酸っぱい味がした。

我慢できなかった。光滋の躰全体が藤絵を求める性器になった。光滋はもどかしげにパンツとトランクスをいっしょに脱ぎ捨てた。先走り液で亀頭はぬるぬるだった。

伊達締めを締めたまま乳房と肩と下半身を剝かれている破廉恥な藤絵の姿を見下ろすと、光滋はますます欲情した。

「藤絵……」

母親ではなく、愛する女の秘口に股間のものを押し当て、腰を沈めた。だが、屹立は簡単には沈まなかった。意識のない藤絵のそこは潤っていない。ぬめりを帯びて輝いていても、その輝きは決して愛液ではないのだ。

さらに腰を沈めようとしたが無駄だった。光滋はいつになく迸るように溢れる先走り液を指に取っては秘口に塗りつけ、女壺の内側にも塗り込めていった。屹立の側面にも塗りつけた。それから、また挿入を試みた。

ゆっくりと亀頭が沈み、側面も咥え込まれていった。腰と腰が密着した。藤絵の眉間がわずかに動いたような気がして、光滋は喉を鳴らした。けれど、もはや後戻りはできない。

光滋はほとんど声にならない声で、藤絵……と囁くと、上体を倒して、微かに開いたままの藤絵の唇に軽く口づけた。乳房を摑んで、まん中の果実を吸い上げた。それから、ゆっくりと腰を動かした。動かすたびに乳房がぼわりとゴムのように上下に揺れた。

藤絵の暖かい肉襞が光滋の剛直にまとわりついた。腰を引くと、真空になったような体奥が吸盤のようになり、光滋のものが出ていくのに抵抗した。

理不尽に眠らされ、破廉恥な姿に剝かれて犯されている藤絵が安らかな顔で揺れている。それなのに、男を咥え込んだ肉の襞は、別の生き物のように妖しく淫らだ。

光滋はいたたまれなくなって抽送の速度を増した。乳房も激しく揺れ動いた。

（藤絵！　藤絵！）

胸の中で藤絵の名前を繰り返した光滋は、さほど時間が経たないうちに気をやった。大きな光の塊が駆け抜けていった。

ぐったりとしたのはひとときだった。いま腰を離せば精液が尻の下の湯文字を濡らし、ひょっとすると長襦袢にまで染みをつくり、最悪の場合、着物にまで染みていくかもしれない。密着部から洩れていないことを祈った。

脱ぎ捨ててあるパンツを引っ張り寄せ、ポケットからハンカチを出した。そっと接合部につけて屹立を抜いた。一滴の白濁液もこぼさないようにと、全身に緊張の汗が滲んだ。

ハンカチを藤絵の尻の方に当てたまま、トランクスを更にその下に敷いた。

今夜、もしも雅光が藤絵を抱き、口でそこを愛するようなことがあれば、たちまち青臭いオスの匂いに疑惑をもたれてしまうだろう。

終わってしまった行為の重大さに、雅光は沼底に沈んでいくような恐ろしさを感じた。雅光が帰宅するまでに、藤絵の体内に残った精液を始末しなければならない。

しかし、どうやって女壺を洗えばいいのか……。

着物を脱がせてしまうわけにはいかなかった。実の母子であれば、たとえ裸に近い状態であっても気にすることはない。けれど、藤絵は継母だ。そして、光滋は最初から藤絵を女として見ていた。藤絵も光滋の前で肌を晒すようなことはなかった。不自然にならないためには、帯以外に手をつけるわけにはいかない。

ますます目の前が暗くなった。取り返しのつかない罪を犯してしまった。それがもうすぐ父に知れ、罵倒され、二度とここに戻って来られなくなる。罵倒されるだけでは済むことでもなかった。

光滋の全身は汗でどろどろになった。

そのとき、何年もの間忘れていたものが脳裏に甦った。光滋は二階の自分の部屋に駆け込んだ。

押入から小さな段ボール箱を出して開いた。子供のころの玩具やがらくたが入っていた。実母の桐子から買ってもらったものばかりだ。棄てられないものばかりだった。そのなかに、水鉄砲があった。

それを持った光滋は、息せき切って階下に走った。

厚手のバスタオルやビニールシートも用意し、水鉄砲にはたっぷりとぬるま湯を入れた。最初は水を入れたが、冷たさで藤絵が目覚めるかもしれないと不安になり、ぬるま湯に替えた。

ビニールシートの上にバスタオルを敷き、女の器官に当てると、屹立で貫いていた秘口に水鉄砲の先を押しつけて、何度も引き金を引いた。注入されたお湯は、膣襞をいっぱいに満たすと秘口から溢れ出してくる。

水鉄砲が空になると新しい湯を満たし、ビデの代わりになるように、同じ行為を繰り返した。

美しくも妖しい秘口は、今も光滋を誘惑していた。嚙みちぎって食べてしまいたい衝動を抑えながら、光滋は鼻をめり込ませて匂いを嗅いだ。生臭い匂いはなかった。力が抜けていくようだった。だが、まだ休むわけにはいかない。

バスタオルやビニールシート、水鉄砲を始末して、くつろげられている藤絵の胸元を直した。捲れ上がっている裾を直すため、湯文字から長襦袢、着物と整えていった。乱れを感じさせないほどになった。

琴夜との営みで、着物には慣れている。光滋は帯さえ締めてやることができるようになっていた。琴夜は剝ぎ取られた着物を、最後に光滋に着せてもらいたいと言った。光滋はお太鼓だけでなく、粋な深川結《ふかがわむす》びや角出《つのだ》しも結べるようになった。すると、琴夜はますます光滋に夢中になっていった……。

藤絵を眺めた光滋は、もう大丈夫だと大きな息を吐き、胸から下に肌布団を掛けた。

八時半、まだ雅光は戻ってこないだろう。最低限の安全が確保されたところで、空になっている皿や鉢を台所に運んだ。睡眠薬入りの酒の残りも始末した。


九時半、雅光が帰宅した。

光滋は精いっぱい平静を装いながら、藤絵に無理に酒をつき合わせたら、酔って眠ってしまったと言った。

「悪いことしたな……手料理がいいと言ったらいろいろ作ってくれてさ、それで、あんまり美味そうだったから、ついいっしょに呑もうって何度も注いでしまったんだ」

「たまにはいいさ。藤絵は継母だから、おまえに嫌われているんじゃないかと気にしてたんだぞ。上京したまま戻ってこないのは自分のせいじゃないかと。だから、おまえが戻ってきてくれて嬉しいんだ」

雅光が今夜のことを知ったらどうするだろう。まだ安全圏に入っていない。光滋は怯えた。

「藤絵はあとで寝室に運んでやろう。少し呑むか？」

「先に風呂に入った方がいいんじゃないか？　暑かっただろう？」

「じゃあ、そうするか。ひと風呂浴びてゆっくり呑む方がいいな」

雅光が出ていった。

十五分ほどですっきりした顔をして戻ってきた雅光に、光滋は積極的に日本酒を注いだ。酔わせれば、藤絵を抱こうという意欲を失わせることができるかもしれない。そのとき、ふいに、精液の残渣《ざんさ》が藤絵の太腿を伝いはじめたような不安に陥った。動悸がした。

「どうしたんだ？」

雅光が徳利を差し出しながら怪訝な顔をした。

「俺も少し酔ってるかな……」

光滋は笑いを装ってぐい呑を差し出した。

「この紅志野のぐい呑、よくできてる。酔って手を滑らせて割ったら恨まれるだろうな。割る前にぐい呑を換えた方がいいな」

「形あるものはいつか壊れるものだ。千年生き残れるか一年か、そのものの持って生まれた運命だ。そのぐい呑の運が強けりゃ、おまえの手から滑り落ちることはないだろう。たとえ滑り落ちても割れやしないさ」

雅光は光滋のぐい呑に酒を注いだ。

雅光にも頻繁に酒を注いでやった光滋は、一時間ほどすると、昨夜同様、酔った振りをして寝室に戻った。

眠くはなかった。むしろ、頭は冴えていた。

二階から階下を窺っていた光滋は、雅光が寝室に藤絵を運んだのを知ると、しばらくしてこっそりと階下に降りた。

今夜の和室は、紙一枚の隙もないほどぴたりと閉まっている。欄間から覗く勇気はなかった。耳を澄ませた。静かだ。吐く息が雅光に聞こえはしないかと思われるほど静まり返っている。

やがて、藤絵のものと違う寝息が聞こえたような気がした。日本酒のせいで雅光も眠ってしまったのだろう。光滋は足音を忍ばせて部屋に戻った。

第四章　漆黒の悪夢

「ひと月は帰ってこないんじゃないかと心配してたのよ。嬉しいわ」

一週間も経たないうちに東京に戻ってきた光滋を、まるで何カ月も離れていた恋人に会うような喜びを湛えて琴夜が迎えた。

「どこか美味しいところで夕食を食べましょう。お店、遅くなってもいいわ。本当はお休みにしたいくらい」

「ママがそれじゃ、ホステス達に示しがつかないだろ」

「だって、五日ぶりなのよ」

「たった五日帰っていただけじゃないか」

継母の藤絵を睡眠薬で眠らせて抱いた罪の意識に、光滋は実家にいるのがいたたまれなかった。藤絵を抱いた翌日から、光滋は高校時代の友人と会うという口実をつくって、ほとんど家に寄りつかなかった。

日中は藤絵や雅光と会話を交わすだけでなく、顔を見るのも憚られ、夜は夜で、夫婦の行為が気になって眠れないのはわかっていた。友達と会っていると言い訳しては、街に出て女を買ったりもした。女を抱けば、その間だけでも藤絵を忘れられると思った。だが、そうはいかなかった。四六時中、藤絵の美しい姿態と、淫らに屹立を咥え込んだ熱い肉襞の感触を思い出すだけだった……。

「遠くに行ったまま帰ってこなかったらどうしようって不安だったのよ」

「外国じゃあるまいし、新幹線ですぐの距離じゃないか。まるで子供みたいだな。従業員には怖いママのくせに。それに……」

光滋は唇だけで笑った。

「それに何よ」

「複数のパトロンには隙なんか見せないんだろ？　誇り高いママだもんな」

琴夜には医者や実業家のパトロンがついている。光滋は琴夜のマンションの近くに部屋を借りてもらっていたが、いざというときは甥ということにしようと話し合っていた。

琴夜は携帯電話を持ち歩いているので、自分の部屋にいなくてもパトロン達との連絡はとれる。光滋の部屋にいるとき、パトロンからの電話が入ることもあった。だが、光滋はそれに嫉妬することはなかった。

光滋を気にして会話している琴夜の横で、光滋はわざと乳房や太腿をなぞって悪戯した。

感じているくせに、パトロンにさりげなさを装わなければならない琴夜の反応が面白かった。

「パトロンなしじゃ、銀座でお店なんかやってられないわ」

「そんなこと言ってないだろ。俺、焼き餅焼いたことなんてないじゃないか」

「焼き餅焼かないってことは愛情がないんでしょう？　光滋はいつもほかのことを考えてるのよ。ちっとも私のことなんか考えてないのよ。そうでしょう？　焼き餅焼いてくれないのが口惜しいのよ」

光滋より二十歳も年上の、母と言ってもおかしくない三十九歳の琴夜が、やけに拗ねた口調で言った。

「ばかだな。だったら、こんなに早く帰ってくるはずないだろ」

「私よりやきものが大事で戻ってきたのよ。早く自分のお城に行って作りたいんでしょう？」

「実家は窯元だぞ。だったら、実家にいて轆轤を挽いてるさ。そうか、ひょっとしてアレか。だからイライラしてるのか」

光滋は妙に絡んでくる琴夜の部屋着のワンピースの裾に手を入れた。

「タンポンが入ってるかどうか調べてやる」

「もうあんなもの、とうに上がっちゃったわ」

光滋の帰りを素直に喜んでいた自分が、どうしてこんなに拗ねているのか、琴夜自身にもわからなかった。

「だったら、これからコンドームなしでやるぞ。子供ができたって知らないぞ。いや、生理が上がったんなら、子供ができるはずがないか」

光滋は琴夜をソファに押し倒すと、スカートに潜り込ませた手をショーツまで伸ばし、あっというまに膝の方に引きずり下ろした。

「あう、シャワー」

「あとにしろよ」

「生理なの……ビデを使わせて」

「上がったって言ったじゃないか。生理のはずがないだろう？」

光滋の手はねっとりしている内腿を這い上がり、翳りを掻き分けて肉の饅頭のあわいを割った。指先に、太い糸が絡んだ。

「どうしてタンポン入れてるんだよ。アレ、上がったって言ったじゃないか」

「意地悪……」

「いつからはじまったんだ」

「光滋がいなくなったあと。きょうは四日目」

「だったら大丈夫だな」

「でも、シャワーを浴びさせて」

いったん解放した振りをしたが、トイレに行こうとした琴夜がドアを閉める前に、光滋はすかさず中に入り込んだ。

「タンポン、出してやる」

「いや。出てって」

「さっさと座れよ。でないと俺、帰るからな」

「いやな子。年寄りみたいにいやらしいんだから」

「へえ、年寄りは琴夜のタンポンを引き抜いたりするのか。どのパトロンだ」

「怒るわよ」

「怒れよ」

光滋は意に介さなかった。琴夜と爛れるような時間を持つことで、ひとときでも藤絵のことを忘れられるのかもしれない。

光滋は琴夜の肩を押して、むりやり便器に座らせようとした。琴夜は壁際に逃げた。

光滋は壁に押さえつけた琴夜のワンピースの裾を捲り上げた。レースを使った淡いワインカラーのショーツを穿いていた。こんなときでも、琴夜はしゃれた下着をつけている。店に出るときは着物なのでショーツはつけていないが、部屋で洋服を着るときは、いつも高価な下着だった。そして、洋服の琴夜は、着物を着ている琴夜の妹ではないかと思えるほど若々しく見えた。

光滋は強引にショーツを引き下げた。布が裂ける音がした。それに煽られるように、光滋は更に膝のあたりまで小さな布片《ぬの》を引っ張った。そして、ついに足首から引き抜いた。

「乱暴ね。使えなくなったじゃない。ブラジャーとお揃いなのよ。うんと高いフランス製のインナーなのに」

「パトロンにねだって、また買ってもらえよ」

同時に、光滋の頰に琴夜の平手が飛んだ。鈍い肉音がした。

「どれだけ私が光滋のことを思ってるかわかってるくせに。欲しいと言うから陶器が作れるように郊外の家まで借りてあげたのに……何でも与えてあげてるのに」

口惜しそうな琴夜の目が潤んだ。

「バイトを辞めろと言ったのは誰だ。辞めたからにはその分、与えてもらって当然だろう？恩着せがましく言うのなら、俺はたった今、ママと縁を切る。元どおり、あの店でバイトすれば、そこそこ稼げるんだ」

藤絵を抱いたあとの強烈な余韻が残っているだけに、いくらやり手のクラブママであっても、光滋に琴夜への未練はなかった。いくら粋で艶やかな女であっても、光滋には藤絵以上に愛せる女などいないのだ。

「パトロンのことばかり言うから……言われるたびに苦しい思いをしてるのをわかってくれないから」

明るく広い洗面所とはいえ、ふたりが入るには狭すぎる空間に、重苦しい空気が澱んだ。

「好き……光滋のこと、大好き……誰より好きよ。叩いたりしてごめんなさい。ね、許してちょうだい」

年上の女の阿《おもね》るような口調と表情に、光滋に嫌われたくないという不安が見て取れた。

有利に立ったのがわかった光滋は、命令口調で言った。

「足を開けよ」

琴夜は躊躇いがちに足を開いた。

ワンピースを片手で捲り上げた光滋は、濃い翳りの下方に垂れている糸を引いた。異物が秘口を出るとき、抵抗があった。

水気を含んでふくれているタンポンが引き出されるとき、琴夜は、あう、と声を洩らし、内腿を緊張させた。

白い異物には、わずかな血液が付着していた。

いた。

て便器に放った光滋は、ズボンとトランクスを脱ぎ捨てた。股間のものは隆々と反り返って
「見ないで……早く捨てて」

琴夜は光滋がぶら下げて眺めている生理用品を取り上げようとした。それをひょいと躱《かわ》し
「たいしたことないな」

悲鳴を上げた。

壁に押しつけた琴夜の柔肉のあわいに、光滋は愛撫もなしに、剛棒を突き立てた。琴夜が
「タンポンが水分を全部吸い取ってるから、そう簡単には入らないはずだ。まあ、ママは濡れるのが早いから、すぐに楽になるさ」

沈んでいこうとしない屹立を、光滋は強引にねじ込んだ。

「痛い……痛いったら」

琴夜は光滋の胸を押しながら眉間に皺を寄せた。

「処女みたいだ。ママはいつ女になったんだ。最初はこんなふうに痛かったのか」

「ほんとに痛いの。やめて」

琴夜の苦痛の顔に、光滋はそそられた。

「女になったときのことを思い出せよ。最初の男はどんな奴だったんだ」

「痛い。痛いったら」

拒もうとする琴夜を壁に押しつけて、光滋は腰を揺すり立てた。屹立は何とか根元まで沈んでいった。

「乱暴にしないで。痛い……」

「どうして濡れないんだよ。濡れれば痛くなくなるだろ？」

惚れられていると思うと強気になれた。琴夜を失ってもいいと思っている光滋に対して、琴夜は何としても光滋を失いたくないと思っている。知り合った当時は押され気味だった光滋だが、今では完全に立場が逆転していることを悟っていた。

強引に押し込まれた屹立の抜き差しに、顔を歪めて痛みを堪《こら》えていた琴夜だが、じきに潤いが満ちてきた。そうなると、自分から巧みに腰をくねらせ、前後に動かし、秘口や肉襞を収縮させて光滋のものを握りしめた。

「こんなところでするなんて……」

徐々に意地悪くなっていく美しい男に、琴夜はいっそう魅了されていく。こうしてひとつになっていても、決して光滋の心を摑むことはできない。光滋はいつも他の何かを見つめていた。

光滋の唇を塞いだ琴夜は、舌を絡ませた。熱く湿った鼻息が互いの顔を濡らした。光滋は琴夜の唾液をむさぼり吸った。琴夜の肉襞は光滋の激しい口づけに合わせて淫らに蠢いた。光滋の剛直も、女壺の中でひくつきを繰り返した。

合わさった唇と絡み合った舌は、ますます互いを貪欲にむさぼりあった。光滋の手は、ワンピース越しに琴夜の乳房を乱暴に摑んだ。くぐもった喘ぎが洩れた。熱い息や総身から発散される体温で、狭い空間は噎せ返っていた。

乳房を玩んでいた光滋の手が肩先に移り、壁に押しつけた琴夜を激しく穿ちはじめた。下から突き上げてくる硬直が、琴夜の内臓を抉るような衝撃を伴って襲った。琴夜は悲鳴に近い声を迸らせながら顔を歪めた。だが、強弱をつけて抜き差しをはじめ、間を置いて周囲をなぞったりもすると、柔らかい肉の襞が悦びを表すようにざわざわと蠢いた。

「光滋……もうすぐ……それ、それがいい」

浅いところを何度か擦っては深く沈める動きに、琴夜が鼻から甘いメスの喘ぎを洩らした。そして、光滋の背中に爪を立てて昇りつめた。

収縮を繰り返す琴夜の秘口に精をこぼしそうになりながら、光滋は奥歯を嚙みしめて耐えた。女を知ったのは去年の春。それから幾度となく男女の営みを繰り返し、今では多少、忍耐することも覚えた。日に日に女を悦ばせるテクニックも巧みになっていく。

法悦の波が収まってきた琴夜を確認した光滋は、汗で湿ったワンピースを剝ぎ取り、浴室に引っ張り込んでシャワーを放った。フックに掛かったままのノズルから、勢いよく湯が噴き出した。

頭からびしょ濡れになったふたりは、再び唇を合わせて舌を絡めた。光滋の指が、充血している花びらや肉の豆を玩んだ。琴夜の尻がくねった。

「バスタブに手をつけよ」

琴夜に尻を突き出させた光滋は、くびり出た豊満な尻肉を撫でると、まだ気をやっていない疼く剛棒を、ぬめ光る柔肉の狭間に突き立てた。

腰を摑んで抜き差しし、膣襞をなぞっては秘口付近を擦る。浅いところを刺激したあとは、奥まで沈めて子宮頸をつついた。剛直を深く沈めたまま動きを止め、肉の豆や花びらをいじりまわしたりもした。

「光滋……おかしくなる……またおかしくなるの……」

琴夜は肩越しに振り向いて、切なげな視線を向けた。酔ったように火照った顔だ。半開きの濡れ光った唇は、男の屹立を咥えるためだけに存在している淫らな器官に見えた。

「好きと言って。光滋、言って」

淫らな唇が言葉を放った。

琴夜の店には毎夜、社会的に地位のある男達がやってくる。ある者は大胆に、ある者は耳元でこっそりと琴夜をベッドに誘う。粋な琴夜と同じ時間を過ごすことは男達の誉れなのだ。

しかし、社会的地位など遥かに遠い、たかが大学生でしかない光滋が、琴夜の心を虜にし、勝手に動きまわる。そして、心の奥底を見せようとはしない。近くにいるようでいて遠いところで生きている光滋を少しでも自分に手繰《たぐ》り寄せたいと思うだけ、琴夜は光滋にのめり込んでいった。

「好きと言って。ね、光滋っ！」

揺れながら押し出される琴夜の声は、浴室に反響し、周囲から降り注いだ。

「ぞっとするようなことを言うな。俺達はこんな破廉恥なことをしてるだけだ。獣に好きも嫌いもあるか。いけ！　いけよ！　おまえと俺はただのいやらしい獣だ」

光滋はラストスパートに入った。穿つたびに皺袋が琴夜の尻に当たり、たぽたぽと音を立てた。

やがて光滋も昇りつめ、勢いよく精を放った。


藤絵への思いを断ち切るために、光滋は琴夜を抱くだけでなく、ほかの女達も抱いた。爛れたように女達と躰を合わせることで、脳裏に浮かぶ藤絵の面影を消そうとした。光滋さえその気になれば、女達を抱くことはたやすいことだった。

キャンパスには光滋の写真を撮ろうとする女達がいたし、その中に、他校の女子大生達が紛れていることも珍しくなかった。

今夜の相手は私立T女子大二年、光滋と同じ歳の明日香《あすか》だ。光滋は大学生でいながら、年上の女との営みが多く、女子大生を相手にすることはめったになかった。

「友達がこのことを知ったら嫉妬するわ」

ホテルに入るなり恥ずかしげもなく服を脱いだ明日香は、誇らしげに笑みを浮かべた。いつも男を値踏みしているような女だ。目の大きな美人だが、勝ち気そうで、尖りぎみの上唇はセクシーでそそるが、光滋は明日香にさりげない笑みを送られるたびに、鼻っ柱をへし折ってやりたいと思うことが多かった。

夏の名残《なごり》を刻んで小麦色に輝いている肌は艶やかに光り、無駄な肉はない。鞠《まり》のようにまるまると太った乳房、両手で摑めそうなほどくびれた腰、つんと盛り上がった尻肉、細く長い脚……。

バランスのとれた完璧な肢体だ。だが、乳房と下腹部に白い水着の痕が残っている。光滋は不自然な色に落胆した。

こんなときでさえ、藤絵のすべすべした白い肌が甦り、愛する者と明日香の肉体の落差を感じずにはいられなかった。若い女は夏の焼けた肌を誇らしげに見せつける。わざわざ肌を焼く。だが、光滋はしっとりと潤った白い肌が好きだった。

琴夜も仕事で着物を着るので、無闇に肌を焼いたりしない。日中、着物で出かけるときは白い日傘を欠かさないし、洋服のときは必ず鍔広《つばひろ》の帽子を被った。

「ハワイとグアムで焼いたのよ。よく焼けてるでしょ？」

明日香は栗色に染まったロングヘアを靡《なび》かせて、くるりと躰を回転させた。ほどよく生えた黒い翳りが蝶のように舞った。明日香はバランスのとれた体型を意識して誇っている。

しかし、光滋は目の前の女の体型が完璧であっても、自分と同じ歳の女の躰に物足りなさを感じた。もともと愛情があってここまで来たのではなく、近づいてくる女達の中のひとりだったというにすぎない。熟した女の丸味を帯びた豊満な総身に比べると、いくらはちきれそうな乳房をしている明日香でも、ほっそりした貧弱な躰にしか見えなかった。

「先にシャワー浴びてきていい？」

自分に張りついた光滋の視線は、美しい肉体に圧倒されているためだと、明日香は勘違いしていた。これまで明日香を抱いた男達は、明日香を放そうとしなかった。明日香が男達を選び、飽きると捨て、次の男を選んだ。光滋を手に入れるのには時間がかかったが、とうとう自分のものになるのだという満足感でいっぱいだった。

明日香が浴室に消えると、光滋は服のままベッドにごろりと横になった。

セックスは必要だ。若いだけに、毎日のように精の捌《は》け口を必要とする。だが、愛情もない女を抱いたあとは虚しさしかない。藤絵を自分のものにすることができるなら、どんなに満ち足りたセックスになるだろう。

藤絵を抱いてから、光滋はいっそう渇きを覚えるようになった。藤絵のふくよかな乳房や、淫らさを秘めてやわやわとしていた肉襞の感触が甦るたびに、狂おしさで壁に頭をぶつけたい衝動に駆られた。そのたびに、猛り狂った獣のように、股間のものを痛いほどしごき立てた……。

「あら、何してるの……？」

浴室から出てきた明日香は、ベッドに横たわって目を閉じている光滋に、意外な顔をした。

「疲れてウトウトしてたみたいだ」

明日香は自分の裸体を見た光滋はじっとしていることができず、すぐに浴室に入ってくるかもしれないと思っていた。それが、浴室に入ってくるどころか、ベッドで眠ってしまうところだったと聞かされ、酷く自尊心を傷つけられた。

「冷たいシャワーでも浴びたら目が覚めるわよ。でも、さっきまで元気だったじゃない」

「徹夜だったんだ」

昨夜、いつもより早く店から戻ってきた琴夜は、少し酔っていた。そして、欲情した獣のように光滋を求めてきた。光滋は朝まで琴夜を相手にし、三度も気をやった。疲労は回復し、明日香を抱くつもりでホテルに入ったが、潑剌《はつらつ》とした小麦色の肌を見ると、元気になるどころか、かえって疲労に襲われた。できるなら、このまま気持ちのいいシーツにくるまれて眠る方を選びたかった。

「明日香とここまで来たら安心したのかな」

光滋は笑みの消えた明日香を素早く察知して、心にもないことを口にした。

「シャワー浴びてきたら、私がオクチでしてあげてもいいわ。上になった方がいい？　私、上の方が好きだから、疲れてるなら光滋はじっとしててもいいのよ」

偽りの光滋の言葉に騙された明日香は、単純に機嫌を直した。

服を脱いだ光滋の躰を見て、明日香は溜息をついた。筋肉が隆々としているわけではない。上背もほどほどだ。けれど、総身は引き締まり、触ってみるまでもなく、女も羨むようなすべすべの肌をしているのがわかった。光滋の容貌と躰は、近寄りがたいほどに整いすぎている。

「白いのね……」

「白いのはいやか？」

「日焼けした男としかつき合ったことないけど、光滋より綺麗な男はいなかったわ。やっぱり光滋はダントツよ。光滋とこんなところに来てるのを知られたら、私、すごく嫉妬されるわね。後が怖いわ」

明日香はまだ萎縮したままの光滋の股間にチラリと目をやった。

後が怖いなどと言っているものの、明日香はこの関係を喋りたくてウズウズしているのが光滋にはわかった。ここを出たあと、明日香はすぐに友達に電話するだろう。そして、今夜のことは明日には何人もの女達に知れ渡ってしまうだろう。しかし、光滋にとって、そんなことはどうでもよかった。

一回きりの女も多い。たとえ一回でも、光滋と男女の関係になったということは、女の誇りになるらしい。光滋が銀座のクラブのママのツバメのような存在だということを知る者はいなかった。

さっとシャワーを浴びて戻ってきた光滋は、ベッドに横になっている明日香の傍らに潜り込むと、男のマナーだというように唇を合わせて、ソフトキスからディープキスへと移っていった。その気はなかったが、股間のものが反応し、そのうち硬くなった。

舌を絡めながら乳房を揉みしだき、下腹部へと手を伸ばしていった。光滋はさっさと終わらせたかった。時間を短縮して性急に動いた。それでも、明日香は積極的な光滋の行為に、愛されているのだと錯覚していた。

光滋の手が翳りを撫でて、ほっくらした土手の切れ目に入り込み、肉の豆を探し当てた。包皮ごと二、三度揉みしだき、すぐに花びらを辿って秘口に移動した。女壺に押し入った指に、口を塞がれている明日香は、ヒクッと腰をバウンドさせた。

光滋は舌を動かしながら、女壺の指も出し入れした。熱い息が明日香の鼻からこぼれはじめた。

年上の女を相手にするときは、じっくりと愛撫して燃え上がらせ、焦らす癖がついている。抜き差しするだけしか能のない青臭い男と思われたくなかった。

けれど、明日香には、そんなねっとりしたサービスをしようという気はなかった。この手の女は激しく突かれることで声を上げる。時間をかけて一度だけ愛されるより、激しく二度、三度と愛されることで満足するのだ。たとえそうでなくても、今夜の光滋には、じっくりと燃え上がらせてやろうという気力は湧かなかった。

すぐに明日香の内襞は濡れてきた。指を一本から二本にして、それも楽に出し入れできるようになると、半身を起こし、屹立を秘口に押し当てて、ぐいと腰を沈めた。

濡れたようなピンクの唇を、明日香は気持ちよさそうにゆるめた。

明日香の肉襞は引き締まった総身に比べると、思ったほどの抵抗はなかった。多くの男達を経験している琴夜の秘壺の方が、遥かに食い締めが強い。また光滋は落胆した。そして、生白い乳房が気になった。周囲とくっきりと分かれた肌の色に、気が散ってならない。服を着ているときはいいが、裸になったときのことを考えないのだろうか。それとも、裸になった今、いかにこんがりと焼けたかを誇っているつもりなのか。周囲から浮き上がっている乳房の白さが、光滋には継《つ》ぎ接《は》ぎされた皮膚のように見えた。

「バックからしたい」

不自然な色目のついた乳房を見ないで済むならと、光滋は思った。

「意外といやらしいんだ。バックからが好き？　私も嫌いじゃないけど」

明日香はふふと笑った。

結合を解いた光滋に、明日香は自分からうつぶせになった。

「尻を上げろよ」

「四つん這いじゃなくて、こんなふうに？」

明日香は尻だけ掲げた。やはり誇らしげな動きだ。

意識のある藤絵に同じことを命じれば、間違いなく恥じらい、決して自分から尻を突き出すことはないだろう。夫に命じられてさえ、すぐに動くことはないのだ。

再び浮かび上がった藤絵の姿を追い払うように、光滋は突き出された臀部を摑み、ぬめ光っている紅梅色の器官に乱暴に剛直を押し入れた。明日香は隣室や廊下に聞こえるような派手な声を上げた。

光滋は舌打ちした。最後までそんな声を上げられては堪《たま》らない。藤絵のあえかな声は光滋を昂らせるが、明日香の声は肉棒を萎縮させてしまいそうだ。

光滋はまた屹立を抜くと、浴衣の紐を取って明日香をうつぶせに押し倒した。そして、レイプごっこでもしようぜ、と言いながら、腕を素早く後ろにまわして手首を括った。

明日香は慌てて総身を揺すった。しないでと叫ぶ声は、相変わらず遠慮がない。

「ここはラブホテルじゃないんだ。ちょっとは遠慮しろよ。もっといかがわしいホテルにすればよかったな」

もう一本の浴衣の紐を猿轡にして明日香の唇を割った。明日香は頭を打ち振りながらくぐもった声を洩らした。

「俺は時と場に応じたマナーを守らない女にはお仕置きすることにしてるんだ。ここは普通のホテルだ。ドアの下に隙間が空いてるのはわかるだろう？　隣に聞こえるだけじゃなく、廊下を歩く奴も立ち止まるぜ。ちょっとは可愛く押し殺した声を上げろよ。大きな声を上げさえすれば男が悦ぶと思ってるのか。おまえは口を塞げばちょうどいい声が洩れそうだ」

明日香は怯えた目をして首を振りながら、声にならない声を洩らした。そのたびに小鼻がふくらんだ。すぐに浴衣の紐は唾液でびしょびしょになるだろう。

「そうだ、それぐらいがいい。最高だ。可愛く喘げ。どんなレイプごっこがいい？　もてる女はノーマルなセックスは飽きてるだろうしな。シャワーを浴びて綺麗になってるんなら、ケツでも舐めてやろうか。後ろも使ってるなんてことはないだろうな。じっくり見てやるからさっきのように四つん這いになれよ。おっと、手が使えないなら、尻だけ突き出すんだな」

美しい唇を歪めた光滋は、総身でいやいやをする明日香に被虐の血を滾らせた。唇を浴衣の紐で醜く割られた明日香の顔は、汗にまみれ、栗色の髪が額や頬にへばりついていた。

「ヴァギナは使い飽きてるだろ？　後ろをいじってやるから突き出せよ」

ヘッドボードの方に尻で逃げていく明日香を言葉と視線でいたぶりながら、光滋は右手の中指にコンドームを被せた。目障りな白い乳房と肩先が波打っている。

明日香はヘッドボードに背中が当たると、ベッドから下りて逃げ出した。光滋は簡単に捕らえてベッドの縁に上半身を押さえつけた。それから、カーペットについている太腿の間に膝を割り入れた。

ほぼ直角に躰を曲げている明日香は、後ろ手に括られたまま背中を左手で押さえつけられ、コンドームを被せた右の中指で後ろの蕾に触られると、猿轡の内側で声にならない声を上げてもがいた。

漣《さざなみ》が立つように瞬時に鳥肌だった明日香の総身を眺めて、光滋はほくそ笑んだ。すぼまりを舐めると、電流を放たれたように総身が跳ねた。

唾液でべとべとになるほど光滋は排泄器官を舐めまわした。中心はつるつるしていた。明日香が力をを入れて菊蕾をすぼめているのがわかる。だが、そのうち、力尽きてゆるむときがあった。そのころを見計らって、光滋はゼリーのたっぷりついた避妊具を被せた中指を後ろに押し込んだ。

踏みつけられた蛙のような声が猿轡から洩れた。すぼまりは秘口とは裏腹に、指を食いちぎるほど締めつけが強かった。

「処女みたいじゃないか。あんまり変態はしてないようだな。ケツをこうして指でいじられるのもいいもんだろう？」

光滋はスムーズに動かない指をゆっくりと出し入れし、捏ねまわした。決してすぼまりから指を抜かず、親指で花びらや肉の豆もいじりまわした。女園は納豆のようにねとついていた。感じているのがわかる。だが、屈辱が大きすぎたのか、明日香は泣いていた。しゃくりあげる明日香に、光滋は小気味よさを覚えた。屹立が腹を叩きそうなほど反り返っていた。

菊蕾の指を抜くとき、明日香の尻がくねった。光滋は明日香をベッドに上げ、仰向けにした。そして、猿轡だけ外した。昏から耳にかけての醜い紐の痕と泣き顔が、せっかくの美形を台無しにしていた。

「泣くほど気持ちがよかったか。ここを出たら、誰かに、俺にケツをいたぶられたと言ってみろよ。今度はムスコを押し込んでやってもいいんだぜ。ノーマルなセックスは飽きた。おまえもそうだろう？　そろそろ変わったことをしたいと思っていたんだ」

光滋はしゃくりの止まらない明日香を見下ろしながら、秘壺に屹立を突き刺した。指を咥え込んでいた後ろの締めつけが強かっただけに、物足りなさを感じたが、恥辱にまみれた明日香の顔がそれをカバーした。光滋は射精に向かってすぐに乱暴に腰を動かしはじめた。


秋も深まったころ、地元に住んでいる高校時代の級友から光滋に、年明けの同窓会を知らせる電話が入った。

「それにしても、お袋さん、大変だったな」

何が大変だったのかと、光滋は旧友の言葉を訝《いぶか》った。

「知らなかったのか……？　救急車で運ばれて入院したようじゃないか」

いつのことだと、光滋は怒鳴るように尋ねていた。

「三日ほど前だ。本当に知らなかったのか……」

「どうして入院したんだ！」

「詳しくは知らない……又聞きなんだ。おまえに電話したら留守だし、ひょっとして、こっちに戻ってるかと思って電話してみたら、帰ってないというし、電話を取ったのは窯を手伝ってる陶工と思うけど、たいしたことないって言葉を濁すから、それ以上聞けなかった」

光滋は電話を切ると、すぐに自宅に電話した。だが、虚しくコール音が続くだけだった。

光滋はいてもたってもいられなくなった。救急車で運ばれたということは、急病か怪我だろう。家から何も知らされていなかったことで、光滋は苛立った。

九時を少し過ぎている。新幹線で帰るにはすでに遅い。駅まで走っても、寝台車もすべて出たあとだろう。朝まで待つには長すぎる。藤絵との距離をこれほど遠いと感じたことはなかった。

舌打ちしたり拳を握ったりしながら部屋を行ったり来たりしていた光滋の頭に、ふっとタクシーが浮かんだ。高速を飛ばせば、遅くても朝には家に着くはずだ。慌てて財布を確かめた。いくらかかるのかわからない。財布の現金で足りなければカードで支払えばいい。

光滋は着の身着のままで財布をポケットに入れると、外に飛び出してタクシーを拾った。

「T市」

「えっ？」

「T市まで、高速を飛ばして、できるだけ早く行ってほしいんだ」

運転手はエンジンをかける前に、バックミラー越しに光滋をまじまじと見つめた。

「ひょっとして学生さんかい？　それとも、フリーターかい？」

「学生です。できるだけ早く頼みます」

「T市といえば、東京からだと四時間以上かかるかもしれないよ。相当代金もかさむし」

「わかってます」

「お客さんにこんなことを言うのも気が引けるけど、あまり若いんで、支払いが大丈夫かと思って」

「現金は少ないけど、カードもあるし、それでいいでしょう？」

懐を疑っているらしい運転手に、光滋は内心、舌打ちした。

「どうしても現金でと言うのなら、お袋が銀座のクラブのママをしてるから、店に寄ってもらえれば金を持ってくる。まず銀座に寄ってくれ」

銀座のクラブと聞いた運転手が、やっと車を発車させた。だが、まだ半信半疑だとわかる。

琴夜との関係を持ってから、光滋は昼間、誰もいない店に一度だけ入ったことがある。いかにも金や地位のある者が出入りしているとわかる贅沢な店だった。

光滋は店の入っているビルの前でタクシーを下りると、琴夜の店に直行した。

「いらっしゃいませ」

愛想よく言ったものの、クラブの客とは思えない若すぎる男に、蝶ネクタイをした三十そこそこの店長は、怪訝な顔をして光滋を観察した。

「ママを呼んでくれないか。甥の光滋と言ってくれればわかる」

甥と聞いて、店長はすぐに琴夜を呼びにいった。

「どうしたの……？」

黒地の裾に糸巻きを描いた友禅を着た琴夜は、夜会巻きの髪も相まって、ぞっとするほど色っぽかった。しかし、今の光滋には藤絵のことしか念頭になかった。

「金を貸してくれ。現金がいるんだ。タクシーを飛ばして田舎に帰る。俺が若いから、運転手が金の心配をしてるんだ。外に待たせてる」

「帰るって、何があったの？」

「お袋が入院したんだ」

「危ないの？」

「帰ってみないとわからない。頼む。金を貸してくれ」

切羽詰まった光滋の表情に、琴夜は五十万円持ってきた。

「いくら何でもこんなにいるわけないだろ」

光滋は一万円札を適当に二十枚ほど摑んだ。

琴夜も通りに出た。

「運転手にはお袋と言った」

「まあ、いやな子」

琴夜はやむなくタクシーの運転手に、息子を頼みます、と声をかけた。緊張して頭を下げた運転手は、艶やかすぎるクラブのママがやってきたことで、光滋に対する態度が滑稽なほど丁寧になった。


タクシーのヘッドライトが芒《すすき》の茂みを銀色に浮き上がらせながら藤窯への坂道を登っていった。光滋の頭は冴えていた。

代金を払った光滋は、玄関に鍵が掛かっているのを確かめると、インターホンを執拗に押した。留守なら、窓を割って入ろうかと思った。そのとき、明かりがついた。

「どちら様ですか」

「光滋だ」

パジャマ姿の雅光が、驚いたような顔をして玄関を開けた。

「継母さんは大丈夫なのか」

「おまえ、どうして……」

「祐二《ゆうじ》からの電話で、継母さんが救急車で運ばれて入院したって聞いたんだ。どうしたんだ。帰ってるのか」

光滋はもどかしげに尋ねた。

「まだ入院してるが大丈夫だ。上がれ。こんな時間にどうやってきた」

「タクシーだ」

「いくらかかったんだ。まったくおまえって奴は……夏休みは長居するかと思っていたのに、ろくにここに居もしないでさっさと帰ったくせに、今夜はまるで親が危篤のような戻り方じゃないか。まだ三時前だぞ。電話でもすれば、タクシー代なんか使うことはなかったんだ。お茶でいいか。コーヒーがいいか。それとも、ビールにするか？」

冷静な雅光はキッチンに直行した。

光滋は喉が渇いているのに気づいた。

「ビールでいい……継母さん、大丈夫なのか」

「おまえがそんなに血相変えて東京から飛んできたのを知ったら、藤絵はさぞ喜ぶだろう。夏休みにおまえがさっさと帰ったのを、やけに気にしていたんだぞ」

肝心なことを答えず、のらりくらりとしている雅光に、光滋は苛立った。

「どうして入院したんだ。もういいのか？　病気じゃなくて怪我か？　どうしたんだ」

ビアグラスを出す雅光に、光滋はついに乱暴に言った。

「流産だ」

光滋は喉を鳴らした。

「五カ月に入るところだったんだ」

藤絵と雅光がいっしょになって二年数カ月が過ぎた。妊娠しない方がおかしい。しかし、かつて藤絵が妊娠することを想像して苦しんだこともあったというのに、今では妊娠することなどないのだと光滋は信じきっていた。たとえ夫の子供であろうと、藤絵は身籠ってはならなかったのだ。

激しい衝撃が光滋を襲った。正真正銘、藤絵は雅光の女だったのだ。

「どうした……？」

グラスに注がれたビールにも気づかないでいる光滋に、雅光の目が光った。

「流産だったのか……あんまり意外だったから……そうか、流産か……俺、そそっかしいな」

光滋は本心を見抜かれまいとするように笑いを装うと、ぐいとビールを空けた。

「無事に生まれたら、おまえには二十も離れた兄弟ができるところだったな。藤絵はまだ二十七だからいいが、私は四十三だ」

雅光もビールのグラスを傾けた。

「六十過ぎて子供を持つ人だっているじゃないか。四十三なら大丈夫だ。またできるさ」

光滋は心にもないことを言った。

それからふたりは口数少なく、大瓶を二本空けた。

光滋は二階の部屋ではなく、和室に布団を敷いて横になった。だが、眠れるはずがなかった。藤絵に会いたかった。しかし、このまま会わずに帰りたいとも思った。

やがて夜が明けた。


病室のベッドに横たわった藤絵は、やや青白く見えた。それがか弱い藤絵をいっそう脆く見せた。光滋は藤絵を力いっぱい抱き締めたかった。

「具合はどうだ？　光滋が見舞に来たぞ。ジュースでも買ってこよう」

雅光はすぐに病室を出ていった。

「今ごろ帰ってくるなんて、何か用でもあったの？　せっかく光滋さんが戻ってきたというのに、何もできなくてごめんなさい」

藤絵の口振りから、光滋が自分の容態を心配して帰ってきたとは思っていないのがわかった。七つしか歳の違わない藤絵は、やはり母というより女だ。光滋は叫び声を上げたいほど愛しかった。一度はひとつになったのだと口にしたかった。

光滋はかつての級友からの電話をきっかけに、慌てて戻ってきたことを話した。

「私のために戻ってきたって言うの……？　本当に？」

藤絵は心底驚いていた。自分は冷酷な息子と映っているのかもしれない。けれど、愛すればするほど、藤絵との距離を取らなくてはならない。決して自分の気持ちを悟られてはならないのだ。

「今度は無事に生まれるといいな……うんと歳の離れた兄弟もいいだろうさ」

光滋は心にもないことを言って慰めた。

「子供なんてできるはずがないと思っていたのに……お父さんも驚いてたわ」

「まだ二十七じゃないか……」

「でも、お父さん、パイプカットしてるのに」

はっとした光滋に、藤絵も慌てた素振りを見せた。

「知らなかったの……？　言っちゃいけなかったかしら……だったら、知らなかったことにしておいて。お願い。ね？」

藤絵は泣きそうな顔をした。

藤絵が妊娠していたという衝撃とは比べものにならないほどの衝撃だった。夏の日の、犯してはならなかった大罪。あのたった一度の交わりで藤絵が新しい命を宿し、今、天罰が下ったようにふたりの命は流れ、藤絵の華奢な躰を痛めつけているのだ。

絶句した光滋に、藤絵はますます困惑し、紅を塗っていない撫子色の唇を小刻みに震わせた。

「私のこと、疑っているの……？　そうなの？　パイプカットの手術だって人間がやることだから、たまに失敗することもあるって……そうお父さんが言ってたわ……私、お父さんとしか」

藤絵は必死に訴えた。

「何を勘違いしてるんだ……親父がそんな手術をしてるとは知らなかったから……だから驚いたんだ……下手な医者だったんだな……」

藤絵が不倫など犯せるはずがない。だが、その藤絵が妊娠するはずがないのも確かだ。雅光は光滋が藤絵を抱いたことに気づいているのではないか……。光滋の全身に脂汗が滲んだ。

「だけど、親父、どうしてパイプカットなんか……」

声が掠れた。

「あなたのお母様が亡くなったとき、二度と結婚しないと誓ったそうなの。だから、ほかの女性の子供は作らないと決めたそうよ。よほど桐子さんを愛してらっしゃったのね。でも、桐子さんによく似た私が現れて、桐子さんに誓いを破ることを詫びたということよ。私はちゃんとそれを聞いた上でいっしょになったの。子供はできないと知った上で……」

息子でありながら雅光の秘密を知らなかったことに、光滋はあぜんとした。藤絵に知らされていたことが、自分には知らされていなかったことに疎外された孤独も感じた。

ショックから抜けきれないうちに、雅光が缶コーヒーを持って戻ってきた。

「いつまでこっちにいるんだ。藤絵がいないんじゃ、手料理は無理だが、少し轆轤でも挽いていったらどうだ。おまえ、大学に行かず、どこかの窯元で修業でもしてるんじゃないのか。腕が衰えるどころか、上達していて、夏に帰ったときはびっくりしたぞ」

自分に対する疑惑などないような雅光の口調だ。だが、雅光は昔から怒りを表に出すようなことはなかった。そして、大事なことも、そっと心にしまっておくような男だった。だから、こっそりとパイプカットして、亡き桐子への愛を終生全うしようとしたのだ。ただ、光滋も驚くほど桐子に似ている藤絵が現れたことは計算外だったろう。雅光は桐子に対して誓いを破ったのではなく、もうひとりの桐子といっしょになったのだ。桐子と藤絵は雅光の中でひとりの女に同化しているだろう。

「おい、まさか、帰りもタクシーなんて言うんじゃないだろうな」

雅光が笑った。笑いを装っているのではないかと、光滋は疑った。

「まさか東京からタクシーで……」

「そうだ、こいつ、おまえを心配して、夜中にタクシーを飛ばして戻ってきたんだ」

藤絵は言葉をなくして光滋を見つめた。

「これまでの人生で最高の贅沢だったかもしれないな。バイト代があっさりと消えちまった。パッと使うのもいい気持ちだ。継母さんが大病でないのがわかったから、きょう帰る。バイトしてるから、ほかの奴に迷惑かけるとまずいからな」

「二、三日休めば？　せっかく戻ってきたのに。お父さんのお酒の相手でもしてちょうだい。ね？」

藤絵と違って雅光は光滋を引き止めようとはしなかった。

「大切な授業もあるんだ。元気そうな継母さんの顔も見られたし、帰る。早く退院できるといいな」

光滋は雅光といっしょに病院を出た。そして、駅まで送ると言う雅光の申し出を断って帰途についた。雅光とふたりきりでいると息苦しかった。いつ雅光が呪いの言葉を口にするかと恐ろしくもあった。

二度と藤絵に会ってはならないと思うと、胸が張り裂けそうだった。藤絵は光滋の子供を宿したことに気づいていない。しかし、雅光は気づいているような気がしてならない。タブーを犯したことで恐ろしい結果になったが、藤絵を抱きたいと思う自分の感情を、光滋はどうすることもできなかった。

東京に戻った光滋は、子供が生まれていたときの恐怖に戦いた。そして、それと矛盾する無念さに奥歯をきりきりと嚙み締めた。

「いつ戻ったの……？」

背中の声に、光滋は心臓が飛び出しそうになった。

草木染めの地味な藍色の紬を着た琴夜が立っていた。琴夜は合鍵を持っている。パトロンがいるので、ふたりの逢瀬は琴夜の部屋ではまずい。光滋がいれば琴夜が無断で部屋に入ることはないが、留守のときは勝手に入り、冷蔵庫を満たしたり、花を飾ったりすることがあった。だから光滋は、ほかの女を抱くとき、ホテルか女の部屋を使った。琴夜が勝手に出入りすることを咎めたことはない。部屋代も琴夜が出している。女をこの部屋に入れないことは、琴夜に対する最低限の礼儀だと思っていた。

「まさか……だめだったの？」

血相変えてタクシーで帰省したはずの光滋が背中を丸めているのを見た琴夜は、母親が亡くなったのだと勘違いしていた。

「ね……だめだったの……？」

光滋は首を振った。

「もう帰れないんだ！　帰れなくなったんだ！　俺は田舎に帰っちゃいけないんだ！」

傍らに膝をついて寄り添った琴夜を、光滋は唐突に押し倒した。

唇を塞いで、荒々しい息を吐きながら狂ったように唾液をむさぼる光滋に、琴夜は受け身のままだった。

胸元に手を入れて懐を割った光滋は、乳房を摑み出して乳首を吸い上げた。

「痛い……」

琴夜は顔を顰《しか》めたが、光滋を引き離そうとはしなかった。

年下の男を愛し、上位に立っているつもりが、いつしか惚れた弱みで立場が逆転してしまった。しかし、今の琴夜は、何かに苦悩しているとわかる光滋を母親のように包み込んでいた。

光滋の苦悩が何なのか、琴夜にはひとつだけ思い当たることがあった。だが、光滋が口を開くまで、自分から尋ねようとは思わなかった。光滋がこうして自分を求め、何かを忘れようとしている事実だけで十分だった。乱暴な愛撫に肉体の痛みを感じても、心は満ち足りていた。

光滋は帯締めを解き、帯を落とし、着物の裾を捲り上げた。指を柔肉のあわいに沈め、二、三度出し入れしたあと、まだ潤いの少ない秘口に、性急に屹立を押し込んだ。

琴夜がまた苦悶の声を上げた。

強引に肉襞を押し広げて入り込んだ剛直は、女壺の底まで沈むと、ぴたりと動きを止めた。光滋の腰は動かなかった。縋りつくように琴夜を抱きしめた光滋は、不意に嗚咽した。

琴夜は赤子を抱くように、震えている光滋の背中を抱き締めた。琴夜がこれほど深い光滋の哀しみに接したのは初めてだった。

知り合ってから今まで、光滋は決して哀しい顔をしたことがなかった。幸福な顔をしたこともなかった。いつもどこか遠くを見つめていた。泣いている光滋に、初めて琴夜は暖かさを感じた。自分と同じ次元に生きていることを感じた。琴夜は光滋の哀しみと裏腹に、かつてない至福を感じていた。

第五章　紫の妖精

　進藤家の庭はすっきりと手入れされていた。細い枝に淡紫色の紫式部の実がたわわに実っている。弓形に撓《しな》った細い枝は、秋の風にゆったりと揺れていた。いつもは光滋の心を和《なご》ませる可憐な実が、今は藤絵の涙のように見えた。

　大学を卒業したときも、企業に就職したときも、光滋は実家に戻ることはなかった。藤絵の流産を見舞った衝撃の日から、三年近く経っている。二度と藤絵に会ってはならないと思っていた。しかし、藤絵の兄夫婦が交通事故で不慮の死を遂げたという連絡に、葬儀に顔を出さないわけにはいかなくなった。

　兄を亡くした藤絵の嘆きは痛ましく、光滋は胸を衝かれた。だが、それを哀れに思う一方で、黒い喪服姿の藤絵の匂い立つような色気に圧倒されていた。

　うなじのほつれ毛も、胸元の透けるような肌の白さも、光滋の全身を震えさせるほどだ。会うたびに藤絵は恐ろしいほどに美しくなり、光滋の官能を煽り立てる。忘れたつもりでも決して忘れることができず、こうして再会すれば、火のような思いが燃え上がってしまう。

楚々とした藤絵にも淫らな女の部分が隠されていることを知ってから、何度息苦しさに襲われただろう。

亡くなった兄夫婦にはひとり娘がいた。小学二年生の、まだ八歳の誕生日前の紫織《しおり》は、死の意味がよく理解できずにいた。

交通事故とはいえ、内臓破裂で顔に傷もない遺体だけに、病院から戻ってきた遺体が布団に横たえられても、紫織はふたりが眠っているだけだと思っていた。

「まだ眠ってるの？　起きなくちゃだめよ」

そんな紫織の言葉に、また周囲が泣いた。

「まだ眠いの？　そろそろ起きなくちゃ」

紫織は困ったように遺体に語りかけていた。

藤絵の嗚咽がいちだんと激しくなった。

そのうち、妖精のような紫織も、徐々に状況がおかしいことに気づきはじめた。そして、遺体に縋って、起きて、起きて、と泣きはじめた。

光滋の意識が、ここに来て初めて、藤絵への思慕から紫織へと移った。そして、少女の嘆きを感知して、ようやく義理の伯父と伯母の死を実感した。数回しか会ったことのないふたりだけに、死の哀しみが迫ってくることはなかった。ただ、無垢な少女が哀れに思えた。

藤絵の兄夫婦が亡くなって三カ月、雪をかぶった白侘助《わびすけ》と紅侘助が、久々に藤窯に戻った光滋を迎えた。

よほどのことがない限り、帰省することはないと思っていた。藤絵の兄夫婦の葬儀に出たものの、そのますぐに東京に引き返した。

藤絵を妊娠させ、流産させた罪を感じていながら、喪服の藤絵の美しさに魅せられ、欲情している自分がわかると、長居するほど、もっと恐ろしいことが起こるような気がした。

正月に帰省するつもりもなかった。だが、大切な相談があるので必ず戻ってくるようにと藤絵からの手紙が届き、そのあと、雅光から直接電話があった。

高校を卒業して上京して以来、大学時代に二回戻ってきただけで、就職しても東京に居続け、伯父と伯母の葬儀でようやく三度目の帰省をした光滋に、雅光は呆れた奴だと言って憚らなかった。

光滋は仕事が忙しいと応えながら、いつ藤絵の妊娠に対する疑問を口にされるかとはらはらしていた。帰ってこれないわけがあるんじゃないかと言われたとき、腋下を汗が雫り落ちた。ついに来るときが来たと唇が渇いた。だが、好きな女でもいるのなら連れてこいと言われ、そのあと、不倫じゃないだろうな、連れてこれない女か、と言われたときはほっとした。

光滋は正月の帰省を承諾した。

注連縄《しめなわ》を飾った玄関を開けると、華麗な花車の描かれた紫色の着物を着た少女が、懐に挟んだ筥迫《はこせこ》と、絞りの帯揚げに挟んだ扇子の紅白の房を揺らしながら急ぎ足でやってきた。

「あけましておめでとうございます」

少女は正座して両手をつくと、丁寧に頭を下げた。

光滋は意表を衝かれた。

顔を上げた少女は色白なこともあり、日本人形のように可憐で、いかにも怜悧《れいり》に見えた。アップにした髪と紅の塗られた唇が、少女ながらに色っぽい。左頰にかかった縮緬細工の紅白の髪飾りについた紅い房と、右側の銀色のびら簪がゆらゆらと揺れて、いっそう可憐さを増した。ふっくらした少女は、すでに無垢な中に女を秘めていた。

「おめでとう……ええと、誰だったかな……？」

光滋は他人の家に立っているようで、戸惑いながら尋ねた。

「紫織です」

少女が誰だったかすぐには思い出せなかった光滋は、三カ月前、葬儀で会った藤絵の姪とわかって驚いた。あのとき、紫織はおかっぱだった。打ちひしがれた少女が、あれから三カ月しか経っていないというのに、にこやかに笑っている。

なぜ紫織がここにいるのか、両親を亡くしたとあってはここにいて当然という気もするが、光滋には突飛なことだった。

「お帰りなさい。手が離せなかったの。すぐにお迎えできなくてごめんなさい。でも、紫織がお迎えしてくれたでしょう？　よく帰ってきてくれたわね」

正月らしく、藤絵は秘色《ひそく》地に扇の裾模様が雅《みやび》な着物を着ていた。正座していた紫織はすぐに立ち上がり、藤絵の袖を摑んだ。まるで母娘のようだ。

藤絵はまた一段と輝きを増していた。正月用に低い位置で纏《まと》めた黒髪は色っぽく、そこに挿された赤い珊瑚の簪が、若々しい色香をいっそう引き立たせていた。藤絵は最初に会ったときから、歳を取るのを忘れているようだ。

光滋のオスの部分がむっくりと首を擡《もた》げ、胸が詰まった。

「お父さんは大滝窯にお招《よ》ばれなの。でも、じきに戻ってくるわ。大変だったでしょう？　座って帰れたの？」

「元旦はけっこう空いてるもんだ。年末に帰省するより、年が明けてから帰る方が利口だ」

いつものように、光滋は藤絵への熱い思いを押し隠した。

「そんなところに立ってないで上がってちょうだい。お腹、空いてるでしょう？　お酒がいいかしら。ビール？」

「おじさん、どうぞ」

「おじさんじゃないわ。ほら、お話ししたでしょう？　お兄さんよ」

紫織の言葉に藤絵が笑った。

通された和室の床の間の薄端《うすばた》花器には、正月らしく、老松、竹、梅が生けてある。座卓にはお節《せち》料理を詰めた重箱や大皿に盛った料理が並んでいた。

「お酒を持ってくるわ。紫織はお兄さんが淋しくないようにお相手をしててちょうだい」

素直に返事して頷いた紫織は、光滋の横に座った。藤絵がいなくなると、子供の相手に不慣れな光滋は困惑した。

「綺麗な着物だ。誰に着せてもらったんだい」

「お母さま」

「お母さん……か」

光滋は戸惑った。

「そう。そしてね、このお着物はお父さまに買ってもらったの。お出かけするときのバッグもあるの。赤い可愛いバッグなの」

光滋はこのあと何を話していいものか、ますます困惑した。紫織の口にしたお父さま、お母さまというのが誰のことか、光滋にはわからなかった。亡くなった父親に買ってもらった着物という意味かと思った。しかし、光滋の方からそのことに触れるのはタブーという気もした。

「あのね、パパとママは天国に行っちゃったの。だから、新しいパパとママが紫織のお父さまとお母さまになったの」

「うん？　新しいお父さんとお母さんができたのか……？」

「そう。だからここが紫織のおうちなの。おじさんは紫織のお兄ちゃんになるの？」

ようやく紫織の言っていることがわかってきた。

「ね、おじさんは紫織のお兄ちゃんなんでしょ？　お母さまが紫織にお兄ちゃんができるって言ってたから」

どうなっているのだと、光滋は面食らった。

藤絵が燗をつけた酒を運んできた。

「お母さま、ジュース飲んでいい？」

「あんまり飲むと、またオシッコに行かなくちゃならなくなるわよ」

「少しだけ」

「じゃあ、半分になさい」

愛らしい返事をした紫織は、和室から出ていった。光滋はどうなっているのだと、紫織のことを尋ねた。

「そのことで、どうしても帰ってきてほしかったのよ」

そう言いながら徳利を傾ける藤絵に、睡眠薬を混ぜた酒を呑ませた三年前の夏の日のことが甦り、ぐい呑を持つ光滋の指先が震えそうになった。

「紫織を養女にしたいの。だから、光滋さんの承諾を得たいの。養女にすれば、紫織はあなたの妹になるんだもの。夫婦だけで決めるわけにはいかないでしょう？　それに、お葬式で紫織と会っているといっても、ほんの短い間だったし、光滋さん、ほとんど話もしてないでしょう？　何日か四人で過ごしてみて、それから決めることだと思ったの」

藤絵は三人兄弟のまん中だ。亡くなった兄のほかに、三つ年下の弟がいる。二十七歳の弟は二年前に結婚し、一歳になる男の子がひとりいた。

両親を亡くした紫織の面倒を誰が見るかということになると、手のかかる一歳の子供がいる弟夫婦より、子供のいない藤絵の方が育てやすいし、それが自然だろうと藤絵は話を続けた。

「お葬式が終わってから、すぐにここに連れてきたの。一カ月ほど泣いたり元気がなかったりだったけど、今では私達によく懐《なつ》いてくれて、自然に、お父さま、お母さまと呼んでくれるようになったのよ。これなら私達の子供として育てていけると自信を持ったの。実の親をパパ、ママと呼んでいたから区別はしているらしいんだけど、もう実の娘みたいだわ」

雅光がパイプカットしているのなら、藤絵は二度と妊娠することはない。だが、一度流産した藤絵は、再度妊娠することを夢見たのかもしれない。しかし、それ以後妊娠せず、どうしても紫織を我が子として育てたくなったのだろう。

「紫織は継母さんの姪だ。血が繋がってるんだ。自分の子供として育てるのに何の不自然もないじゃないか。俺は継母さん達がそうしたいなら反対はしない」

歳の離れた妹ができることに実感はなかった。あの葬儀のときも、光滋は喪服を着た眩しいばかりの藤絵にばかり気をとられ、あとに残された紫織のことなど考えもしなかった。それほど無慈悲な男だったのだと、光滋は今になって気づいた。

「よかった……お父さんも喜んでくれるわ。目に入れても痛くないほどかわいがってくれてるの。それから、私の兄夫婦、そして、紫織の両親が亡くなって三カ月というのに、お正月の飾りつけをして料理を作ったのは、紫織を喜ばせたかったからなの。お父さんもそのほうがいいって言ってくれて。兄達もあちらから、喪に服して淋しいお正月を送るより、紫織のために明るく過ごしてほしいと言ってくれてる気がするの。これでいいわよね？」

光滋は喪のことなど考えたこともなかった。

「沈んでるよりいいさ。あんなに嬉しそうにしてるんだ。よかったじゃないか」

兄を亡くした藤絵や親を亡くした紫織に無頓着な自分に、また光滋は気づかされた。

紫織がオレンジジュースを半分入れたグラスを手に戻ってきた。正座して飲む紫織は躾が行き届いている。生まれながらにして品格を持った女だ。

光滋はこれまで少女達と接する機会がなかった。紫織を前にしても、何を話せばいいのか、どう接したらいいのか、皆目見当がつかなかった。

「紫織、お兄さんはまた東京に帰らないといけないのよ。だから、ここにいてくれる間、うんと遊んでもらいましょうね」

「きょうは帰らないでしょう？」

汚れのない澄んだ目に見つめられた光滋は、ああ、と頷きながら後ろめたかった。

紫織の母となる藤絵を犯し、東京で二十歳も年上のクラブのママと愛人関係にあるばかりでなく、多くの女達とも関係を持っている。光滋にとって、紫織は自分と対極にいる無垢すぎる存在だ。世の中の不合理な仕組みも人間の汚れも、性の営みも知らない、藤絵より更に聖なる女なのだ。

「紫織は折紙が大好きなの。お花も折れるし、犬やぞうさんも折れるし、おっきな鶴も折れるの。持ってきて見せてあげる」

紫織はまた和室から出ていき、大きな紙の箱を抱えて戻ってきた。中には色とりどりの折紙で折ったものが入っていた。それを紫織はひとつひとつ取り出しては座卓に並べながら、誇らしげに説明していった。

小学二年生の手で折られたものだけに、端々はきちんと揃っていなかった。

「上手だなあ。ほんとに全部紫織ちゃんが折ったのか。お母さんが折ったんじゃないのか」

光滋の社交辞令に、紫織は満面の笑みを浮かべた。

「ぜーんぶ、紫織が折ったの。ね、お母さま」

藤絵が優しい笑みを返した。

光滋は紫織を囲んで自分が夫で藤絵が妻だったらと、ふっと思った。雅光が憎いわけではない。嫌いなわけでもない。雅光はいつも光滋にとってよき父だった。だが、藤絵を愛する余り、雅光が急逝して藤絵と暮らしはじめることを脳裏に浮かべているのに気づき、慌ててその妄想を打ち消すことがあった。

夕方になって帰宅した雅光は、光滋に声をかけるより早く、紫織を抱き上げて頰ずりした。

「ご馳走、たくさん食べたか。あんまり食べすぎてお腹をこわすなよ。光滋、よく帰ってきてくれたたな」

光滋は自分が他人で、紫織が雅光の実の子のように錯覚した。それほど雅光が紫織を溺愛していたのがわかった。

「お父さま、お着物脱いでいい？　紫織、苦しくなったの。でも、お父さまが帰るまで我慢してたの。だって、このお着物、お父さまが買ってくれたから」

扇子も筥迫もそのままの紫織に気づいた雅光は、紫織を下ろした。

「よし、脱がせてやるぞ」

紫織の前に跪いた雅光は、筥迫と扇子を抜いた。それから総絞りの帯揚げを解き、丸絎《まるぐけ》の帯締めを外して帯を解いた。

紫織は頰をふくらませて、ふうっと愛らしく息を吐いた。

「楽になったか」

雅光が笑った。光滋の存在をすっかり忘れているようだ。

桜色の腰紐を解いた雅光は、友禅の朱地の着物を脱がせた。その下には、大人のように紅い長襦袢をつけていた。長襦袢の下から、裾よけと肌襦袢が現れた。肌襦袢は衿と袖の部分だけが緋色で、裾除けは全体が緋色だ。

七歳でしかない少女の身につけた下着とはいえ、火のような色に、光滋の官能に妖しい炎《ほむら》が立った。玄関で感じたように、紫織は無垢な中に、すでに女を秘めている。

琴夜は店に出るとき、よく緋色の肌襦袢や長襦袢を身につける。衣紋《えもん》を抜いたうなじからちらりと覗く緋色に、男達がどんなに官能をくすぐられるか計算しているのだ。光滋もその緋色に獣欲を掻き立てられ、犯すように挑んだことが何度もあった。しかし、目の前の紫織は何も知らないまま、光滋の欲望を妖しく煽っていた。

「裸んぼさんになるか?」

「ううん、もう苦しくない」

「髪飾りは取るか?」

「ううん、取らない」

紫織はびら簪も、縮緬の花のついた簪も気に入っているようだ。紅い下着姿の紫織が髪飾りをつけて朱の口紅を塗っている姿は、生き人形としか思えないほど愛らしかった。

「きょうは何をしてたんだ?」

「お兄ちゃんに折紙見せたの」

「お兄さんのことは気に入ったか」

紫織を膝に乗せた雅光は、仲のよすぎる父娘だった。これまで藤絵のことしか考えることのなかった光滋だが、無性に紫織を膝に乗せてみたいと思った。

いつもは九時過ぎには寝るという紫織が、風呂から上がってきても、新しい絵本を引っぱり出してきて光滋に読ませようとしていた。

「そろそろお休みしなくちゃ。お布団敷くわよ」

藤絵の言葉に、紫織はまだ眠くないと言い張った。だが、また明日になさいと言われ、紫織はしぶしぶ絵本を閉じた。

「お兄ちゃんのお布団も敷ける？」

「お兄さんはお二階よ。お二階にお兄さんのお部屋があるの」

いっしょでないといや、と紫織は言い張った。二階にはベッドがあるからいいんだ、と言った光滋だが、もう少し紫織の相手をしていたかった。そんな自分が光滋には不思議だった。

「いっしょじゃないとだめ」

紫織はとうとう光滋の手を取った。

かつて何度も夫婦の激しい営みを覗いてきた光滋は、夜になると紫織は別室に追いやられるのだと思った。ひとりで眠る淋しさに、今夜は光滋といっしょにいたいのだ。紫織と過ごしたい光滋には好都合だった。

「継母さん、俺は紫織といっしょでかまわない。二階に連れて行こうか。それとも、ここに布団を敷くか。紫織はいつもどこで休むんだ」

「もちろん私達の部屋よ」

藤絵の言葉は意外だった。この三カ月、ふたりはどうやって夫婦生活を営んでいたのだろう。光滋は紫織が眠ったあとで睦み合っているふたりを想像した。あの獣のような営みを三カ月も中断できるはずがない。

「みんないっしょ。ね、お母さま」

紫織は光滋を夫婦の部屋に連れていく気らしい。予想が違うと光滋は慌てた。

「俺は二階だ」

紫織ははじめてベソをかきそうになった。

「何だ、どうしたんだ。眠いのか」

風呂から上がってきた雅光が紫織に尋ねた。

「紫織が光滋さんもいっしょに休みたいって言うんです」

「家族四人でか。それもいい。こんなことはめったにあることじゃない。今度は何年後に光滋が戻ってくるかわかったもんじゃないからな」

雅光が笑った。

「わあ、いっしょ。みんないっしょよね」

泣きそうだった紫織が笑顔を見せた。

夫婦の部屋に、三組の布団が敷かれた。いつも紫織は、藤絵か雅光の布団に入って眠るという。

光滋は夫婦の部屋に入るのが憚られた。藤絵と雅光の過去の行為を覗いた光滋には、白く絡み合った姿が息苦しいほどに甦ってくる。それでなくても、愛する藤絵と同じ部屋で休んだことはなく、静かな寝息が聞こえれば、目が冴えて眠れないのはわかりきっていた。

いつもは、奥が雅光、手前が藤絵の布団ということで、今夜はもうひと組布団が敷かれ、自然にまん中が藤絵、廊下側が光滋になった。

「毎日夜更かししてるから、やっぱりこんな時間には眠れないや」

紫織に引っ張られてきて横になるしかなかった光滋だが、パジャマなど着たことのない藤絵が寝巻で布団に入るのを見ると欲情した。自慰でもしなければ股間の疼きを癒すことなどできそうにない。このまま横になっているのは苦痛だ。

照明はわずかに落としてあるだけで、闇にはほど遠い。いつも紫織が寝ついてから暗くするという。

「もう少しテレビでも見てるから」

光滋は半身を起こした。

雅光の布団に入っていた紫織が、むくりと起きあがった。

「遅くまでテレビ見ちゃだめなのよ。紫織がいっしょに寝てあげる。お父さま、お兄ちゃんと寝ていい？」

「なんだ、あっちに行くのか。お父さんは淋しいな」

「おんなじお部屋でお休みするんだから我慢してね。お父さまなんだから」

大人ぶった紫織の言葉に、雅光だけでなく藤絵もくすりと笑った。

ピンク色のパジャマを着た紫織は妖精だった。無邪気に光滋の布団に潜り込むと、にっと笑った。目鼻立ちの整った賢そうな女だ。髪を下ろしているので、昼間より幼く見えた。

「眠れないなら、むかしむかしのお話ししてあげる。むかしむかし、おじいさんとおばあさんがあるところにすんでいました……」

数分後、紫織は話しながら眠ってしまった。あとには愛らしい寝息が続いた。

「子供ってすぐに眠るわね。自分で話すお伽噺で眠ってしまうなんて」

藤絵が苦笑している。雅光も布団から半身を起こして紫織の寝顔を眺めた。

「おまえにも懐いてくれたようでほっとした。おまえとこうしてひとつ部屋で寝るのは初めてだな。紫織のおかげだ」

雅光と藤絵は女と男から父と母の顔になっていた。

照明が消えて闇が広がった。だが、目が慣れてくると、くっきりと藤絵の横顔が浮かび上がった。たった一度だけ躰を重ねた女だ。その事実を、いまだに藤絵は知らない。そして、この部屋で雅光と絡み合っていた藤絵の姿態……。

部屋が静まり返るほど、光滋は眠れなくなった。藤絵への淫らな思いが次々と浮かび上がってくる。それを追い払うために、無邪気に眠っている紫織の小さな肩に手をやって抱き寄せた。だが、仔猫のように柔らかく小さな紫織の躰は、湖面に石を投げ入れたように、新たな漣を作り出して光滋の眠りを妨げた。


三箇日が過ぎても光滋は上京しなかった。

「こんなことは初めてだな。紫織か」

轆轤を挽く手を休めた光滋に、雅光がにやりとした。

別に、と言いながら、光滋は出来上がった抹茶碗をサン板に載せた。

「おまえ、いつも作ってるようだな。前より腕が上がってる。いい会社に就職したとは思ってるが、惜しい腕だ。おまえならいいものが作れると思ってるんだが」

「親の贔屓《ひいき》目だと言っただろう？　掛川さんは俺なんかとは比べものにならないぐらい上手くなったわけだろう？」

修業に来ていた掛川は、去年、実家の窯元に帰った。今は掛川の遠縁に当たるという男が修業に来ていた。その男は正月休みで帰省しているが、松が明けるころ、藤窯に戻ってくるはずだった。

「彼は窯元に生まれただけに、感覚的にやきものとはどういうものかが身についてる。そりゃあ上手いさ。だけど、おまえには独特の感覚があって、手先も器用だ。どれだけ伸びるか楽しみなんだがな」

「伸びればいいが、そうじゃなかったら最悪だ」

そこへ、客の女子大生らしい女が三人入ってきた。藤絵といっしょに店番をしていたらしい紫織が案内してきたのだ。

「はい、ここがお茶碗を作るところです。どうぞ、ごゆっくり」

紫織は手伝いをすることが楽しくてならないらしい。紫織に礼を言った女達は、轆轤を挽きはじめた光滋の手元と顔を交互に眺めた。

「ひょっとして、このお人形さんのような子、あなたのお子さん？」

「え？　いや、妹だ」

光滋は意外な質問に困惑した。

「妹さんか……やっぱり美男美女の家系ってあるのね」

ふたりが溜息をついた。

「でも、ずいぶん歳が離れてるんじゃない？」

「そうね、いくつ違いの妹さん？」

「ほんとはお子さんでしょう？」

女達は轆轤や形作られていく器のことより、予想もしなかった美しい男が工房にいることの方に興味を持っていた。

「お仕事の邪魔しちゃだめですよ。あんまりお話しすると、お兄ちゃんがお茶碗作れなくなるから」

女性達の質問がやきものと関係ないとわかる紫織は、しっかりと釘を刺した。

「あら、ほんとに妹さんなの？　お兄さんのお仕事の邪魔してごめんね、だって、あんまり美男美女だからびっくりしてるの」

「びなんてなあに？」

一同が苦笑した。

十分ほどして女達が工房から出ていくと、紫織はふたりの前で粘土いじりをはじめた。

「紫織、何を作るんだ」

「お兄ちゃんとおんなじもの」

「ほう、抹茶碗か。凄いな」

「紫織の作ったものを、今度の窯にいっぱい入れるんだもんな」

雅光が目を細めた。

「そう。そして、お店に置いていっぱい売るの。そのお金で、お父さまとお母さまに何か買ってあげるの」

「ほう、それは楽しみだな」

心底嬉しそうにしている雅光が、光滋は羨ましかった。妻の桐子を亡くしたものの、好きなやきもので生活するようになり、桐子に似た藤絵を手に入れ、今また、天使のような紫織まで自分のものにしてしまった。

それに比べ、人が聞けば羨むに違いない銀座のクラブママとの関係も、一流企業への就職も、光滋にとってはたいしたことではなかった。いつも何かが欠けていた。もっとも欲しいものは決して手に入れることができなかった。いつも虚しかった。


光滋にとって、瞬く間に過ぎた一週間だった。

紫織は光滋の服を離さなかった。

「また来るからな。今度はいっぱいお土産を持って来るからな」

「いや！」

いつも聞き分けのよかった紫織が、光滋の上京を阻止しようとした。

駅まで送っていくという雅光に、紫織が駄々を捏ねると困ると、光滋は後ろ髪を引かれる思いで断った。

「行っちゃだめ！」

藤窯の庭にタクシーがやってくると、紫織はとうとう泣き出した。

「かわいい顔がおかしくなるぞ」

「お兄ちゃん！　行っちゃだめ！」

「お父さんとお母さんがいるだろ。また五月になったら帰ってくるからな」

「いやあ！」

悲鳴のような紫織の泣き声を残してタクシーが走り出した。振り返ると、タクシーを追いかけようとしている紫織の手を、雅光が握っていた。光滋は藤絵ではなく、紫織の姿だけを見つめていた。

月日の経つのをこんなに待ちわびたことはなかった。いくら新しい朝を迎えようと、これまでの光滋は、藤絵への思いがある限り、そして、あの恐ろしい罪を犯した以上、決して帰省してはならないと思っていた。それが、紫織に会いたいという一心で、ひたすら連休を待ちわびていた。

紫織は週に一、二度、電話を掛けてきた。学校で何があったか、藤窯で何を作ったか、澄んだ声で話す紫織のとりとめのない話に耳を傾けていると、光滋は体内の汚れたものが溶け出していくような気がした。

待ちきれずに有給休暇をとって帰省したのは、五月の連休の前日だった。

藤窯の手前で、樹木に絡みついている三葉木通《みつばあけび》が黒紫色の小さな花を咲かせていた。目立たない花だった。

これまで、木通の花が咲いているからといって、わざわざ足を止めたことなどなかった。できるものなら、紫織もこの花のように、目立たない存在としてそっと生きてほしいと光滋は願った。

利口で愛くるしい紫織と接すると、誰もが笑みを浮かべて褒め称える。その紫織がやがて中学生になり高校生になり、大人に近づいていくとどうなるのか……。

光滋には藤絵のことより紫織のことを考える時間の方が多くなっていた。

藤窯に着くと、光滋は勇んで売店の戸を開け、陳列棚を整えている藤絵の背中に、ただいま、と元気な声をかけた。

「びっくりしたわ……」

紬の着物を着た藤絵が、胸を押さえながら振り返った。

「大きな声。そんな元気な声で戻ってきてくれたの、初めて」

藤絵は相変わらず瑞々しく、美人画から抜け出してきたような色気と気品があった。心なしか頬が以前よりふっくらしている。太ったというより、紫織を交えた幸せな生活が顔に表れているように見えた。

これまでなら藤絵に官能をくすぐられ、切なさがこみ上げてきたはずだが、きょうの光滋は藤絵の美しさを意識したものの、小さな妖精の方が気になった。

光滋は工房への入口に視線を向けながら、紫織は？　と、尋ねた。

「まあ、現金な人ね。さっぱり寄りつかなかったのに、紫織がいるから帰ってきてくれたわけね」

藤絵が呆れた顔をした。

「親父のところか」

「まだ学校よ。光滋さんがこんなに早い時間に戻ってくるとは思わなかったわ。ずいぶん朝早く出てきたのね。宵っ張りさんと聞いてるからびっくりだわ。それとも、寝坊しないように徹夜だったの？」

まだ正午前だ。

「三年生にしちゃ遅いな」

「まあ、保育園や幼稚園児じゃあるまいし、小学三年生にもなって、午前中に帰ってくるはずがないでしょう？　コーヒー？　お茶？　それとも、すぐにお食事？」

「美味い抹茶をもらおうか。その前に、親父の顔を見てくるか」

「何か気づかないの？」

光滋は怪訝な顔をした。

「呆れた……お店を拡張したの。ほら、前に言っていた畳のお部屋」

奥に八畳の日本間ができて、大皿や壺が置かれている。

「なかなかいいじゃないか」

「ほんとにほんとに呆れた人。入ってきたらすぐにわかるでしょう？　男の人ってほんとに」

藤絵はそれ以上言っても無駄かと、溜息をついて話を打ち切った。

光滋は荷物を和室の上がり框《かまち》に置いて工房に入った。

早いなと、雅光も苦笑した。

「せっかくいい天気なのに、雨どころか、雪が降らないといいがな。藤絵も呆れてただろう？」

雅光は素焼きの抹茶碗に柄杓《ひしゃく》で釉を流し掛けしていた。

「窯焚きはいつだ」

「おまえが帰ってくるというから、それに合わせて焚きたかったが、予定が狂った。この分じゃ、おまえがいなくなってからになるな」

「残念だな。たまには真っ赤な火の色を見たい」

「窯焚きより紫織の相手の方がいいんじゃないか？」

雅光は次々と釉掛けをしていった。そこへ登り窯がある方の入口から若い男が入ってきた。サン板を抱えているのを見て、光滋はすぐに掛川と入れ替わりに修業に来ている男だと思った。体格のいい実直そうな男だ。

「息子の光滋だ」

「脇田《わきた》です。お世話になってます」

脇田も掛川と交代するように坂の下の椎名夫婦のたっての希望でそちらに寝泊まりし、息子としての待遇を受けている。

「なかなかのエリートですってね」

「まさか。落ちこぼれだ。会社に受かったのはまぐれなんだ」

光滋も湯呑茶碗に釉掛けをはじめた。ひっくり返して高台を持ち、釉薬を満たしたバケツの中に沈めて浸す。それから内側全体に釉薬が行き渡るようにして取り出す。このとき、素人は釉の掛け残し部分ができるが、慣れてくるとパクッと音がして、一度腕を動かすだけで、全体にまんべんなく釉が行き渡る。光滋はひとつめから完璧だった。

「光滋さんの手元を見てると、エリートサラリーマンというより、長年鍛えた陶工みたいですね」

「こいつ、あっちでもこっそりやってるんだ。いまだに白状しないが、玄人の目をごまかせるわけがない」

「僕の目だってごまかせませんよ。光滋さんはプロですね」

「プロがサラリーマンやってるわけがないだろう?」

十個ほど釉掛けが終わったとき、藤絵がやってきた。

「あらあら、さっそくお手伝い? お抹茶を飲みたいって言うから用意したのに」

「すぐに行く。ふたりが煩くて手元が狂いそうだ。商品にならなくなったら悪いからな」

光滋は照れ隠しのように立ち上がった。

昼食が終わった光滋は、いまだに帰宅しない紫織が気になり、それを口にするとまた冷やかされそうで、散歩してくると言って外に出た。小学校まで歩いてみるつもりになっていた。

恋人に会うように胸をときめかせていることに気づいた光滋は、思わず苦笑した。

正月に会ったとき、最初はおじさんと言われたが、一週間で気に入られ、お兄ちゃんお兄ちゃんと呼ばれたことで、実の妹以上に愛しくなっていた。恋人からの電話を待つように紫織からの電話を待っている自分に、俺は何をしているのだ……と、光滋は自問することがあった。

坂道を下っていく途中に、淡い紫色の立坪菫《たちつぼすみれ》が群生している。その横で黄色い蒲公英《たんぽぽ》が咲いていたり、紫詰草《むらさきつめくさ》が密集して咲いていたり、コンクリートに囲まれた都会と違って、ここには春が満ち満ちていた。

ひととき花に見とれていると、赤い鞄を背負った少女が歩いてきた。

赤い服の裾にたっぷりと白いレースのついた愛くるしい服を着た少女が紫織だとわかり、光滋は名前を呼んだ。だが、紫織はきょとんとした顔をした。そのあと、みるみるうちに口元が綻《ほころ》び、全身に喜びを表すようにして駆け寄ってきた。

「お兄ちゃん」

「忘れられたかと思ったぞ」

「だってェ……」

電話ではいつも快活に喋っているくせに、紫織は急に気恥ずかしそうに俯いた。

「約束したからいっぱいお土産を買ってきたぞ」

「なあに?」

「さて、何だろうな。見てのお楽しみだ」

光滋が手を差し出すと、紫織はおずおずと人差し指だけを握った。そして、歩いているうちに、徐々に陽気さを取り戻し、藤窯に着くころには闊達な電話の紫織に戻っていた。

「お土産いっぱいだって!」

店に入るなり、紫織は藤絵に向かって大きな声で言った。

「その鞄に入ってるぞ。紙袋も紫織のだ」

「ここで開けていい?」

紫織は光滋と藤絵の顔を見つめた。

「いいさ、どうせ、客なんか来やしないんだ」

「まあ、光滋さん、ずいぶんとお口が悪くなったこと」

藤絵はそのあと、そこで開けていいわ、と紫織に微笑した。

茶室兼用の和室の上がり框に置かれた荷物を、紫織が弾む気持ちで開けていく。紫織の肩胛骨のあたりに羽根があり、喜びのあまり空中に浮遊しているように見えた。

紫色と赤のワンピース、花を周囲にあしらった帽子、靴、パーティか結婚式以外は着る機会がなさそうな豪華な黒いドレス、子供が安易にいじりまわすものではない鑑賞用の高価なアンティックドールの写し、チョコレートにクッキー……。

　次々と出てくる土産に紫織は歓声を上げ、藤絵はただ呆れ返っていた。

　紫織は出すだけ出したあと、全部を眺めて手を叩いた。

「お父さまを呼んでくる。お父さまにも見せるの」

　紫織は工房に駆けていった。

「こんなにたくさん紫織のためにありがとう。ずいぶん出費させたわね。でも、私達のものはないのね」

　藤絵は故意に拗ねたような顔をした。これまで光滋に見せたことがない女の顔だった。美しい中にとびきり淫らさを秘めていた藤絵の秘部を、光滋は生々しく思い出した。光滋は藤絵への淫猥な情欲を燃え上がらせた。

　紫織がいながら、最近の藤絵は媚びた目や拗ねた目をして雅光を誘うようになっているのではないか。自ら白い太腿を開いて屹立を誘い込むことがあるのではないか……。

　紫織がいることで雅光が以前のような激しい営みを避けるようになり、不満を感じる藤絵が、娼婦のように大胆に雅光を誘っている光景を浮かべ、光滋は昂った。藤絵を抱いた罪に怯えた過去も忘れ、今度は意識のある藤絵を破廉恥に抱いてみたいと思った。

　声を上げ、抵抗する藤絵を押さえつけ、括りつけ、裂けるほど太腿をくつろげたまま、外に晒していたぶるとどうなるだろう。近くの山に連れ込んで、樹木に大の字に括りつけ、猿轡を嚙ませて晒し嬲《なぶ》っている光景を浮かべた。屈辱に喘ぐ藤絵を想像すると、獣の血が沸々と湧き上がった。

「冗談よ……紫織のものだけでいいの……光滋さんったら、本気にして」

破廉恥な妄想に浸っていたと気づくはずもない藤絵が、自分達のものがないと恨みがましく言ったことを恥じるように、光滋に困惑の表情を見せた。

「すっかり忘れてたんだ……そうだな、紫織のものばかりだ。悪かった」

軽く受け流すつもりが、光滋の笑いが強ばった。そこへ、雅光が紫織に引っ張られるようにしてやってきた。光滋は胸を撫で下ろした。

「ね、お兄ちゃんのお土産、こんなにいっぱい」

「呆れた奴だ……どうせ、俺達のものは何もないんだろう？」

自分と同じことを口にした雅光に、藤絵は光滋をちらりと見つめて笑った。今しがたの不自然な空気は払拭されていた。

「継母さんにも叱られた。困ったな」

光滋は言葉と裏腹にほっとしていた。

「お菓子があるでしょ……チョコレートもクッキーも全部お父さまとお母さまにあげるから

……」

急に紫織が戸惑いを見せた。

「あら、いいのよ。お父さんもお母さんも、お洋服はたくさん持ってるんだから。こんなにたくさん貰ってよかったわね。このお洋服はお姫さまみたいね。お菓子はあとでみんなでいただきましょうね」

気遣う紫織に、藤絵が黒いドレスを手に取った。

その夜の食卓は脇田もいっしょに囲んだ。やはり主役は紫織だった。紫織が香西家の一員になってから、光滋は家庭を意識するようになった。しかし、光滋の描く理想の家庭は、自分が夫で藤絵が妻で、紫織が娘という組み合わせだった。

その夜、正月のように床を並べて四人で休むと言う紫織に、光滋は首を横に振った。同じ部屋で休みたいが、朝まで目が冴えて眠れないのはわかっていた。

「いっしょじゃ窮屈だ。お兄ちゃんはここに寝る。いいだろう？」

光滋もいっしょでないといやだと、紫織が駄々を捏ねた。そして、光滋が考えを変えないとわかると、紫織もいっしょに寝ると言い出した。

「お父さん達と寝ないと、淋しがられるぞ」

「だって……」

「じゃあ、お兄ちゃんとお休みなさい。光滋さん、いいわよね？　お願いできる？」

藤絵が床の間つきの和室に布団を敷いているときも、紫織は土産にもらった豪華なシルクのドレスに身を包んだ貴族の人形をしっかりと抱いていた。

十九世紀最大の人形師と言われているフランスのジュモーの作品を再現したもので、厳しい監修の下で制作されたものだった。気品に満ち溢れた表情、カールしたブロンドの髪、上質のレースを用いた帽子……。マニアでも羨むほど丁寧に再現された逸品だ。

子供の持ち物にしては豪華すぎるものを買うときも、光滋は勿体ないとか惜しいとか思うことはなかった。紫織が喜びそうなものを手に入れるときは至福を感じた。

布団を敷いた藤絵が出ていくと、光滋は迸る感情を持て余した。

「人形、気に入ったか……」

「うん。生きてるみたい。そのうち、このお人形さん、紫織とお話ししてくれるようになるかな。お父さまが美人のお人形さんだなって」

「だけど、紫織の方がずっと可愛いぞ」

くふっと笑う紫織は、抱き締めて殺してしまいたいほど可憐だった。

「オシッコはしなくていいのか？　さっきもジュースを飲んだだろう？」

「お母さま達、眠った？」

心細そうな顔だ。紫織は藤絵達の部屋に戻ってしまうのかもしれない。何としても引き止めたい気がした。

「あっちの部屋がいいのか」

首を振った紫織が腰をもじつかせた。

「どうした」

「ひとりでおトイレまで行くの、怖い……」

苦笑した光滋は、廊下の明かりをつけ、藤絵達の部屋を通り過ぎ、浴室横のトイレに紫織を伴った。機能的にこぢんまりと整った都会のマンションと違い、子供にとっては夜の日本家屋は不気味なものかもしれない。それに、辺りはほとんど闇で、しんと静まり返っている。

トイレに入った紫織に、光滋はドアを閉めた。紫織が泣きそうな声を出した。光滋は慌ててドアを開けた。

「閉めちゃだめ……」

「何だ、こんなに明るいのに怖いのか」

紫織に合わせた人気キャラクター入りのマットが敷かれ、明るい色調で統一されたトイレのどこに不安要素があるのかと、光滋は不思議だった。

「お母さまは終わるまで、ちゃんとここにいてくれるもん」

「わかった。ここにいてやるから安心しろ」

紫織はようやくパジャマとパンツをいっしょに下ろし、洋式便器に座った。

翳りのないつるつるの肉の饅頭を剝き出しにした紫織は、光滋が男であることなど考えてもいない。柔肉に比べて大きすぎる割れ目を、光滋は息を吞んで見下ろした。

かわいい排泄の音がして、紫織の割れ目から聖水が噴き出した。妖しい光景だった。その聖水に手をかざしたい欲求に駆られた。肉の割れ目を自分の手でもっと大きくくつろげたい気もした。異常な欲望の渦巻きに光滋はあぜんとした。

光滋の動揺などわかるはずもなく、排泄の終わった紫織はペーパーを千切り、割れ目を拭くというより、つんつんと押し当てた。そして、パンツとパジャマをいっしょに引き上げ、水を流した。

「もういいのか……」

紫織がこくりと頷いた。

紫織の歳で、すでに大人びた歪みを持っている子供もいるが、紫織はまるで人を疑うことを知らない。雅光と藤絵の愛情に育《はぐく》まれ、それ以前は、実の親である藤絵の兄夫婦の愛を一身に受けていたのだ。幼くして両親の死という悲哀に遭っていながら、紫織には不幸の影がない。その愛情一杯に育ってきた天使のような紫織を、光滋は獣の目で見ていた。藤絵を犯し、そのあげくに流産させてしまった罪を負ったまま、今度は無垢な紫織を犯したいという衝動に駆られていた。

紫織とひとつ布団に入ると、トイレで見た白い肉の饅頭が甦った。やがてそこに翳りが萌え、男に貫かれ、破瓜《はか》の痛みに顔を歪める日が来るのだ。この愛らしい少女さえ大人になっていくのだと思うと、光滋は未知の男達を呪ってやりたい気がした。

「お兄ちゃん、お土産いっぱいありがとう。明日お休みだから、紫織といっぱい遊んでね」

獣に向けられた天使の微笑に、光滋は羊の顔をして笑みを向けた。

無邪気に目を閉じた紫織を裸に剝《む》き、すべてを舐めまわしたかった。泣き叫ぶ紫織を押さえつけ、今のうちに剛直で刺し貫き、ほかの男が触れないうちに、自分の手で女にしてしまいたかった。

紫織はすぐに寝息をたてはじめた。
一、二時間経てば、少しぐらい触っても紫織が目覚めることはないだろう。あの秘密の部分をもう一度見てみたい。
光滋は悪魔の囁きと闘った。

もし、破廉恥なことをしているとき、藤絵か雅光が紫織のようすをこっそりと見に来たら……。そのときは、呪詛の言葉を投げつけられ、生涯、香西家から追放されるだろう。

誘惑と恐れに光滋は喘いだ。時間が経つほどに動悸は激しくなった。

我慢できなくなった光滋は、一時間ほどして布団から抜け出した。そっと襖を開けて廊下を窺った。しんと静まり返っている。雅光と藤絵の営みを嫉妬して呪っていた光滋だが、今夜は紫織のいないふたりきりの部屋で、何もかも忘れ、声を殺して睦み合っていてほしいと願った。

襖を閉めた光滋は、紫織の寝息に耳を澄ませた。深い眠りの底にあるようだ。

光滋は廊下から覗かれてもわからないように懐中電灯を手にすると、部屋の薄明かりさえ消した。そして、こっそりと足元の布団をめくった。荒い息が洩れた。

紫織のパジャマとパンツをいっしょくたにずり下げてみたい。太腿までずり下ろし、懐中電灯でほっくらした肉の饅頭を照らしたい。大人の女達と違う異形の丘の窪みに隠れた花の蕾を見てみたい。

光滋は閉じた柔肉のあわいをくつろげたい激しい誘惑に駆られた。そこがどんなふうになっているのか、琴夜や藤絵達とは違うものなのか……。

光滋の股間は変化し、ひくついていた。人ではなく、ただの獣だった。

光滋は紫織のパジャマとパンツをそっと引き下ろした。紫織の寝息は乱れなかった。パンツを抜き取って下半身を剝くのは不安だった。全部剝《は》ぎ取りたい誘惑を抑え、膝まで下着を下げてむっちりした柔らかい太腿を割った。

閉じていたふくらみが割れた。だが、膝で止まっている下着が邪魔をして、わずかしか割ることができない。光滋はそこを懐中電灯で照らした。割れ目だけは大きいが、そこに包まれたものは思っていたよりずっと小さく幼かった。だが、その未熟な器官には花びらがあり、肉の芽があり、子宮に続く秘口さえ存在するのだ。

この器官に男を咥え込み、悦びの声を上げる日が来るのだと思うと、光滋は紫織に触れる自分以外の男達が呪われるようにと祈った。

光滋は荒々しい息をこぼしながら、桃色に輝く粘膜を舐め上げた。微かな声を洩らした紫織に、光滋は慌てて傍らで眠った振りをした。紫織は赤子のように光滋にしがみついてきたが、目覚めなかった。

光滋は闇の中で息を潜めた。恐ろしいほど長い時間のあとで、紫織が動いた。今度はうつぶせになった。紫織は下半身を剝かれたままだった。光滋は桃のような瑞々しい尻を懐中電灯で照らすと、息を弾ませながら、尻たぼを撫でまわした。

紫織を貫きたい欲望に震えた。光滋は喘ぎながら反り返った肉茎をしごき立てた。

第六章　深紅の刻印

　後ろ手に縛られ、赤い縄で乳房を上下から絞り出されている琴夜は、乳首の先を触れるか触れないかのもどかしい舌戯で玩ばれていた。

「もうだめ……あそこが……ああ、ずくずくするの」

　茱萸のようにしこり立った乳首ばかりをのらりくらりと触れられる苦痛に、琴夜は光滋の舌を避けようと肩先をくねらせた。

「もっと強くして……焦らさないで……光滋……」

　豊満な腰をもじつかせる琴夜は、部屋中にむんむんするメスの匂いをまき散らしていた。

「女を相手にするときはうんと焦らすもんだって、あの人が教えてくれた」

　調教師とも縄師とも呼ばれている男を琴夜に紹介されて足を運んだのは、まだ光滋が大学生のときだった。手先が器用で勘のいい光滋は、瞬く間に父親の陶芸を自分のものにしていったように、縄師の教えるさまざまな縛りもあっというまに覚え、弟子にならないかと言われたほどだった。それから十年以上経ち、光滋は三十一歳になった。

こりこりした乳首を、人差し指と中指に挟んで軽く締めつけたり離したりしながら、光滋は乱れ髪の落ちた琴夜の顔を眺めた。

男相手に商売をしてきた銀座のクラブママは、五十を越えても生活臭がない。まだまだ男達を惹きつけてやまず、脂の乗った豊満な肉体は、今が女の盛りのようだ。

新たにパトロンになりたいと申し出た男は、自分の関係するリゾート地の豪華な別荘を、ポンと琴夜に与えてしまった。その男は、琴夜に複数のパトロンがいることを知っている。その上で、自分が頂点に立つことを望んでいた。金と権力のある男達は、意地と名誉を賭けて琴夜を自分の手中に収めようとしていた。それほど琴夜は素晴らしい女だった。

この不景気な時期に、銀座のクラブも次々と店を畳んでいく。けれど、琴夜の店はバブル全盛期ほどではないにしても、そこそこの上がりがあった。そんな店のママが、富者《ふしゃ》でもなく、たいした地位もない光滋に執着し、いまだに離れようとしない。いつ結婚してもおかしくない歳になっている光滋に、不安と焦燥を感じているのがわかった。

「光滋……意地悪しないで……もう解いて。早く大きいのをちょうだい。ねえ、これ以上焦らさないで」

汗ばんだ太腿のあわいは、小水を洩らしたようにぐっしょりと濡れている。秘口や肉の豆あたりの脈打つような疼きが、子宮から下腹部へと広がり、琴夜の全身は性感帯になって火照っていた。

「今度のパトロンはどんなふうにママを可愛がるんだ？　なあ、別荘をくれたという親爺、どんなふうに責めるか教えろよ。擦り切れるほど舐めまわすのか。七十過ぎてるんじゃ、本番より前戯に熱心だろう？　変な玩具なんか使うんじゃないのか？　ここにおかしな薬を塗り込めたりするんじゃないだろうな」

ようやく秘口に指を押し込んだ光滋に、琴夜はうっとりとした喘ぎを洩らした。

「光滋の指、好き……ほかの男としても感じないのに……光滋には何もされないうちからおかしくなるの……そこ」

琴夜は鼻から甘い声を洩らした。

「何もされないうちだと？　してるじゃないか。こってりと責められるから濡れるんだろう？　ここをこんなにぐちょぐちょにして、この分じゃ、六十になっても七十になっても男を咥え込みそうだな」

「光滋の指、どうしてそんなにいいの……」

肉の襞が蠢いて指に絡みつき、ねっとりと締めつけてくる。熟成された蜜壺だ。光滋が若い女達の女壺をもの足りなく思うのは、琴夜と頻繁に関係を持っているせいかもしれない。若い女達が見かけだけの痩せた土地なら、琴夜の躰は豊饒な大地だ。夜な夜な努力して養分を蓄え、男達を悦ばせるためにその養分を惜しまず与える熟した肉の大地だ。

「欲しい……もっと」

女壺に押し込んだ指の動きを止めた光滋に、琴夜がもどかしそうに腰をくねらせて催促した。

滲んだ汗で肌が銀色に光っている。赤い二本のロープの間から窮屈そうにくびり出たふたつの乳房は、今にもその重みで根元からぼとりともげ落ちそうだ。

「何が欲しい。欲しけりゃ、ワンちゃんになって尻を振るんだな」

「解いてくれないのね……」

「ママには着物より赤い縄の方が似合うからな。好きでもない男達に媚びを売って金を搾り取って、あげくに俺なんかといやらしいことをしてるんだ。括られて当然だろう？」

「酷いことを言わないで。光滋が好き。光滋だけを愛してるのよ」

「こんな青臭い男によく飽きないもんだ」

「アメリカにだって行ってしまったじゃない。九州にだって行ってたじゃない。ずっと会えなかったのよ。飽きるはずがないわ。ここよりほかにいる時間の方が長いのよ。光滋と私を引き離そうとする意地悪な会社。大嫌い」

一年半の海外赴任と二年間の九州支社勤務。光滋は企業戦士として、命じられたとおりに動くしかなかった。琴夜は時間を作って何度か赴任先にやってきた。光滋は海外や地方にいるとき、紫織に会いたい一心で帰省しようと思ったことがあっても、琴夜のために東京に戻ろうと思うことはほとんどなかった。

「離れてる時間が長い方が新鮮でいいんじゃないか？」

光滋は乳首を捻り上げた。心地よい悲鳴が上がった。

「いたぶられると濡れるくせに。知り合ってもう十年以上だぞ。男はいくらでもいるじゃないか。俺といて何が楽しいんだ。金や地位のある男達を相手にしている方が面白いだろう？」

いくらでも蜜の溢れてくる秘口をいたぶりながら、光滋は愛と惰性のどちらでここまできたのだろうと思った。

男達が振り返らずにはいられないほど艶やかな琴夜。光滋もそんな琴夜に惹かれた。だが、琴夜でさえ藤絵を忘れさせてはくれなかった。それなのに、幼い紫織がいとも簡単に藤絵への狂おしい思いを断ち切ってしまった。今も藤絵を抱きたいと思うことはあるが、それ以上に、紫織が光滋の心を独占してしまった。

ぷっくりした白い肉饅頭のあわいに潜んでいた女の器官と愛らしかった小水の音が、七年経った今も光滋の脳裏にこびりついて離れない。あのときから、光滋は紫織のことを考えない日はなかった。血の繋がりがないとはいえ、妹となった女を犯すかもしれないという危惧と興奮。光滋は紫織を妄想の中では何百回、何千回と犯し続けてきた。

いっしょに風呂に入って躰を洗ってやった遠い日、それが何かも知らず、無邪気に光滋の股間のものを握ってしまった紫織……。海水浴に連れて行き、ませた水着に着替えさせてやったときのときめき……。帰省しても光滋の布団に入って来なくなった紫織に落胆したが、月のものが始まったのだと気づいたときの、目眩がしそうなほどの戸惑い……。中学生になった紫織の、セーラー服の胸の微かな隆起に心騒いだこと……。

光滋は自分が幼い者に欲情する異常な男かもしれないと思ったことがあったが、紫織以外の同年齢の女を見ても煽られることはなかった。紫織以外の少女は興味の対象にもならないただの子供でしかなく、中学生や高校生も光滋からすると魅力の欠片《かけら》もなかった。光滋は紫織にだけ欲情していた。紫織に天使を感じ、同時に肉の匂いのする女を感じた。

紫織は藤絵の姪だけに、藤絵と面立ちがよく似ていた。誰もが紫織を藤絵の実の子と疑わなかった。日が経つほどに紫織はますます藤絵に似通ってきた。それは、亡き母桐子の面影にも重なった。

桐子を亡くして十九年、藤絵を慕い、今は紫織を慕わずにはいられないでいる光滋は、自分を産んで慈しんでくれた桐子の存在の重さに気づきはじめた……。

「また何か考えてる……そうでしょう？　こんなときでさえ、ときどき光滋は別のことを考えてるのよ」

年下の女のように甘えていた琴夜が険しい顔になり、口惜しそうに言った。

「こんなときに何を考えるんだ。えっ？　白けたことを言うなよ。どうやってママを焦らそうかと、今はそれ以外の何があるっていうんだ」

紫織への思いを中断した光滋は、それを悟られまいと、乱暴に琴夜を押し倒した。

後ろ手に括られている琴夜は両手を使うことができず、短い声を上げてベッドに倒れ込んでいった。そんな琴夜をひっくり返してうつぶせにした。

「いつ見てもママの尻はこってり脂が乗ってうまそうだ」

光滋は健康な歯で尻肉を嚙んだ。

びくっと豊臀が浮き上がった。

光滋は何度も豊かな左右の丘に歯を立てた。そのたびに声を上げる琴夜の尻が跳ねた。

「さあ、今度はどこを嚙んでほしい？」

返事を聞かないうちに、光滋は力いっぱい尻を打擲した。

弾んだ肉音と悲鳴が飛び散った。

「花びらを……嚙んで」

汗ばんだ躰を回転させた琴夜は、痛みに歪んだ顔に媚を含んで言った。

ほどよく肉のついた太腿を押し広げた光滋は、銀色の蜜にまぶされてぼってりと咲き開いている双花に顔を近づけた。いつもの芳しい誘惑臭が鼻腔を刺激した。光滋はいつものように快い目眩を感じた。

右の花びらを甘嚙みし、そのまままちぎれるほど引っ張った。

とろりとするような喘ぎが洩れた。

光滋はもう一枚の花びらも同じように甘嚙みして引っ張った。次に、肉の豆を包皮ごと甘嚙みし、軽くしごき立てた。

「全部、光滋のものよ……全部」

琴夜の切なそうな言葉に、光滋は不意に苛立ちを感じた。

光滋が琴夜のものではないように、琴夜も光滋のものではない。東京に出てきたのも、琴夜との爛れるような関係に走ったのも、愛情からではなく、藤絵を忘れるためだった。そして、琴夜も光滋だけのものではない。ほかの男達と関係を持ち、利用し、その道具とは別に、本当に気に入った玩具として、光滋を近くに置いているだけなのだ。

明後日、夏休みに入った紫織がやってくる。光滋は待ち遠しさに落ち着かない毎日を送っていた。兄を信頼しきった紫織の笑顔が浮かんだ。琴夜を赤い縄でいましめて嬲っている自分とは、明らかに住む世界が違っていた。

紫織、俺はこんな男だ。東京に来てから、ずっとママとこんなことをしてるんだ。ほかの女達ともな。継母さんを忘れるために。おまえを愛しすぎたために……。

自嘲した光滋は、加減していた顎に力を入れ、琴夜のもっとも敏感な肉芽に歯を立てた。

ヒッと呻いた琴夜の総身が恐ろしいほどに硬直した。光滋は顔を離した。琴夜の目尻に涙が溜まっていた。

「本気で噛むなんて……痛い」

内腿を固く閉じた琴夜が怯えた顔で抗議した。

「噛んでと言ったのはママだ。全部俺のものなら、クリトリスを噛みちぎろうと花びらを噛みちぎろうと勝手だろう？　首筋か内腿にキスマークをつけてやってもいいぞ。首筋じゃ、店にも出られなくなるな。内腿ならパトロンに抱かれることができなくなるか。たまにはパトロンに嫉妬させるのもいいぞ」

これまでクラブのママという立場を考え、光滋は琴夜の躰を傷つけたり愛撫の痕をつけることはなかった。けれど、いっそ琴夜に恨まれ、これでおしまいにしたいという思いになった。

押し広げている太腿の秘園にごく近い部分に唇をつけた光滋は、肌理細かな絹の肌を思いきり吸い上げた。

再び琴夜の総身が強ばった。琴夜は必死に逃げようとした。だが、両手の自由が利かず、足首を引っ張られただけで引き戻され、もがいた。

光滋は内腿の柔らかい部分を吸い続けた。腰をくねらせたり足で蹴り上げようとされると、容赦なく肉の豆や乳首を抓《つね》り上げ、太腿を平手で叩きのめした。

白い肌に赤々とした痣が張りついた。

しないでと言いながら必死にずり上がっていく琴夜におかまいなく、光滋はあと二カ所、容赦なく皮膚を吸い上げた。

白い肌に痛々しいほどの刻印が刻まれた。明日になれば赤黒くなり、やがて消えていく痣だ。しかし、数日では元どおりになりそうにない濃い印だ。

光滋はもう一方の内腿も吸い上げた。

光滋を振り払おうと、琴夜は肩や腰をくねらせながら脚を閉じようともがいた。それを強引に押さえつけ、荒い息をこぼしながら吸い上げた。

「何が全部光滋のものだ。そんなに慌てているところを見ると、パトロンを気にしてるようだな。パトロンにこのキスマークを見せて折檻してもらうんだな。俺も折檻してやる。いやらしいママの性器を折檻だ」

光滋は別の赤い縄を出して二重に折った。乳房を絞っている胸縄に絡めると、二本ともまっすぐに下腹部へと下ろし、途中に縄の玉をふたつ作った。それは抵抗する琴夜の股間にまわると、秘口と後ろのすぼまりにぴたりと食い込んだ。股間を潜って背中にまわった縄は、後ろ手に括った縄に掛けて留められた。

「股縄の感触はどうだ。男達のペニスを咥え込む貪欲な窪みに、たまには縄の玉でも咥え込んでおきな」

光滋はふんと鼻先で笑った。

「痛い……光滋、痛い。外して」

腰を動かせば、股間の縄が敏感で繊細な部分に食い込んで行く。琴夜は動くこともできず、火照りを帯びて艶めかしく歪んでいる顔を光滋に向けて哀願した。

「どこが痛い。言ってみな」

わざと垂直に落ちている縄と肌の間に指を入れて、光滋は意地悪く引っ張った。半開きだった琴夜の口が大きく開き、苦痛の声が迸った。

「縄の食い込んだスケベなところを見せてみな」

太腿を強引に押し上げた光滋に、また琴夜が呻いた。

赤い縄は充血した花びらに咥え込まれていた。縄の玉が秘口に食い込み、ぬらりとした透明液でまぶされている。肉の豆は縄に押さえつけられ、姿を隠していた。

「前と後ろとどっちが感じるんだ。尻も見せてみな」

外してと、苦痛に哀願する声にも耳を貸さず、光滋は琴夜をひっくり返して腰を掬い上げた。

「赤い縄の褌《ふんどし》が似合いだな。前と後ろの穴をすっぽり塞がれて、さて、どこに俺の太い奴を咥え込もうかと悩んでるんじゃないのか？　口があるさ。そのいやらしい口でしゃぶっていかせな」

光滋は琴夜をベッドから引きずり下ろし、足を広げて立った。琴夜は秘園の痛みに喘ぎながらも、跪いた。

「酷い人……酷い人」

琴夜は被虐の女のように火照りながら、反り返っている屹立を口に含んで頭と舌を動かしはじめた。


土曜の午後、紫織を東京駅まで迎えに行った光滋は、五月の連休に会って三カ月余りしか経っていないというのに、さらに藤絵に似てきた紫織に圧倒された。

揃えているように綺麗な弓形を描いている眉、濡れているように艶めいている唇、理知的な目。一目見ただけで控えめな女とわかるが、そこはかとなく漂う上品さや白い肌の美しさで、紫織は周囲の誰より際立っていた。

高校一年生といえば、都会の女でなくても、夏休みには流行の服に身をかためて闊歩《かっぽ》するだろう。けれど素顔の紫織はセーラー服だった。半袖の白い上着の袖口と襟はスカートと同じグレーで、白い三本線が入っている。胸元のグレーのネクタイが全体を引き締めていた。すっきりとした変哲のない制服とはいえ、それでも紫織は目立ちすぎていた。

「元気そうだな。ほかに荷物はないのか」

紫織は学校指定のタータンチェックのサブバッグひとつだ。五月に光滋が帰省したとき、他の学校の生徒が羨むバッグなのだと言って、誇らしげに見せてくれたものだ。

「宅配便で三つも送ったのに」

漆黒のロングヘアを三つ編みにして肩下まで垂らしている紫織は、まるで透明な紅を塗っているように艶やかな撫子色の唇をゆるめた。

「東京って人ばかりね。何だか胸が苦しくなるわ。お兄ちゃん、よくこんなところで何年も暮らせるわね。お兄ちゃんがいなかったら、東京なんかには来ないわ。もっと素敵なところ、たくさんあるし。紫織、摩周湖《ましゅうこ》にも行きたいし、沖縄にも行きたいし」

そう言ったあと、紫織は意味ありげに笑った。

「お兄ちゃん、あのね、ほんとのこと言ってくれる？」

何を聞かれるのかと、光滋は恐ろしい気がした。

「お兄ちゃん、こっちに恋人がいるんじゃない？　お兄ちゃんが昔からもててたのは知ってるのよ。とうに結婚しててもおかしくない歳なのに」

「いたらどうする？」

「優しい人がいいな。紫織のこと、妹みたいに思ってくれる人がいいな。そしたら、いつだってお兄ちゃんのところに遊びに行けるから。ひょっとして、紹介してくれるの？」

夏というのに不意に冬が訪れ、樹々の梢が冷たい風に揺れて、色づいた葉が音をたてて落ちていくように、とてつもない淋しさと悲哀が光滋を襲った。

「仕事が忙しくて、彼女なんかつくる暇がないんだ」

「会社には優秀な人がたくさんいるくせに」

紫織は光滋に深い傷を負わせていることに気づくふうもなく、恋人のように自分から手を繋いだ。柔らかすぎる掌だった。

マンションに着いた紫織は、掃除の行き届いた部屋を見まわした。

「綺麗なお部屋ね。お兄ちゃんはこんなところに住んでるんだ。ちっちゃなお城みたいね」

それから意味ありげに微笑した。

「お兄ちゃんには絶対に女の人がいる。だって、こんなに綺麗に片づいてるんだもん」

琴夜は自分の部屋は定期的にハウスサービスを頼んで掃除しているが、この部屋は、光滋が会社に出かけている間に自分の手で掃除していた。

クラブのママともなれば、店以外での客とのつき合いも多忙だ。疲れるから掃除などしなくていいと言っても、それが生き甲斐だと琴夜は笑っていた。

「どんな人？」

リビングのガラステーブルの上の一輪挿しに挿されたワイン色の薔薇を見て、紫織が興味深げに尋ねた。

「誰もいやしない……」

「お兄ちゃんが自分でこの薔薇を一本だけ買ってきて飾ったわけ？」

「ああ。おかしいか？　いつだったか、紫織が好きだと言うから、チューリップをたくさんプレゼントしたことがあったじゃないか。男が花を買ってもおかしいことはないだろう？」

「四年生のときね。でも、そのあと、好きな花が向日葵《ひまわり》に変わったの」

「そうだったな。だから、姫向日葵を抱えきれないほどプレゼントした。だけど、今は霞草とスイートピーが好きだろう？」

「ふふ、好きな花は変わっていくのね。薔薇も好き」

「そう思って薔薇にしたんだ」

光滋はこんなときに花を飾った琴夜の心遣いが疎ましかった。妹が泊まっている間は顔を出すのを遠慮してくれと言ったとき、琴夜は子供のようにふくれっ面をした。そして、光滋が紫織を駅に迎えに行っている間にこっそりと部屋に来て、一輪の薔薇を挿していったのだ。心遣いというより、自分の存在を示し、会えない間も忘れないでと言っているつもりかもしれなかった。

「紫織は和室を使うといい」

光滋は和室をほとんど使っていなかった。紫織は座卓だけしかない部屋に足を踏み入れた。

十二歳の誕生日間近に月のものが始まって以来、光滋と同じ布団に入らなくなった紫織が、十五歳の今、光滋と添い寝してくれるはずもなかった。女を意識しはじめたのか、同じ部屋で寝るのも避けるようになった紫織だけに、光滋はいっそう紫織の秘密の部分に関心を持つようになっていた。

どんな下着をつけているかは、数日の滞在中に洗濯物を見ればわかる。だが、どんなふうに着替えるのか、どんな躰に成長しているのか、肝心のことがわからない。つるつるだった肉の饅頭には、おそらく若草のような翳りが萌え出ているだろう。

過去は戻ってこない。これまでの紫織の成長を観察できなかったことが悔やまれた。盗撮でもすればよかったとも思った。過ぎ去った時間は永久に取り戻せない。永久に過去の紫織の躰を見ることができないのだと思うと、このままセーラー服を剝ぎ取って足指の先から頭の先までつぶさに観察し、最後に女の秘密の部分に押し入ってしまいたかった。

　和室に床の間はなく、部屋の隅に、先に届いた宅配便が運び込まれていた。

「三つも届いたから呆れたぞ。何が入ってるんだ」

「ひとつはお勉強道具。教科書とか辞書とか。あとは着替えるお洋服」

「二箱も服か」

「着るものによって、履き物から何から全部違うんだもん」

「そんなにたくさん持ってるのか」

「だって、いつもお兄ちゃんがたくさん買ってくれるじゃない。それに、浴衣も持ってきたし、下駄もいるし」

　光滋は呆れながらも、紫織がどんなふうに変身してくれるか期待した。紫織は半月の滞在を予定していた。

「紫織はそろそろ年頃だから、ボーイフレンドぐらいいるんだろう？」

　異性の存在が気になる。妙な男が手を出さなければいいがと、光滋は日に何度も危惧するようになっていた。

「女子校よ」

「外にはいくらでも男がいるじゃないか。それに若い先生もいると言ってたじゃないか」

「ふふ、国語の先生、まだ二十四歳なの。この先生、凄くもてるの」

「紫織も好きなのか」

「ふふ、大好き。優しいの」

光滋は見知らぬ教師に嫌悪感をつのらせた。

「だけど、お兄ちゃんの方がもっと優しいかな」

光滋は胸を撫で下ろした。だが、紫織が光滋に兄を感じているとしても異性を感じていないのはわかっていた。

紫織は段ボール箱を開けようとせず、手荷物として唯一持ってきたスクールバッグから、エアパッキングに包まれたものを出した。

半筒の優しい形と色をした無地志野茶碗だ。釉はまるで真綿か泡雪でも載っているようにほんのりと白い。それでいて、全体的に淡い緋色の発色があった。

「お兄ちゃんにお抹茶を点ててあげようと思って。お抹茶は心も静まるし、躰にもいいし」

「いい色だな」

「釉薬はお父さまの自慢のものだから。でも、お茶碗が残念ながら……でしょ？」

光滋は茶碗を手に取った。雅光のものに比べると口造りが甘い。高台の削りもいまひとつだ。見込みはまあまあだが、雅光が轆轤挽きしたものとは思えなかった。

「そんなに見ないで……だって」

「ひょっとして紫織が作ったのか」

紫織は肩を竦めた。

まだ未熟だが、素人にしては上出来だ。光滋が幼いときから土に馴染んでいたように、紫織も養女になって八年、見よう見真似で粘土を捏ねるようになり、いつしか轆轤を挽くようになっていた。友達の誕生日には自分で作ったコーヒーカップや皿をプレゼントして喜ばれたと言っていたこともあった。

「上手くなったたな。陶工になるつもりじゃないだろうな」

光滋は紫織といっしょに轆轤を挽き、窯焚きをしている姿を思い浮かべた。

「陶器もいいけど、お茶とお花の先生もいいかなと思うの」

「そうだな、紫織にはぴったりかもしれないな」

紫織も藤絵とともに、華道、茶道、書道と稽古ごとに余念がなかった。ピアノを弾いたり、バレーやバスケットをしたりするより、日本的なものが似合う女達だ。紫織はどこまでも藤絵に似ていく。やがて交わり、ひとりの女になってしまうかもしれないと錯覚することさえあった。そして、藤絵も紫織も、古《いにしえ》より時空を超えてやってきた時の旅人で、現代にひとときだけ立ち止まって休息している女のように思えることがあった。

「お兄ちゃんは高校生のころ、湯呑茶碗を作るのを手伝ってたんですってね。紫織も作れるけど、工房に来たお客様に轆轤を挽いてるのをじっと見られるのはいや。だから、土日はお店の手伝いだけということが多いの」

紫織のようなとびきり可憐で美しい女が轆轤を挽いているとあっては、誰もが興味を持つだろう。男性客の中には、好色な目で見つめる者がいて当然だ。

光滋が轆轤を挽いていたときも、よく好奇の目で見つめられたものだが、紫織は決して無遠慮な人の視線に晒されてはならない女なのだ。

いつ紫織は異性を好きになるだろう。いつ唇を許すだろう。いつ躰をひらくだろう……。

そんなことを考えると狂おしく、いつまでも寝つかれないことがあった。

紫織がいまだに男との交際を持たないのは、藤絵と雅光に十分すぎるほど愛されており、ほかの者に愛情を求める必要がないせいか。それとも、紫織が人より純粋なだけ、かえって男達は近寄ることができないのか。しかし、そんな男ばかりではないのだ。いつか、紫織を強引に汚す男が出てくるかもしれない。

「お抹茶点ててあげるわね」

紫織は小さな抹茶の缶と茶筅を持ってキッチンに向かった。

朝起きれば、紫織が母親か妻のように朝食を作って送り出した。戻ってくれば、冷えたビールと肴が出てきて夕食になる。これまでにない満ち足りた時間だ。しかし、紫織を抱き締めたい衝動に駆られても、犯してはならないタブーの前で、悶々とした時間だけが過ぎていった。

お休みなさいと言って和室に入り、襖を閉めてしまう紫織に、光滋は寝室のベッドに横たわり、いつまでも闇を見つめて溜息をついた。やがて我慢できなくなり、こっそりと寝室を出ると、足音忍ばせて和室に行き、襖の前に立つ。だが、中の様子がわからずに、かえってやきもきするだけだった。紫織が寝息をたてているのかどうかもわからず、襖を開けることもできず、光滋はまたそっと寝室に戻ってベッドに横たわり、闇を見据える……。

一週間そんな日々を過ごした光滋は、夏の暑さと寝不足で、精神の昂揚と裏腹に、肉体的には疲れ果てていた。

いつものように紫織にビールを注がれながら夕食を食べ終わると、光滋は急激な睡魔に襲われた。

肩先を揺り動かされ、光滋は目をあけた。リビングのソファに横になって眠っていた。

「お兄ちゃん、ベッドで寝なきゃだめよ。疲れがとれないわよ」

裾と袖口にフリルのついた木綿のネグリジェを着た紫織が、カーペットに跪いて光滋を覗き込んでいた。ピンク地に小さな花柄模様の入ったネグリジェは、夜を押しのけているように眩しかった。

「何時だ」

「十時。ここで二時間眠ったのよ。すぐに起こしちゃかわいそうだと思って」

「風呂に入ったのか」

「ええ。お兄ちゃんもお風呂に入って寝るといいわ。お仕事、大変みたいね。早く身のまわりのことをしてくれるお嫁さんを探さなくちゃ。紫織、心配だわ」

残酷な言葉を聞いたとき、決して弾けてはならないものが光滋の中で大きな音をたてて砕け散った。

半身を起こした光滋は、紫織をぐいっと引き寄せた。そして、がむしゃらに唇を塞いだ。戸惑い、あらがう紫織にかまっている余裕などなかった。こうなったからには、獣となって最後まで突っ走るしかないのだ。理性より獣欲が勝った。

強く触れれば壊れるように見えた紫織の躰が、光滋の行為を非難して硬く固まっていた。総身から放たれる熱気と激しい鼓動が光滋に伝わってきた。

紫織は塞がれた唇を何とか離そうと躍起になった。ますます光滋は紫織の躰を強く抱き寄せた。

「いやっ！」

激しく首を振り立てて顔を離した紫織が、これまでに見たこともない恐怖と非難の表情を露わにしていた。細い肩が上下に喘ぎ、口と鼻で激しい息をしている。花びらのような唇が小刻みに震えていた。

「来い！」

この瞬間、もっとも大切なものを失うかもしれないという恐怖より、奪わねばならないという意志が勝った。光滋は紫織の腕を鷲づかみにすると、寝室まで強引に引っ張っていった。

そして、ベッドに押し倒した。

叫びとともに紫織の長い髪が白いシーツに広がっていった。

「しないで。お兄ちゃん、いや。いや」

喘ぐ胸と激しい息の中から、紫織はようやく掠れた声を押し出した。いつも笑みを浮かべて澄みきっていた瞳が、恐れのために大きく見開かれ、瞬きさえ忘れていた。

「好きだ。ずっと好きだったんだ。紫織が好きなんだ」

兄と慕っていた光滋が、自分を妹ではなくひとりの女として見ていたとわかり、紫織は衝撃を受けて激しく首を振り立てた。紫織の両手を肩の横で押さえ込んだ光滋は、再び紫織の唇を塞いだ。

紫織は唇を閉じ、上下の歯を固く合わせていた。唇を舐めまわそうとしても激しい抵抗をして顔を動かす紫織に、舌は唇をずれて頬や顎や鼻へと滑った。

股間のものは爆発しそうにいきり立っていた。いくら非難されようと、燃え上がった獣欲を今更鎮めることなどできない。何年も焦がれ続けた女を押さえ込んだ以上、総身を愛撫し、貫き、ひとつになるしかないのだ。だが、必死に抵抗し、逃れようとしている紫織の両手を押さえている限り、ネグリジェを脱がせることすらできない。焦る光滋の脳裏に、赤い縄が浮かんだ。

このベッドで琴夜と躰を合わせ、ときにはアブノーマルな行為に走る。琴夜をいましめる赤い縄が、サイドテーブルに入れてあった。光滋が出勤している間、紫織が寝室も掃除していることはわかっていたが、そんな縄を見ても、男女の行為に使うとは想像もしないだろう。せいぜい梱包用としか思わないだろうと安心し、光滋はそのままにしていた。

紫織の両手を放したものの、上に乗って体重をかけて押さえ込んでおき、手を伸ばして縄を出した。その間も、紫織は必死の形相で光滋を押しのけようとしていた。

「紫織がおとなしくしないからいけないいんだぞ」

昂りのなかで精いっぱい冷静を装って言った光滋は、赤い縄で紫織の手首をひとつにして括った。隣室に聞こえるかもしれないと思えるほど大きな悲鳴が上がった。

優しいだけだった光滋のあまりの変貌に、紫織の総身はそそけ立っていた。そして、次に、火の中に投げ入れられたように熱くなっていた。

光滋はこんなときでさえ、鬱血《うっけつ》しないようなわずかなゆとりを作って細い手首を括っていた。ゆとりがあっても決して抜けないような縛りだ。余った縄はヘッドボードのポールに縛りつけた。

万歳の格好になった紫織の表情は、いちだんと恐怖の色を増して歪んだ。

「紫織、好きだ。そんな顔をしないでくれ……な、紫織」

「いやいやいやっ！　嫌い！　嫌い！　いやあ！」

完全な拒絶だった。獣になっている光滋の心に、闇に向かって吠えたいような深い哀しみと怒りが満ちた。

「誰にも渡さない。俺だけのものにする。紫織は俺だけのものだ。俺だけのものなんだ」

紫織の目が潤み、涙が溢れた。

光滋はネグリジェのホックを上から下へと外していった。

しないでと泣き叫ぶ紫織が、ポールに繋がれた両手を引っ張って躰をくねらせるたびに赤い縄が擦れ、ギシギシと鈍い音をたてた。

腰のあたりまでホックを外した光滋は、涙と興奮で血走った目を盛り上がった上半身に向け、ネグリジェを左右に割った。

「いやあ！」

悲鳴と同時に、椀形のふくらみが、ゼリー菓子が揺れるようにぷるんとまろび出た。初々しい小さな乳首を載せた白いふくらみは、神々しい処女の峰に相応しかった。

光滋は頰を擦りつけ、暖かいふくらみの柔らかさを肌で確かめた。それから、乳暈にわずかに沈んでいる薄桃色の乳首を舌先で触れた。

紫織は隙間を過ぎる風のような声を出した。そして、シーツからぐいと乳房を浮き上がらせた。

「ほかの男のものになるな！　俺だけのものになれ！」

一方的に命じると、両方の乳房を荒々しく摑んだ。紫織が呻いた。それにかまわず乳首を口に入れ、ちぎれるような勢いで吸い上げた。

紫織は洟を啜りながら口を開け、肩先をよじった。それでも、小さな果実は恥じらうように、そっと乳暈から立ち上がってきた。ようやく光滋は乱暴な動きをやめ、果実をそっと唇に挟んで頭をゆっくりと左右に動かした。

しないでと哀願する紫織は、くすぐったさと、体奥からじりじりと迫り上がってくるような、むず痒さと疼きの伴った妖しい感覚に耐えきれず、頭の上で拳を握った。

小さいなりにしこり立ってきた乳首を、強弱をつけて舐めまわしたり吸い上げたりすると、紫織の背中はときおりバネ仕掛けの玩具のように、シーツから浮き上がっては落ちた。

「紫織の全部を見たい……紫織の全部が欲しい。おまえの全部を俺にくれ。おまえがいないと俺は駄目なんだ。おまえ以外の女なんか愛せないんだ」

紫織は大きく頭《かぶり》を振った。啜り泣きがひろがった。

「もう限界だ。俺にほかの女のことなんか言うな。どうして俺を苦しめるんだ」

光滋はネグリジェの残りのホックを外していった。そして、下腹部を左右に割った。

耳を塞ぎたくような絶叫が広がった。それでも、光滋は獣の行為をやめるわけにはいかなかった。優しくしてやりたい思いの一方で、いつまでも拒絶している紫織へのもどかしさに、もっと残酷に玩んでやりたいという悪魔的な気持ちがふくらんでいった。

木綿の白いパンティには、小さな同色のリボンがついている。光滋の躰を挟んでいる眩しいほど白い太腿が、膝をつけようと無駄な抵抗を続けていた。

光滋は太腿を押し上げた。

悲鳴とともに折れた膝がばたついた。

太腿をがっしりとつかんでいる光滋は、女園に張りついたパンティの底を、そのまま舐めまわした。風呂上がりの紫織の舟底は、光滋の理不尽な行為のために、汗でじっとりと湿っていた。

光滋は肉の豆を包んでいる包皮のあたりを舐めた。紫織の腰が大きく跳ねた。鼻頭を打った光滋が慌てて顔を離すと、紫織は大人の女と同じように眉間に皺を寄せ、顎を突き出して口を開け、法悦の表情を刻んで打ち震えていた。布越しとはいえ、初めて他人から敏感なところを愛撫され、呆気なく気をやったのだ。

パンティに染みが広がっていた。汗の湿りとは違うメスの匂いが微かに混じっていた。鼻腔を刺激した仄かな動物臭に、光滋は頭の血管がちぎれそうだった。

石榴《ざくろ》のような女の器官が、木綿の布の下でぱっくりと口を開けていると思うと、なおさら昂った。

紫織の絶頂の波が収まっていないとき、再び光滋の舌は布の上を滑った。妖しくなだらかな凹凸を感じた。それが女の器官のどこであるかは容易に想像できた。

紫織は次々と法悦を迎えて痙攣した。熱したフライパンに載せられて跳ねているような激しい痙攣の連続だった。

初めて耳にした紫織のエクスタシーの声や、跳ね上がる肢体に、光滋の脳髄は火を噴いていた。

服を脱ぎ捨て裸になった光滋は、汗や染みで湿っている紫織のパンティを引きずり下ろした。

激しい絶頂に襲われてぼっとなっていた紫織が、我に返って悲鳴を上げた。

「おまえが欲しい。おまえのためなら何だってする。おまえが欲しい。おまえの全部を俺が貰う」

紫織はちぎれるほど首を振りたくりながら、いましめられた手をぐいぐいと引いた。腰をよじり、足をばたつかせた。だが、太腿の間に入り込んでいる光滋を蹴ることさえできなかった。

はじめてお兄ちゃんと呼ばれた八年前の元日の夜、紫織の下腹部はやけに縦割れが大きかった。傍目には、つるつるしたふくらみの中に女の器官が隠れているようには見えなかった。それが、今では肉の饅頭に薄い翳りを載せているだけでなく、その内側に、触れれば気をやる敏感な器官を隠し持っている。男のように平たかった胸もふくよかな紡錘形にふくらみ、乳首さえしこり立っている。まだ十五歳とはいえ、確実に少女から女へと変貌しようとしている。今の紫織は、蛹《さなぎ》が殻を破って瑞々しい姿を現し、美しい羽を広げようとしている、まさにそのときかもしれなかった。

柔肉のあわいをくつろげてじっくりと観察している余裕はすでにない。紫織とひとつになること。紫織の最初で最後の男になること。それしか光滋の頭にはなかった。

疼いてひくつく屹立に手を添え、その先を柔肉のあわいで動かした。何人の女達のそこを貫いてきただろう。光滋はすぐに秘口を探し当てた。

両手をいましめられ、恐怖に歪んでいる紫織の顔を見下ろすと、疚しさはなく、愛する女をようやく自分のものにできるという昂った歓喜と獣欲だけに満たされた。

光滋は体重をかけて腰を沈めた。風のような、ヒュッという音に似た悲鳴が上がった。そのとき、屹立の先にほとんど抵抗はなかった。光滋は一気に肉の杭を根元まで突き入れた。

紫織の喉をかっ切るような声が洩れた。

「最初だけだ」

光滋は奥の奥まで肉の刀を押し込んだ。

ぶるぶると震える青ざめた唇のあわいから、苦悶の声が洩れ続けた。

「きょうだけだ。我慢しろ」

紫織が処女だと疑ったことはなかったが、多くの女を経験していながら、いまだに処女を知らなかった光滋は、破瓜の瞬間の女の苦痛を知った。だが、自分が紫織を女にしたという大きな喜びの前で憐憫はなかった。女は誰も一度はこの痛みを経験しなければならないのだ。

「もう少しだけ我慢しろ」

悲鳴を上げて痛みを訴える紫織に、光滋は冷酷に抜き差しした。

妊娠という二文字がふっと脳裏に浮かんだが、紫織が身籠ればその子を育てていくだけだ。誰も自分と紫織を離すことはできない。子供ができれば、いっそうふたりを引き離すのは困難になるだろう。

光滋は最後の抽送に入った。苦痛に脂汗を浮かべた紫織の悲鳴が途切れることはなかった。

やがて、光滋の精が紫織の子宮に向かって迸っていった。

肩で息をしながら、光滋は額の汗を手の甲で拭った。そして、屹立を抜こうとして結合部を見つめた。互いの太腿が真っ赤に染まっている。

こんなにも破瓜の出血は多いものか。もしかして、別の器官を傷つけてしまったのではないか……。

光滋は初めて動転した。熱く滾っていた躰が凍えていった。

ティッシュを大量に引き抜いて結合部に当て、屹立を抜いた。敷物になっているネグリジェが大きな深紅の染みを作っている。シーツまで染まっているのは、それを捲って見てみるまでもなかった。ベッドパットも血に染まっているだろう。

紫織はしゃくり上げていた。光滋はベッドのポールに括りつけていた縄を解き、手首にまわした縄も解いた。ゆとりを持って括ったとはいえ、紫織が全力で抗ったために、手首には痛々しいいましめの痕がついていた。

紫織は自由になった手で顔を覆った。泣き声は徐々に激しくなった。それだけ泣けるということは、命に別状はないのだ。多量の出血は破瓜の血だけだろうと、光滋は安堵した。

「風呂に行くぞ。痛いのは一度だけだ。だんだん痛みはなくなる。出血もしなくなる。そのうち、そこで感じるようになる」

紫織は総身をよじった。

光滋は紫織を抱きかかえた。太腿が破瓜の血にまみれ、異様にぬめ光っている。

「もう痛くないだろう？」

光滋の声は紫織の泣き声に掻き消された。

光滋は泣きやまない紫織を洗い場に立たせた。湯を掬って翳りや内腿を洗ってやった。だが、柔肉のあわいを洗おうとすると、紫織は太腿を閉じた。

「洗えないじゃないか」

「いやっ！」

泣いている紫織の激しい拒絶に遭って、光滋は意外な気がした。ひとつになったとき、紫織は自分のものになったと思った。だが、今の言葉によって、紫織が自分を心底疎んじ、拒んでいるのを知った。

「好きだ。おまえは俺のものだ」

「嫌い！　お兄ちゃんなんか大嫌い！　出てって！」

いつも優しい微笑を浮かべていた紫織に突っぱねられ、光滋は苛立った。涙にまみれた紫織の哀しみと怒りの表情に気圧《けお》されるどころか、激しい怒りを感じた。

「おまえは俺が女にしたんだ。俺だけのものだ！」

浴室の壁に両手を押さえつけ、獣の目で喘ぐ紫織を睨みつけた。

「おまえは俺のものだ」

左右の肩の横に押さえ込んでいた手をひとつにして押さえ、空いた手で甦っている剛棒を摑んで紫織の秘口に押し当てた。そして、一気に腰を沈めた。耳を劈《つんざ》くような紫織の悲鳴が、浴室の壁や天井から降り注いだ。

犯される女の悲鳴にいっそう野性を煽られながら、光滋は初々しい浅い肉壺を刺しては捏ねまわした。内臓まで貫いて、抉《えぐ》り出された腸《はらわた》をむさぼり食いたいとさえ思った。この世で最も美しい女を、光滋は残酷に犯し続けた。

シーツに深紅の薔薇を敷き詰めたように鮮やかな刻印があった。恍惚とするほど美しかった。紫織の破瓜の血だ。光滋はまだ濡れているような処女血を唇で辿った。

シャワーで鮮血を流されて寝室に連れ戻された紫織は、カーペットにしゃがむような格好で顔を覆って泣き続けていた。

七歳の紫織が、びら簪を揺らして玄関にやってきて正座し、手をついて挨拶したときの映像が鮮明に甦った。あの愛らしかった幼い紫織が、今、躰を貫かれ、女になった。光滋にとって、この八年間は長く辛い日々だった。しかし、ついに自分の手で女にしたのだ。

満ち足りている光滋と裏腹に、紫織はこの世にこれ以上の哀しみはないというように泣きじゃくっていた。

二度犯したことで自分の刻印を紫織の肉深く刻み込んだと確信した光滋は、破瓜の血のついたシーツから顔を離すと、抵抗しようとする紫織を強引にベッドに引っ張り上げた。

「見ろ。おまえが女になった印だ。一生にたった一度の印だ。おまえはほかの男のものにはなれないんだ。俺だけのものだ」

泣きながら抗う紫織を胸の中に入れて、抱き締めた。

「嫌い……お兄ちゃんなんか嫌い……嫌い……嫌い」

諦めたとわかる紫織の口調に、光滋は他の男達から紫織を奪い取ったことを確信して笑みを浮かべた。

第七章　朱の印

光滋が田舎に帰って陶工になりたいと琴夜に告げたのは、紫織と結ばれ、紫織が帰って行った日の夜だった。その後、光滋は会社にも辞職願いを出した。

それから八カ月足らず、東京での最期の夜になった。荷物も片づいてしまい、今夜だけは琴夜のマンションに泊まることになっている。

「あんなにいい会社に入っていながらどうして……東京の方が賑やかでいいわ。仕事なんかまた探せばいいのよ。いいえ、いやなら仕事なんかしなくてもいいのよ」

決意の揺らがない光滋に、琴夜は無駄と知りながら哀願するような口調で言った。

「田舎で土を捏ねてる方が性に合う。それだけさ」

光滋は営みの終わったベッドの中で、琴夜の乱れた髪を掻き上げてやった。光滋より二十歳も年上だというのに、肌はいつも艶やかで、最初に会ったときと同じように、今も脂の乗った最盛期の女のままだ。世間の多くの女達は、琴夜の歳になると所帯やつれして、さほど男の性欲をそそらなくなるが、琴夜の全身からは妖しい誘惑臭が醸し出されている。毒々しくもなく強烈でもなく、歳を重ねるたびに上品に仄かに香るようになった洗練された女の芳香だ。

琴夜が咳をした。

「春になっても治らないなんてな。去年からだろ？　長いんじゃないか？」

「気管支炎にでもなったかしら。今度の風邪は長いみたいね」

「風邪は万病の元だって言うだろ。病院に行けよ」

「いっそ、お餞別の代わりに、何十倍もの酷い風邪を移してやりたいわ」

また琴夜がコホッと軽い咳をした。

「ねえ、陶芸なんて、趣味でやっていればいいじゃないの。仕事にしたら大変よ」

「親父も陶工だ。どんな仕事かぐらいわかってる。仕事となれば楽なものなんてないさ」

「私を置いて行くのね……」

「ママには店がある。ママに惚れ込んでる男がたくさんいるんだ。ママはまだまだ綺麗だ。いざとなったら結婚相手だって選《よ》り取り見取りじゃないか。ママには地位と金のある男が似合う。俺はママに気の利いた着物と帯のひと揃いしか買ってやることができなかったじゃないか」

銀座のママともなれば、一流のものしか身につけることができない。光滋は琴夜が店に着ていく上等の着物と帯を買ってやろうと思ったが、いくらでも上には上があり、その高額さに呆れ返った。そして、ちょっとしたパーティぐらいになら着ていける泥大島に帯を合わせて贈ることにした。それでも仕立てると百万円以上かかった。何度も琴夜は、ほんとにいいのね？　と尋ねた。

学生時代も、企業に就職したすぐのころも、光滋は琴夜のツバメのようなものだった。そんなことを考えると、百万円の出費が高いとは思えなかった。

「いっそ私もお店を畳んで、光滋の田舎に小料理屋でも出そうかしら。この歳になると、銀座も疲れるわ」

「だめだ！」

光滋はきっぱりと即座に返した。その瞬間、琴夜の顔に悲哀が走り、唇が震えた。

「十年以上もこんなに近くにいながら、何度も躰を合わせていながら、それでも光滋の心が私に向くことはなかったのね。たった一度だって……」

気が強い琴夜が泣きそうな顔をした。

「何を言うんだ……ママらしくないじゃないか。俺はママに相応しくない男だ。それはママにもわかってるだろう？」

「私が光滋には相応しい女じゃないって、そう正直に言えばいいのよ。二十も年上の女なんか目じゃないって、はっきりそう言えばいいのに」

琴夜は背を向けて肩先を震わせた。

「ときどき遊びに来ればいいじゃないか……家に泊めることはできないけど、少しぐらいの時間は作る」

「ホテルに泊まれって言うのね。光滋はそそくさと私を抱いて、また家に戻るのね。光滋に会いに行っても、ひとりで朝を迎えろって言うのね」

光滋の決意が固いことはわかっている。それでも琴夜は、できるなら光滋にこれまでどおり東京に残ってほしいと願っていた。残りの時間は少ない。ささやかな幸せさえ消えてしまうようだ。光滋の心を自分のものにすることができないとわかっていても、ただ近くにいてくれるだけでよかった。

「あんな店に行かなければよかった……光滋の勤めてたあんな店に……光滋に会わなければ私の人生は昔のままだったのに……こんなに哀しい思いをしなくて済んだのに」

「ママらしくないぞ。俺が何だっていうんだ。俺なんかより立派な男はいくらでもいるじゃないか。金のない俺は、たった一度だってママの店の客になれなかった」

「お願いだから、もうそれ以上言い訳しないで……私を惨めにしないで」

琴夜はベッドからよろりと立ち上がった。肉付きのいい熟した女の総身が、わずかに照明を落とした寝室で、華麗な彫刻のように浮かび上がった。

光滋の琴夜に対するものは、愛ではなかったのかもしれない。けれど、それならどうしてここまで続いてきたのか……。

金のある女はいくらでもいた。しかし、金など最初からどうでもよかった。琴夜から金をせびろうと思ったことはない。マンションを買ってやると言った女もいた。高級な外車を買ってやると言った女もいた。だが、断った。どんな女とも長くつき合う気はなかったし、長続きしなかった。そんな中で、琴夜とだけは十年以上も続いてきたのだ。琴夜を愛していたとは言えない。けれど、愛していなかったとも言えない。

光滋は琴夜の腕を摑んで引き寄せた。

「いや！」

琴夜ははじめてその手を振り払った。光滋はもう一度摑んでベッドに引きずり込んだ。

「こんな年下の男に拗ねるのか。ママはいつも誇り高い女でなくちゃならないんだ。惨めだなんて言葉、聞きたくない」

「惨め。惨め。惨め。惨め！　こんな惨めな女はいないわ。惨めよ。世界一惨めな女よ」

光滋は琴夜の唇を塞ぐと、口中に舌をこじ入れた。いつもは積極的にこたえ、さっきも激しく反応した琴夜が、受け身のまま舌を動かそうとしない。

唾液を絡め取るのをやめた光滋は、閉じられた琴夜の瞼に軽く口づけると、額や頰、耳朶へと愛撫を移していった。

ふっくらした頰、甘やかな吐息が洩れている唇、まろやかな肩、豊饒な骨盤の張りと尻肉の豊かさ……。

円熟した琴夜の躰は、男を虜にする極上の武器だ。軽くウェーブのかかった髪でさえ、男を手招きするために命を吹き込まれた妖しい生き物ようだ。

たとえ闇の中で沈黙していても、指や口を這わせれば琴夜のものとわかる躰、光滋の肌が記憶してしまっている琴夜の総身、どこにも欠点のないような琴夜の躰、多くの知識や巧みな話術。和服で歩けば、振り返りざま、銀座のママだろうと囁かれる誇り高き気高さを秘めている女……。

そんな琴夜を、光滋は捨てて行こうとしている。光滋には記憶から決して消えることのない女がいる。その女に取って代われる者は誰もいない。琴夜ほどの女でさえ代われなかった。

もしも母の桐子が逝ったあと、瓜二つの藤絵が現れなかったら、ほかの女を愛せたかもしれない。しかし、藤絵は光滋に狂おしい恋情を募らせた。諦めなければと思ったとき、今度は藤絵の姪の紫織が現れた。藤絵に日ごと似てくる紫織……。

光滋が愛する女を忘れようとするたびに現れた桐子の化身。それゆえ、ほかの女を愛せるはずがなかった。琴夜ほどの女にさえ溺れることができなかったのだ。

光滋は琴夜の乳房を摑んで乳首を吸い上げた。

「あう……光滋……見えないところに印をつけて……すぐに消えないような印をつけて」

光滋の愛撫に反応しなかった琴夜が、これまでにない哀愁を帯びた声で言った。

光滋は乳房や胸を強く吸い上げて朱の印をつけていった。腕を押し上げ、二の腕の内側にも次々と印を刻んだ。背中もまんべんなく吸い上げていった。両方の内腿にも痛々しいほどの刻印をつけた。

「光滋……一生消えない印はつかないかしら……いっそ、ナイフでどこかに印をつけて」

「ばかなことを言うな」

琴夜をうつぶせにした光滋は、太腿から足先へと舌を這わせていった。そして、足首を取って膝を折り、空に浮いた足指を一本ずつ口に含んでいった。

「これきりなんて……これきりなんて……酷い人」

喘ぐ琴夜の肩先が小刻みに震え、啜り泣きが洩れた。

「これきりじゃないと言っただろう。いつまでもママらしくないことを言うな!」

光滋は声を荒らげた。

「一度ぐらい名前を呼んで。琴夜と呼んで」

「今夜はどうして湿っぽいんだ。最初会ったときのあのママはどこに行った。笑って俺を追い出せよ。たった今、追い出したっていいんだぞ」

琴夜は何も言わなかった。

全身を隈なく愛撫し終わった光滋は、盛り上がった白い尻肉を思いきり打ちのめした。不意の打擲に、琴夜がヒッと声を上げた。

「クリームを出せよ。ワセリンだ。中途でやめていたことを仕上げようじゃないか」

琴夜の喉が鳴った。

「さあ、出せよ。いやなら、俺は出ていく。ホテルに泊まればいいんだ」

いやがると思っていた琴夜が、喘ぎながらワセリンの小瓶を出した。

「ぼっとするな。これを使うからにはどうすればいいんだ」

琴夜は犬の格好をした。

「頭はシーツにつけろ。尻だけ突き出せ」

形のいい巨大な桃の割れ目には、肉桂色の菊の蕾がすぼまり、その下方の濃い翳りに囲まれた器官も剝き出しになった。交わった直後ではないが、総身を愛撫されている間に秘芯はねっとりと潤い、漆黒の恥毛も蜜液にまぶされ、濡れ光っている。

「ママがこんな格好をして、後ろで俺のものを受け入れようとしているのを知ったら、店の客達はどう思うだろうな。いい格好だ。たとえ襲った獣を食って生きる勇敢な女豹《めひょう》でも、いざオスを受け入れるとなると、こうやって尻を突き出すしかないんだ」

むずがるように動く尻肉を撫でまわした光滋は、たっぷりとワセリンを掬って後ろのすぼまりに塗りつけた。それを、マッサージするように外側から中心へとじっくりと塗り込めていった。

尻のくねりと唇から洩れる掠れた喘ぎは、いつものように光滋の獣欲をそそり、短時間で二度目の肉茎を反り返らせた。

「今夜はおとなしいな。何度も試すうちにいやがるようになったくせに。もっとも、口と指で触られるのは好きなようだがな」

これまで何度か後ろで繋がろうと試みたが、ある程度柔らかくなったすぼまりも、ついに光滋の太い屹立を受け入れることはできなかった。そのうち、琴夜は挿入をいやがって逃げるようになった。光滋も怪我をさせるような強引なことをしようとは思わず、いつしか口と指だけの愛撫になった。舌で舐めまわし、指を入れてゆっくりと抜き差しすると、琴夜は堪らないというような色っぽい喘ぎを上げながら尻をくねくねと動かし、菊口をひくつかせた。

もう一度ワセリンを掬った光滋は、すぼまりの内側にも丁寧に塗り込めた。排泄器官が性愛器官になるように、蕾をゆっくりと揉みほぐしていった。指にコンドームを被せ、すぼまりに押し込んだ。

顎を突き出して切羽詰まった声を上げた琴夜の内腿が打ち震えた。

「いつだったか、ここの処女を俺にやると言ったよな。今夜こそ約束を守ってもらうぞ。逃げないのか」

「メチャメチャにして……光滋にメチャメチャにされたいの……メチャメチャにされても憎むことができないの。憎むことができたらいいのに」

琴夜は縋る女の口調で言った。

「女々しいことを言うなと言ったはずだ」

菊座に挿入している指を出した光滋は、渾身の力を込めて尻たぼを叩きのめした。派手な肉音と悲鳴が同時に上がり、尻が落ちた。光滋はすかさず腰を掬い上げた。

「尻を落とすな！」

光滋は打擲を続けた。

琴夜は打たれるたびに声を上げたが、太腿をぶるぶると震わせながら、必死に尻を掲げていた。

光滋は左右の尻たぼを何度も交互に叩きのめした。白い肌が鬱血していった。

「後ろの処女を奪ってくださいと言えよ」

打擲をやめた光滋は、屹立にコンドームを被せ、三度目のワセリンを掬ってすぼまりに塗りつけた。

「光滋……私の後ろを犯して……光滋には何でもあげる。全部奪って」

「後ろを犯してか。ずいぶん変態になったもんだ。全身を括られただけで濡れるようになったしな」

最後の夜と思っているのか、琴夜は後ろで繋がることを拒もうとしない。光滋は怪我をさせないように、執拗と思えるほど菊皺を揉みしだき、菊口の縁や浅い内側のマッサージを続けた。

翳りに囲まれた女の器官がじっとりと潤み、秘口から呆れるほど豊富な透明液が溢れてくる。琴夜の菊蕾は光滋に玩ばれ、今では敏感な性愛器官になっていた。菊蕾に押し入れた指を動かすたびに、琴夜は切なそうな喘ぎを洩らして尻をくねらせた。

「お望みどおり、後ろを犯してやる。力を抜け。怪我をしたくなかったら息を吐け」

ひくつく中心に屹立を当てた光滋は、ゆっくりと腰を沈めていった。これまでと違う苦痛を伴った声が押し出された。シーツに押しつけられている琴夜の横顔も歪んでいる。だが、光滋はその苦悶の顔に興奮し、煽られた。止まることなく、窮屈な菊口に肉茎を押し込んでいった。

「力を抜け。どんどん入っていくぞ。おまえは望みどおり、後ろの処女も失ったんだ」

琴夜の眉間の皺が深くなり、ぼってりした唇が大きく開いて呻きに近い声を洩らした。滲み出す脂汗は琴夜の背中を妖しくぬめ光らせた。

アヌスの締めつけの強さに屹立がちぎれそうな気がして、光滋も奥歯を嚙みしめた。

かつて、アブノーマルにこうして後ろで繫がったことがある。後ろを使い慣れた女らしかった。それでも、女壺とは違う締めつけの強さに驚いた。しかし、琴夜のすぼまりは、その女とは比べものにならないほど強い。食いちぎられそうな気がした。光滋の顎から雫り落ちる汗が、琴夜の腰に落ちていった。琴夜の背中がますます銀色に輝き出した。

「痛い……光滋、痛い……私を奪って。壊して。光滋、痛い」

様々な感情が交錯した琴夜の声だった。

光滋は根元まで沈めた剛直をゆっくりと浮かせ、抽送を開始した。琴夜の悲鳴が広がった。逃げないように琴夜の腰をがっしりと摑んだ光滋は、容赦なく獣の行為を続けた。

途切れることない琴夜の悲鳴の中で精液を吐き出した光滋は、ようやく屹立を抜いた。また琴夜の苦痛の声が洩れた。菊口は醜く腫れ上がっていた。

かつて琴夜の菊口の拡張に使っていたアヌス棒を、光滋はサイドテーブルから出した。それを、ひっくり返して仰向けになった琴夜の痛々しい菊口に押し込んだ。琴夜はシーツをぎゆっと摑んだ。掠れた声しか出なかった。菊蕾を奪われた後の琴夜の切なそうな顔は、更に妖艶さを増した。

いくら精力的な光滋でも、三度続けての行為は簡単にはいかない。漲ってくるまで玩具で玩ぶことにして、前には太めの黒いグロテスクな男型を押し込んだ。琴夜の白い歯が唇のあわいで妖しく光った。

「前と後ろで太い奴を頰張ると気持ちがいいか。えっ？　何とか言ってみろ。ママはこんなことをされて悦ぶ恥ずかしい女なんだ。朝まで仕置きしてやる。ママの好きな赤い縄で乳房を絞り上げて、ヴァギナにはママが狂いそうになる媚薬を溢れるほど塗り込めて股縄で塞ぐ。全身に蠟燭《ろうそく》もたっぷり垂らしてやる。鞭も欲しいだろう？　声が嗄れるまで泣き叫ぶといい。俺はそのままママをほったらかして出て行ってもいいんだ」

琴夜は恍惚とした顔をして、玩具を押し込められている太腿を自ら開いていった。玩具のまわりは蜜で銀色にぬめ光っていた。

土筆《つくし》が至るところに顔を出し、鈴蘭の花に似た馬酔木《あせび》も咲きはじめている。

ひとときの帰省ではなく、この土地に根を下ろすために光滋は帰ってきた。帰省してはならないと決意したこともあったが、故郷に光滋を呼び戻したのは、藤絵に似た無垢な紫織だ。

紫織を女にした日から、毎日でも紫織を抱きたいと、苦しいほどの思いがつのっていた。その思いに耐えて、きょうまで半年以上、正月も帰省しなかった。夏の日のできごとを雅光達に悟られないためにも、少し時間を空けたかった。

琴夜とのアブノーマルな激しい夜を過ごしたあとだけに、東京を発つとなると一抹の淋しさを感じたが、いざ駅を離れてしまうと、久しぶりに紫織に会えるという興奮だけに包まれた。

昴りの中で売店に足を踏み入れると、藤絵ではなく見知らぬ中年女がいた。客かと思っていたが、いらっしゃいませ、と迎えられ、光滋は面食らった。

「継母さんは……？　俺、ここの息子の光滋だけど」

「ああ、ハンサムな息子さんってあなたのこと……ほんとに美男子だわ。俳優さんでないともったいないような」

小太りの女は、光滋をまじまじと見つめた。

「留守を頼んだのかな」

「あ……すみません。あんまりお綺麗な方でつい……岸本《きしもと》と申します。先週からお勤めさせていただいているんです。奥様は紫織さんとお料理を作ってらっしゃると思います。やっと息子が戻ってくるって、そりゃあ、とっても楽しみにしてらっしゃいました。先生もとっても」

「親父はそっちか」

今すぐ紫織に会いたい気持ちを押し隠し、光滋が工房の入口に目を向けると、岸本が頷いた。

光滋は足音を忍ばせて工房に入った。雅光は壺、脇田は小皿、新しく雇ったらしい見知らぬ男は湯呑を作っている。

光滋はすぐに雅光に視線を戻した。

雅光が目に入れても痛くないとほど可愛がっている紫織を強引に抱き、将来いっしょになるために戻ってきただけに、後ろめたさを感じた。壺が出来上がるまで、入口からそっと雅光を眺めていた。

五十五歳になった雅光の髪にはだいぶ白いものが混じっている。かつての企業人の顔はなく、作務衣を着て轆轤を挽く姿には陶芸家の風貌があった。

「何だ、帰ったのか。そんなとこでどうした。遠慮してるわけじゃあるまい？」

壺を轆轤から切り離した雅光が光滋に気づくと、嬉しそうな笑みを浮かべた。

「せっかくの大作を台無しにしちゃまずいと思ったんだ」

「お帰りなさい」

脇田が笑顔を向けた。初対面の陶工、添島《そえじま》は軽く頭を下げた。

「売店に人を雇ったんだな」

「ときどき近所の人に手伝ってもらうことはあったんだが、藤絵もやりたいことがいろいろあるだろうし、あまり束縛したら悪いと思ってな」

「轆轤がひとつ空いててホッとした」

電動轆轤は四台据えつけてあった。

「もう紫織達に会ったのか」

「いや」

「藤絵が楽しみにしてたんだ。早く行ってやれ。正月も戻って来なかったんだからな」

雅光に促され、光滋はようやく自宅に入れる気がした。紫織への愛は本物だ。けれど、強引に女にした紫織と久々に会うのだと思うと尋常ではいられない。

あれから、手紙ももらった。電話で話しもした。しかし、いざ顔を合わせたとき、紫織がどんな態度をとるか気になる。だから、紫織の元に真っ先に駆けて行くことができなかった。それでいて、工房にいた短い時間さえ長く感じて焦った。

石張りの玄関に立った光滋は、深呼吸した。

作りつけの靴箱の上に、雅光が作ったらしい花器が置かれ、木瓜《ぼけ》の花が挿されている。紫織も華道を続けているが、凜とした生け方は、藤絵の手によるものだと光滋は思った。

ただいまと言うと、可憐な花を散らした薄桃色のワンピースを着た紫織が現れた。

ふたりは息を止めたようにひととき見つめ合った。沈黙の時間が、光滋には長い時間に思えた。四月には高校二年になる紫織が、やけに大人びて見える。少女の初々しい可憐さを持っていながら、それ以上に噎せるような色気を漂わせていた。光滋は眩しかった。東京での夏の一週間が紫織を変えたのだ。

「元気そうだな」

光滋が重苦しい沈黙を破ると、紫織の目が潤みそうになった。他に誰もいなければ、走り寄って抱き締め、その場で犯したい欲求が衝き上げてきた。肉茎が爆《は》ぜてしまいそうに熱い。紫織は何も言えずに光滋を見つめていた。今にも泣き出しそうだ。藤絵に見られたら疑問を招く。光滋は冷静を装って靴を脱いだ。

「継母さんはいるんだろう？」

藤絵を気にしながら、光滋は紫織の顎を持ち上げた。光滋の帰りが恨めしいのか哀しいのか嬉しいのか、そのどれとも取れる表情だ。もの言いたげなぷっくりした唇を、光滋はむさぼりたい衝動に駆られた。

「あら、何をしてるの？　お帰りなさい」

藤絵の声にふたりはぎょっとした。

「ただいま……」

藤絵は赤に近い蘇枋《すおう》色の着物を着ていた。その晴れやかな色のせいで、まるで紫織と姉妹のように若々しく見える。光滋は華やいでいる藤絵にメスの匂いを嗅いだ。ふたりの女は光滋を誘惑するために存在しているようだ。

「紫織、目にゴミでも入ったようだ。目薬ないか」

「あらあら、大丈夫？」

「埃が舞い上がったんだ」

「まあ、お掃除してないみたいな言い方。今朝も廊下をふたりでピカピカに磨いたのよ」

「冗談に決まってるだろ。目薬、急いでくれ」

藤絵は信じたらしく、目薬を取りに引き返した。

「あのこと、言ってないだろうな」

紫織は俯くようにして頷いた。

「継母さん達にはそのうちに話す。まだ言うな。俺は責任を取る。だから帰ってきた。もうどこにも行かない。おまえのためだけに帰ってきたんだ」

紫織の目尻から溢れた涙が、つっと頬を伝っていった。

一家四人が揃えば賑やかだった団欒が、今夜はやけに静かだった。

「紫織、調子でも悪いのか」

雅光の問いに、光滋は紫織が何と答えるか危惧した。

「本を読むのに夢中になって、気がついたら夜が明けそうになってたの……だから、こんなに早い時間なのに眠くなったみたい……せっかくお兄ちゃんが帰ってきたのにごめんなさい……」

紫織は無理に笑いをつくった。

「呆れたな。まあ、父さんも学生時代はよく時間を忘れて読み耽ったものだ。だけど、無理するなよ」

光滋は胸を撫で下ろした。

「紫織は勉強ができるんだ。クラスでいつも一番だぞ」

雅光は光滋に向かって、自分のことのように誇らしげに言った。

「父さんと継母さんに似たんだろうさ」

光滋は四人の関係を血の繋がった家族として表現した。紫織と血の繋がりのない雅光だが、光滋の言葉に心底嬉しそうに頬をゆるめた。

かつて妊娠するはずのない藤絵が流産したのを、今も雅光は疑問に思っているだろう。けれど、光滋が犯人だと悟られているなら、これほど穏やかに光滋を迎え入れ、その言葉に笑みを浮かべることはできないだろう。光滋はあの事件が完全に忘れ去られ、代わりに、紫織との関係が許される日が来ることを祈った。

「ようやく私を継いでくれるとわかり、ほっとした。私も五十半ばになってしまったからな」

「待ってくれ」

光滋は持ち上げた盃を止めた。

「俺は自分の窯を作りたいんだ」

「そんな……ここでいいじゃないの」

藤絵が意外だという顔をした。

「俺は窖窯《あながま》で焼きたいんだ」

「窖窯だと？　失敗が多いのはわかってるだろう？　採算が合わなくなる。おまえひとりなら何とかなっても、そろそろ結婚していい歳だ。一家を食べさせていかなければならないんだぞ」

紫織が俯いたのに気づかないまま、雅光も藤絵も光滋を見つめた。

「ここで一年ばかり基本を修業して、あとは自分なりに挑戦してみたいんだ。父さんは俺を雑器を作るだけの陶工じゃなく、芸術品を作る陶芸家にしたいと言ってたじゃないか。俺は大きく出遅れた。もう三十二だ。だけど父さんは三十の半ばを過ぎてプロになると決めてこっちに来たんだ。それでも、何度も陶芸展で入選してる。個展の依頼も来るようになってるじゃないか。俺は父さんの子だ。できるなら、父さんを超えるものを作りたい。それにはどうしても窖窯で焼いてみるしかないんだ」

かつて志野焼は、半地上式の単室の窖窯で焼かれていた。それが、唐津風の連房式の登り窯に移っていったのだ。

登り窯は複数の部屋を持ち、下の部屋から順に焼き上げていく。燃料は少なくて済み経済的で、作品も一度にたくさん焼ける。それに比べ、窖窯は一室しかなく、一度に入れられる作品の数は少ない。

燃焼の悪さのために燃料を食い、温度を上げるために時間もかかる。奥の方に置いた作品には火が通りにくい。失敗も多くなる。窖窯より合理的な窯に変わっていくのは当然だ。しかし、長石釉のかかった志野焼には、窖窯の不経済さと長時間の燃焼こそが、素晴らしい作品を生み出す大切な子宮の役割を果たしていたのだ。登り窯になってから、深みのある志野はできなくなってしまったと言われている。

光滋は売れる作品をひとつでも多く作るのではなく、たったひとつの芸術品のために、ほかのすべての作品を無駄にしてもいいと思っていた。

「ここの登り窯でも素晴らしいものが焼けるのは、父さんの作品でわかってる。それなら、窖窯なら、もっともっといいものが焼ける可能性があるってことじゃないか」

光滋はこれまで企業戦士として働いていたことなど忘れたように、すでに陶工の口調で熱心に語った。陶芸に賭ける情熱は本物だが、別の窯を築きたいというもうひとつの理由には紫織があった。

単に別の登り窯を築くというのでは、藤窯が登り窯なので説得力がない。傾斜地を利用する窖窯を作ると言えば、ここと別の場所に移り住むことができる。近い将来、紫織と暮らすためには、ここにいることはできないのだ。たとえ許されても、誰にも邪魔されない紫織とふたりだけの場所が欲しかった。

「まだ父の残した東京の土地がそのままだ。処分すればまとまった金になる……」

雅光が窖窯を許したとわかる言葉だった。

「この歳になってまで金のことなんか心配しなくていい。高給取りだったし、大分貯め込んでるんだ。自分の窯が駄目なら、ここを継ぐさ。そうは言っても、窖窯のことは安易な気持ちじゃないんだ。一年だけ、ここで修業させてくれ。どこに窯を築くかじっくりと場所を選んで、俺の将来を左右する窖窯は、できるだけ自分の手を多く入れて作りたいんだ」

藤絵は落胆していた。紫織は何も口を挟まなかった。まだ光滋と満足に話をすることすらできないでいた。

「紫織、ようやく光滋が帰ってきたと思ったのに、せいぜい一年しかここにいないかもしれないぞ。がっかりだろう？」

雅光の言葉に、紫織はまた黙って俯いた。

「見ろ、紫織ががっかりしてるじゃないか。紫織はおまえが戻ってくるたびに、お兄ちゃん、お兄ちゃんとくっついていたからな。小さいときからおまえのことが大好きだったんだ」

兄妹として雅光が言っているのはわかっていながら、光滋は、動悸がした。紫織は無理に笑いをつくろうとして不自然な表情になっている。

「紫織はお手伝いとして雇ってやる。そうすれば給料だって払えるし、ほかに就職するよりいいだろう？　お手伝いと言ったって、昼寝してたっていいんだ。うんと給料ははずむ」

「ほう、そりゃあいい。よかったな、紫織」

「私じゃ駄目かしら」

光滋の言葉の真の意味に気づかず、雅光の言葉のあとで、藤絵も悪戯っぽく笑った。

「一、二週間ゆっくりしたら、彼らといっしょに轆轤を挽くんだな。あまり勝手な行動はとるなよ。おまえだけに甘くすると示しがつかないからな」

「九時から五時までサラリーマンのときと同じように働けばいいんだろう？　たまには残業ありだな。満員電車に揺られることはないし、通勤距離ゼロ。こんな楽なことはないさ」

今夜から紫織と同じ屋根の下で暮らせる。朝と夜の食事もいっしょだ。そして、肉の匂いのする夜……。

光滋は白い紫織の躰を浮かべて昂った。早く紫織を抱きたい。けれど、雅光との晩酌を断るわけにはいかない。紫織も、寝不足だと言ったが、光滋が戻ってきた日に早々に部屋に引っ込むのは不自然と思ってか、キッチンに背を向けて果物を剝いたり、簡単な肴を作ったりしていた。

光滋は紫織の動きを目で追った。雅光の言葉がときどき耳の横を通り過ぎていった。藤絵も紫織に寄り添い、キッチンに立ったりテーブルについたり、軽く盃を傾けたりした。

光滋の目から見ても、ふたりは面差しだけでなく、雰囲気もしぐさもよく似ていた。藤絵三十九歳、紫織十六歳。年齢的にも不自然さはない。他人が見れば実の母娘に映るだろう。しかし、なぜ紫織を養女にしたのだと、光滋は運命の悪戯に歯ぎしりした。この不条理で憎むべき運命があってこそ、紫織と出会うことができたのかもしれない。それでも、やはり恨めしすぎる運命だ。

「光滋さん、東京で十年以上も暮らしたのに、いい人のひとりも連れてこなかったわね。あなたのようにもてる人が不思議でならないわ。理想が高すぎるのかしら。でも、会社には優秀な女性がたくさんいらっしゃったでしょうに。今の時代、四十歳で結婚してもおかしくないけど、お友達ぐらいいたでしょう？」

女性の話をしない光滋に、藤絵がやきもきしていたのは二十代後半からわかっていた。そのころも紫織のことしか頭になかったが、男女の関係になってしまったからには、口にしてほしくない話題だった。紫織は哀れなほど息を潜めている。

「俺はこう見えても会社人間だったし、仕事一筋だった。惚れてくれた女も何人かいたが、仕事以外には無関心だったんだ」

光滋はそうごまかすと、藤絵の日常に話題を変えた。

藤絵は以前から書道、華道、茶道の稽古に余念がなかった。雅光といっしょになってからは、器の箱書きは藤絵の達者な筆で認《したた》められ、展示場兼売店にはさりげなく花が飾られ、常連客や茶碗を求める客には、抹茶を点てて出した。それに加え、陶器は香道とも切っても切れない関係だけに、週に一度は香道家元の屋敷にも通っている。

香道の祖として有名な志野宗信《しのそうしん》が所持していたために「志野茶碗」という名がつけられたと思われる名物茶碗から、のちに江戸時代、桃山時代に美濃で焼かれた白い茶碗を「志野焼」と呼ぶようになったとも言われている。藤絵は志野焼窯元の妻である以上、この志野焼の名がついたきっかけとなったと思われる香道志野流家元に通わなければと思ったのだ。

「紫織は家元にもお弟子さん達にも人気があるの。今から、息子のお嫁さんにしたいと言う人達もいらっしゃるぐらいなのよ」

雅光のように紫織のことを誇らしげに話す藤絵だったが、光滋は笑って聞き流すことができなかった。

「香道なんかより、書道や茶道の方が一般的で役に立ちそうじゃないか」

光滋とて香道がどんなものかは知っている。琴夜の着物から漂う香の残り香の優雅さに、日本の文化の素晴らしさや色香を感じていた。紫織を最高の伽羅《きゃら》の香りで包んでみたいとも思った。しかし、紫織が誰かの息子の妻になどと言われているのを、ただぼんやりと聞き流すわけにはいかない。

「紫織は書道も茶道も華道も早いうちにお免状が取れて、教室ぐらい持てるようになるわ。香だって茶道には欠かせないんだもの。すべて繋がっているわ。紫織の将来が楽しみだわ」

養父母に、世間の娘以上に愛されているかもしれない紫織を、光滋は強引に女にした。それを知ったとき、雅光と藤絵が祝福するはずがない。怒りの大きさが目に見えるようだ。紫織とのことが許されなかったら、最後は攫って行くだけだ。

「裏の土地をもう少し買って、本格的な茶室を造ろうかと思っているのよ」

光滋の魂胆など知る由もない藤絵が、徳利を傾けながら言った。その茶室は藤絵のためではなく、紫織の将来のためかもしれない。藤絵の明るい表情と裏腹に、紫織の顔には陰があった。育ての親を裏切っている紫織の苦悩はわかっている。だが、もう引き返せないのだと光滋は思った。


紫織の部屋は一階だった。光滋の部屋は昔のままの二階だ。雅光達の寝室が一階だけに、夜中、紫織の部屋に入るのは危険だ。

「欲しいものがあれば持っていけ。捨てていいようなものまで持ってきた。本なんか、どこでも買えるのに、紫織が読みそうなものまで持ってきたんだぞ」

晩酌も終わるころ、光滋は藤絵達の前でさりげなく部屋に来いと紫織を誘った。

「光滋さんは、これまで紫織にずいぶんとお土産を持ってきたわね。昔のかわいい服なんかも捨てられなくて、今も取ってあるのよ」

「残念ながら、今回はどうしようもないお古ばかりだ」

もうじき紫織とふたりきりになれる……。光滋はやわやわとした白い躰だけを想像していた。

「まだ片づけものがあるし……」

「あら、あとはお母さんがやるから行ってらっしゃい」

「じゃあ、私は先に風呂に入るか。今夜はいつもより呑んでしまったな」

雅光は立ち、藤絵はテーブルを片づけはじめた。

「紫織、来い」

一秒でも早くふたりきりになりたい光滋は、紫織の名を呼んで二階に向かった。紫織は躊躇いがちについて来た。

部屋に入るなりドアを閉めた光滋は、紫織を抱き寄せた。

「いや」

紫織は光滋を押し退けた。

「嫌いになったわけじゃないだろう？」

答えない紫織を再び抱き寄せ、光滋はあの夏の日のように強引に唇を塞いだ。くぐもった声が洩れた。紫織は必死に光滋を引き離そうとした。硬い唇だった。いくら舌を差し入れようとしても、紫織は固く唇を閉じたまま抵抗した。

「二日前の電話で、俺の帰りを待ってると言ったじゃないか。楽しみにしてるとも言ったじゃないか」

光滋は顔を離して紫織を見つめた。

「お母さまが横にいたのに、ほかに何と言えるの？　最初お母さまが取ったのはわかってるくせに……お母さまとだって話したじゃないの」

紫織の頬は微かに青ざめていた。

「おまえは俺の女だ。納得してるから手紙だって寄越してたんだろう？」

最初は、兄と慕っていた光滋が力ずくで行為に及んだ恨めしさが綿々と書かれ、いかに苦しい毎日を送っているかという気持ちを吐露したものだった。だが、徐々に、優しい兄を持っている幸せに酔っていた日々のことや、会える日を指折り数えていた日のことが書かれていた。男に対するものというより、兄に対するかつての心情が多かったが、光滋は紫織から拒絶されていないことがわかった。

藤絵達の目に触れてはならないと、光滋から手紙は出さなかった。それまでのように、電話で紫織の様子を窺った。女になった紫織は、それまでと比べて、極端に言葉少なくなった。しかし、大人になった証拠だろうと、光滋はたいして気にしなかった。むしろ、口数の少なくなった紫織に女を感じて好ましく思っていた。だが、きょうの紫織はおとなしすぎる。

「東京で、紫織は毎日俺に抱かれたんだ。あの一週間のことを忘れるはずはないよな。これから、もっと感じるようになるんだ。俺が女の悦びを教えてやる」

紫織を抱いた一週間のことは、毎日のように光滋の脳裏に甦っていた。

行為のときの苦痛の顔、痛みが消えてからのやるせないような声、硬直した屹立を眺めたあと、こわごわ握ったときの怯えた顔、口で慰めてくれと言ったとき、いやいやをして泣きそうになった紫織……。

忘れている表情など、ひとつとしてなかった。

「あれから、お父さまとお母さまに対して、紫織がどんなに辛い思いをしてきたか、お兄ちゃんにはわからないの？　お父さま達を騙しているのは辛いわ。紫織をこんなに愛してくれてるのに……怖い……怖いの……朝まで涙が出て眠れないこともあるわ。そんなとき、いっそ死んでしまいたいって思ったりするの」

紫織の死……。予想したこともなかった紫織の告白に、光滋は寒気を感じた。そして、怒りが湧いた。

「俺と継母さんと父さんを裏切って死ぬのか。継母さんと父さんがおまえを愛している以上に、俺はおまえを愛してるんだ。何が怖い。何が辛い。何が死んでしまいたいだ。俺はおまえを抱きたい。紫織とひとつになりたい。それだけだ」

紫織の手を取って、反り返った股間に導いた。紫織が荒い息を洩らした。

「わかったら脱げよ」

「だめ……下にはお父さまとお母さまがいるわ」

「だから何だ。ばれたら話すまでだ」

「だめ。紫織は高校を卒業したら遠い大学に行くの。ここを離れてひとりで暮らすの」

紫織は光滋から逃げようとしている。光滋にとって計算外だった。

「俺が何のために会社を辞めて戻ってきたと思ってるんだ。それがわかっていて、ここを出ていくと言うのか」

光滋はまだ女に捨てられたことがなかった。琴夜を捨てていながら、琴夜の哀しみを思い遣ることもできなかった。けれど、今はじめて、自分の求める女が去っていこうとしている。切なさはなく、苛立ちだけがふくらんだ。

「俺が戻ってきたのに、おまえを女にしたこの俺を捨てるとでも言うのか。俺から離れられると思っているのか。おまえは他の男のものにはなれないんだ。おまえに近づく男は殺す」

きっぱり言い切った光滋に、微かに開いた紫織の唇が震えた。

「お兄ちゃんだったくせに。紫織のお兄ちゃんだったくせに……それなのに力ずくで紫織にあんなこと……あんなことをして」

強引に抱いた光滋への恨みだった。

「あの日、俺とおまえは男と女になったんだ。おまえは翌日も翌々日も抱かれた。出ていこうと思えば出て行けたのに、おまえは一週間、俺に抱かれ続けた。おまえは俺の女だ。死ぬまで俺だけの女なんだ。おまえは妹じゃない。俺の女だ」

「いや。いやいや」

紫織は激しく首を振り立てた。

「いやでも、もう引き返せないんだ。いまさら処女には戻れないぞ。俺のものにしかなれないんだ」

勝手な言いぐさだった。けれど、紫織のような純粋な女が、これからふたりめの男を自分から求めるとは思えない。紫織は兄と妹から男と女になったことが、まだ完全に納得できないだけだ。時間が経てば、この強引にねじ曲げられた運命を受け入れるしかないだろう。

「脱げ」

「いや」

「こんなになってるのに我慢できるはずがないだろう。服を破かれてもいいんだな」

「お願い、お父さま達に知られたくないの。今夜は許して……」

「じゃあ、口でしろ」

光滋はズボンとトランクスを下ろした。黒い茂みの中から、反り返った漲りが現れた。紫織は泣きそうな顔をして胸を喘がせた。

「口でするまでこの部屋から出さないぞ。たとえ親父達がやってきたとしてもな。しろよ」

紫織は哀しい顔をして跪いた。そして、はじめて屹立の先に唇をつけた。夏の日、紫織は貫かれて穿たれるだけで、光滋のものを口で愛したことはなかった。剛直が鋭く反応してひくつくと、紫織は怯えて身を引いた。

「これが何度もおまえの中に入ったんだ。咥えろ。フェラチオだ。さあ、かわいい口でおしゃぶりしろ」

奴隷の格好をしている紫織は、光滋を見上げて、何かを訴えるような弱々しい目を向けた。

「おしゃぶりするまでこのままだ。おまえのその口に入れるか、下の口に入れるか、俺はどっちでもいいんだぞ」

光滋は許さなかった。

「ぱっくりと咥えろ。根元まで咥え込むんだ」

ときおりひくつく剛棒に、紫織はまだ怯えていた。そんな太いものが、タンポンさえ使ったことのない肉襞に入り込んだのだ。女になってからの一週間、毎日光滋とひとつになったというのに、その記憶がいくら鮮明であっても、目の前の反り返った屹立の太さを見ると身が竦みそうなる。紫織は恐ろしさに何度も喉を鳴らした。

「さっさとしないと、様子を見に来られる確率が高くなるだけだ」

紫織は目を閉じて太い肉の棒を口に含んだ。女を前にすると膨張し、これほど硬くなる男の器官を実際に知った去年の夏の日の驚愕。久しぶりにそれを目にしただけで息苦しい。口に含んでしまうと、それだけで紫織は身動きできなくなった。

「しゃぶるんだ。舌を動かして舐めまわせ。小学生のとき、紫織はチョコバナナをよく食べただろう？　チョコだけ舐めるようにすればいいんだ」

高校生になっても、紫織の前髪は眉のあたりで切り揃えられている。日本人形のような白い瓜実《うりざね》顔の紫織の睫毛は、躊躇いや羞恥や怯えのために、ふるふると震えていた。

「さっさとしろ。そろそろ継母さんがやってくるかもな」

紫織は慌てて舌を動かした。どうしようもないほど未熟な動きだ。けれど、紫織の愛らしく上品な口で愛撫されているというだけで、その未熟ささえ心地よかった。こんな稚拙な口戯をする女には会ったことがない。どちらかというと性技に長《た》けている女が多かった。光滋は紫織に初めての口戯をさせて満足だった。

「口を閉じたまま頭を動かすんだ」

動かない紫織の頭を両手で摑んで、光滋は自分で前後に動かした。

「今のように自分で頭を動かせ。唇でペニスをしごくんだ」

油の切れた機械のように、紫織の頭は滑らかには動かなかった。女になっている紫織だが、未熟な口戯を見下ろしていると、紫織は死ぬまで処女だという気がした。

「今度は吸ってみろ。先だけでもいいから吸い上げるんだ」

頭《かぶり》を振った紫織が顔を離した。

「もう許して……お母さま達に変に思われるわ……お母さま達がいるところでこんなことをさせないで……紫織を辛いめに遭わせないで……許して」

紫織は階下を気にしていた。

紫織は芝居が下手だ。きょうは必死に演技していたが、いつまで雅光達を騙せるかわからない。これ以上、紫織に口戯を強要しても、未熟すぎて気をやれないのはわかっている。だが、ようやく戻ってきたというのに、このまま欲望を抑えて眠りにつくつもりはなかった。

「いかせてくれるまでここを出すわけにはいかないからな」

「できない……許して」

「握れ。俺が手伝ってやるから、いくまでこいつをしごき立てろ」

光滋は紫織の手を硬い肉の側面に持っていって握らせ、その上に自分の手を添えて握った。そして、紫織を犯す妄想に浸りながら自慰を繰り返してきたように、力強くしごき立てた。

光滋は荒々しい鼻息をこぼした。紫織は乳房を波打たせ、肩先を喘がせた。光滋に握り締められている手は、骨が砕けそうなほど痛い。男の自慰の激しい動きに圧倒され、紫織は呆然と目を見開いていた。

「もうすぐいく。ザーメンを口で受けろ。俺のものを噛んだりしたら、素っ裸に剥いて犯す。親父達に知られたくなかったらしっかりと受けろ」

ラストスパートのいちだんと激しいしごきに、紫織の方が苦しそうに喘いだ。

光滋の片手が紫織の後頭部を引き寄せた。そして、亀頭の先に紫織の唇を近づけると、今度はぐいと腰の方を押しつけた。

紫織は強引に押し込まれた肉茎に声を出す間もなかった。生臭い白濁液が口中に飛び散った。喉に付着した精液に、紫織は吐きそうになってもがいた。それを許されず、苦しさに涙が溢れた。

「飲めよ。抱かせなかったのはおまえだ。下の口で飲めないなら、この口で飲んで当然だ」

光滋は紫織の顎を掌で持ち上げた。紫織の鼻が赤く染まっている。紫織が白濁液を飲み込んだとわかると、ようやく光滋は紫織を離し、腋下を掬い上げた。紫織は仔兎のように怯えていた。

「ザーメンの味は気に入ったか。下に行ったらすぐに口を濯《ゆす》げ。精液の匂いとわかるからな。その前に、怪しまれないように何か持って行け」

先に届いていた段ボールのひとつを開け、最初から紫織に渡すつもりで買っておいた腕時計や、着物を着たときの髪飾りなどを渡した。髪飾りは琴夜に選んでもらったものだった。

強引な行為に呆然としている紫織の代わりに、光滋が髪飾りの入った箱を開けた。縮緬の紅いリボンや組紐に柄をつけた髪飾り、桜を散らした朱塗りの簪、紅い揃いの平打ち簪と櫛……。どれも安物ではなかった。

「気に入ったか？」

紫織は顔を覆って啜り泣いた。

「おまえは俺だけの女だ」

光滋は生臭い紫織の口を塞いだ。

第八章　紅色の情念

藤絵の手作りの作務衣を着て、光滋は朝から夜まで工房に籠った。独立して窯を築くには、半端なことでは立ち行かない。いくら器用で才能があると雅光に言われたとしても、それが将来の保証になるとは限らない。この土地に根を下ろし、昔から器を作り続けている陶工達に、簡単に追いつけるとは思えなかった。

光滋は、雅光とふたりの陶工が呆れるほど、熱心に土と向かい合った。そして、釉薬の研究を重ねた。時間をつくって、ほかの窯元に挨拶がてらの偵察にも行った。紫織といっしょに暮らすには、いま頑張るしかないのだと言い聞かせた。

紫織は雅光と藤絵を意識して、ふたりがいるときは、光滋がいくら誘っても、決して二階に上がろうとしなかった。週に何度か、藤絵と紫織が揃って稽古事に出かけることはあっても、雅光と藤絵だけがふたりで出かけることはほとんどなかった。ふたりが出かけるときは紫織もついて行こうとした。雅光達は気づいていないが、光滋には紫織が自分を避けようとしているのがはっきりとわかった。

たとえふたりきりになっても、紫織はいつ雅光達が戻ってくるかとおどおどし、光滋に抱かれることを拒んだ。抱けば出ていくという追い詰められた紫織の形相に、光滋は帰省してまだ一度も紫織を抱いていなかった。紫織の切羽詰まった態度に恐れをなしたわけではない。強引に抱くことはできるが、独立して窯を持つまで、ふたりの関係は雅光達に秘密にしておく方が賢明だと思うようになった。紫織を女にするまで耐え忍んだ長い年月を思うと、これからの半年や一年などすぐだ。耐えるほど楽しみも増える。

光滋は夜になると破廉恥な体位の限りを思い浮かべ、紫織を犯している妄想で自慰を繰り返した。あとは、ほんの時折、紫織の稚拙な口戯を楽しんだ。猫が追い詰めた鼠をがぶりとやらず、生きたまま気長に玩ぶように、光滋も紫織を抱かずにいたぶる楽しみを存分に味わっていた。

その夜、雅光と藤絵が出かけたのを確かめると、光滋はいやがる紫織の腕を摑んで二階の部屋に連れ込んだ。そして、さっさとベッドに横になり、作務衣の下だけずり下ろした。多くの女を貫いてきた屹立が、鰓《えら》を張って黒い茂みから反り返っていた。

「しゃぶれ」

「いや……もういや」

「だったら、おまえのそこにこいつを入れるだけだ」

半身を起こした光滋は、紫織の腰を掬った。短い声を上げた紫織が、ベッドに倒れ込んだ。抗う紫織を片手で引きつけておき、スカートに手を入れた。腰を包んでいる小さな布切れをさっさと太腿の方にずり下ろした。

「しないで。お口でするからしないで！」

光滋を押しのけようとして無駄だと知った紫織は、目を潤ませながら哀願した。

「だったら、まず俺の顔を跨いでそこを見せるんだな。素直でなかった罰だ。脱げよ。待たないぞ」

光滋が意志を変えないと悟った紫織は、羞恥に喘ぎながらパンティを抜き取り、太腿を震わせながら光滋の顔を跨いだ。

「スカートを胸まで捲り上げろ」

紫織は総身を震わせた。薄い翳りに囲まれた桃色に輝く器官からメスの匂いがこぼれ出て、光滋の鼻腔を刺激した。花びらも恥じらいにぷるぷると震えた。

「見ないで……」

セーターを押している乳房も大きく波打っている。白い太腿の震えは大きくなり、総身が揺れはじめた。

光滋は右手の中指を秘口に押し込んだ。短い声を上げた紫織の背が反り返った。指を押し込んだまま肉の豆を親指で押すと、紫織は光滋の胸に倒れ込んだ。

「自分の指でこいつをいじってるんだろう？　俺の指とどっちがいい？」

もがく紫織の背中を左手で引きつけておき、肉の豆を揉みしだいた。汗ばんでいる紫織は、ほんの数秒で法悦の声を上げ、激しい痙攣を繰り返した。少女ではない悩ましい女の顔をした紫織を冷静に眺めた光滋は、数度の絶頂を繰り返した紫織を仰向けにし、濡れた唇のあわいにひくつく屹立を押し込んだ。


あたりに秋が深まっている。

どこかしこで芒が揺れ、生い茂った葛《くず》の大きな葉陰から、上向きに咲く赤紫の花が顔を覗かせていた。

轆轤を挽いていた工房で人の気配を感じた光滋は、顔を上げてはっとした。琴夜が立っていた。錯覚かと思ったが、やはり琴夜だった。少し痩せたように見える琴夜は、光滋が贈った黒い泥大島に白と臙脂の帯を締めていた。

およそ場違いとしか思えない粋な女の出現に、顔を上げた雅光もふたりの陶工も、仕事の手を止めてしまった。それほど琴夜は輝いていた。

「とうとう来てしまいました。優秀な企業にお勤めだった香西さんが、轆轤を回してらっしやるところも見てみたいと思いまして。東京では私の店をご利用いただきまして、本当にありがとうございました。ときどきお見えになる同僚のみなさん、淋しがってらっしゃいますよ」

困惑している光滋を助けるように、琴夜が先に口を開いた。

「驚いたなあ……わざわざママが来てくれるなんて」

光滋は漸く笑い、銀座のママだと雅光達に紹介した。

「知らせてくれたら、駅まで迎えに行けたのに。ひとり旅ですか？」

「ええ、ちょっと息抜きに」

「今夜はこちらにお泊まりですか」

「ええ、Nホテルに」

「じゃあ、高級車でなくていいのなら、あとで送りましょう」

「そうしてやるといい」

初めて光滋の知り合いの女がやってきたことで、雅光は機嫌がよかった。

琴夜が咳をした。

「あれ、風邪ですか？　ママはよく風邪をひくなあ」

「ごめんなさい。どうも気管支が弱いみたい。夏風邪をひいたっきり……」

「お客さんが心配してるでしょう？」

光滋は登り窯を見せてやるという口実で工房を出た。

「驚いたな。店はいいのか」

「会いたかったわ……あれから半年以上経つのよ……追い返されたらそれでもいいと思ったの。でも、どうしても光滋の顔を見たくなったのよ。迷惑かけるようなことは言わなかったでしょう？」

追いかけて来られたらどうしようと危惧していた光滋だったが、琴夜を前にすると懐かしくてならなかった。帰省してから紫織の稚拙な口戯をほんのたまに楽しむだけで、玄人を抱きに行ったのも二度ほどだ。噎《む》せるように熟した琴夜を前にすると、光滋は単純に欲情した。

登り窯の陰で琴夜を抱き寄せて唇を奪った。琴夜も舌を絡めてきた。しかし、すぐに琴夜の方が光滋を押し離した。

「誰かに見られたら困るでしょう？　でも、嬉しい。光滋からキスしてくれるとは思わなかったわ……」

「綺麗だ。この大島で訪ねてきてくれて嬉しいんだ。よく似合う」

「そんなに優しいことを言ってくれるなんて……」

こほっと咳をした琴夜の目が潤んだ。

「晩飯、ホテルの近くでいっしょに食べよう」

「綺麗なお母さんね。お店にいた人、お母さんでしょう？」

「ああ、話したことがあるだろう？　継母だ」

「若いわ……いくつ？」

「俺より七つ年上だから四十歳だ」

「好き？」

「そんなこと、どうして聞くんだ。お袋、お茶もやるんだ。俺の作った茶碗で抹茶を飲めよ。すぐに点てさせるから」

「そんな……いいわ」

「遠慮するな。抹茶を飲んで、好きなものを選んでいけ。俺の作った奴なら金は取らない。まだ取れるような代物じゃないからな」

「払うわ。お商売は大切にしなきゃ」

「ママから金を取れるわけないだろ。お袋達には適当に言っておくから大丈夫だ」

光滋は琴夜に対してこれほど素直な自分がいたのに驚いた。大学を受験して上京した十八歳のときから、琴夜と十年以上つき合ってきた。それだけに面倒だと思うこともあったが、やはり情が移っているのだろうか。想像したこともなかった懐かしさがこみ上げ、愛し合って間もない恋人に会ったような弾む気持ちがあった。

琴夜を紹介された藤絵は、光滋の知り合いだと知ると、お世話になりましたと、深々と頭を下げた。ふたりの関係を以前から勘づかれていたのかと、光滋は一瞬、ぎょっとした。

「恋人のひとりも連れてこない光滋さんを心配していたんですけど、ママさんのクラブに通っていたと聞いて少し安心しました。女の人達が大勢いらして、ちゃんとその方達とお話もしていたんですね？」

藤絵の言葉に、琴夜が苦笑した。光滋は気抜けした。藤絵は光滋が女嫌いではないかと思っていたのだ。

「光滋さんはもてすぎて女の人とつき合うのが面倒になったという贅沢な人なんです。いつも光滋さんのまわりには女性がいっぱいでしたよ」

「まあ……」

「おい、ママ、勘弁してくれよ」

光滋は藤絵にお茶を点ててくれと頼んだ。その間、光滋は店の品物を説明してやった。

「光滋が作ったお湯呑茶碗が欲しいわ。割ったら困るから、十個ぐらい。それは全部私が使うの。それから、徳利とぐい呑も使いたいわ。抹茶碗はうちのホステスとお客さんへのお土産にしたいから、安いのはだめよ。いいものをちょうだい。お代はちゃんと払うから。上等のお抹茶碗をまとめて十個ぐらいとなると、ただでは貰えないわ」

「儲けさせようと、そういうつもりなら無理しないでくれ。赤字じゃないから。それに、東京で俺が焼いた奴、たくさん貰ってもらった。湯呑だって徳利だって盃だって」

「同じ人が作ったものでも、あれは素人さんの作品。ここにあるのはプロの作品。ちがう？ 玄人になった光滋の作品が欲しいの」

「半年しか経っちゃいない。帰ってきてから、まだ二回しか窯焚きしてないんだ。プロの作品と言われちゃ、赤面するぞ」

「でも、ここに来た意味がないわ」

琴夜は譲らなかった。

「お抹茶、こちらでどうぞ。光滋さんも」

藤絵が和室からふたりを呼んだ。

抹茶を飲んでいると、紫織が戻ってきた。

「こんにちは……」

「まあ、お母さまに似て、とても綺麗な娘さんだこと。光滋さんも美男だし、日本画から抜け出してきたみたいな方達ばかり」

セーラー服の紫織は、はにかんだように軽く会釈して俯いた。

「何というお名前？」

「紫織です……紫に織るって書いて」

「いいお名前ね。お兄さまは優しいでしょう？」

「光滋さんは帰省するたびに紫織にばかり山ほどお土産を買ってきていたんですよ。お洋服から玩具から呆れるほど」

横から口を挟んだ藤絵が笑った。

琴夜がまた咳き込んだ。

「あら、お風邪でも？」

「気管支が弱いらしくて、なかなか咳が止まらなくて。申し訳ありません」

「お気をつけて」

「ママをホテルまで送って、夕飯でもご馳走したいから、着替えてくるまで相手をしててくれないか」

光滋は藤絵に琴夜を頼み、着替える前に、抹茶碗や湯呑を揃えた。

ホテルの部屋はダブルだった。

「泊まってくれるとは思ってないわ。でも、もしかして、ここまで来てくれるかもしれないと思ったからダブルにしたの。でも、お家の近くにホテルなんてないから、遠すぎて来てくれないかもしれないとも思ってたのよ。よかった……ふたりきりになれて」

琴夜の懐から、かすかな伽羅の香りがこぼれた。

光滋はすぐに琴夜の帯を解きにかかった。東京では飽きるほど琴夜の帯を解いた。ときには厄介な勤めと思いながら解いていたこともあった。だが、今は帯を解くのがもどかしかった。

「少し痩せたの……みっともないかしら」

光滋に脱がせてもらうためにじっと立っている琴夜は、不安そうに言った。

「工房に入ってきた琴夜を見た瞬間、少し頰が瘦《こ》けたかなと思ったんだ。やっぱり痩せたのか。裸に剝いてみればわかる」

光滋は琴夜の言葉など気にせず、昂りながら着物を剝いだ。

火のように燃える長襦袢だった。振りからちらちらと覗く赤い色はわかっていたが、全体が赤とは思わなかった。

犯してください。抱いてください。自由にして……。そう言っているような赤だった。

光滋はベッドカバーも剝ぎ取らず、そのまま琴夜を押し倒して唇を合わせた。舌を差し入れ、すぐに応えてきた琴夜の舌と絡ませた。おずおずした紫織のものとは違う大胆な大人の抱擁だ。琴夜の唇はかつてないほど熱かった。

「会いたかった」

「嘘ばっかり。でも、ママじゃなくて、ちゃんと名前を呼んでくれたわね。嬉しい」

光滋は飢えていることも隠さず、性急に長襦袢を開いて足袋だけ残し、湯文字も剝ぎ取った。琴夜は確かに痩せていた。ふくよかな乳房も心なしか萎《しぼ》んで見える。歳のせいかもしれないが、太腿あたりも細くなった気がした。

俺が捨てたからだと、光滋は思った。琴夜はあれから食欲をなくしてしまったのかもしれない。そして、もしかすると、痩せた躰を見せるためにやってきたのかもしれない。

「痩せちゃったでしょう？　みっともない？　抱きたくなくなった？　光滋のお母さんや妹さんに比べると、ほんとにみっともないわね……」

「ちょうどいい。琴夜はまだまだ銀座のママでいける。田舎の小料理屋のママなんかじゃ勿体ない」

琴夜は唇だけで笑うと、光滋の服を脱がせた。

「いっしょにシャワー浴びたいわ。洗ってくれる？　このままするのはいや」

「せっかくの琴夜の匂いが消えてしまう」

「いや。洗って」

四十そこそこにしか見えないが、すでに五十路を越えた琴夜が甘えた口調で言った。

光滋は琴夜を抱えて浴室に入った。

「優しくなったのね……」

「昔は優しくなかったか」

「いつも光滋の心は別のところにあったもの。でも、たった今だけでも光滋の心がここにあるのがわかるの。嬉しい……」

琴夜の言うとおりだ。欲情している光滋は、自分から琴夜を求めていた。

浴槽に入った光滋は、琴夜の躰に白い泡をたてると、濃い翳りもその肉の饅頭のあわいも、足指の間も丁寧に洗ってやった。

「ふふ、くすぐったい」

琴夜はときどき身をよじった。

ベッドに行く時間も惜しくなった。光滋は浴槽の中で立ったまま琴夜を貫いた。

「ああ、いい気持ち……やっぱり光滋のものがいちばんぴったり」

「ちゃんとパトロンとはしてるか」

「こんなときに……意地悪」

琴夜は光滋の下唇を軽く嚙んだ。それからねっとりと舌を差し入れてきた。

口づけさえ新鮮だった。飽きるほど琴夜と躰を合わせてきたはずだった。これからは紫織だけでいいと思っていた。未練などないと思っていた。それが、琴夜の着ていた長襦袢の火の色のように、なぜか光滋の欲望はめらめらと燃え上がっていた。

舌を絡め合っているだけで、股間が破裂しそうなほど疼いた。

「光滋のものが私の中でひくひくしてるわ。凄く元気ね。嬉しい。光滋のものが萎えたらどうしようって不安だったのよ」

濡れた唇がゆるんだ。

「萎えるはずがないだろう。琴夜は信じないかもしれないが、女はあれ以来だ。東京を発つ前、琴夜として以来だ」

「嘘ばっかり。東京にいたときだって、しょっちゅう抓《つま》み食いしてたの、知ってるのよ」

琴夜がふふっと笑った。

光滋は結合部に指を持っていき、突き刺している器官のやや上にある肉の豆を揉みしだいた。

鼻から喘ぎを洩らした琴夜は、光滋の唇を求めようとした。光滋は首を振った。

「琴夜の顔を見ていたい。琴夜がいくときの顔を見ていたいんだ」

綺麗に纏め上げられていた黒髪がほつれていた。琴夜の躰から男を誘惑する媚薬が滲み出している。男を虜にするために磨き抜かれた艶やかな肉体に妖しい表情も加わって、琴夜はますます艶やかになっていった。

「光滋の指……好き」

肉の豆を揉みしだく指先を小刻みに振動させると、琴夜の唇は眉間の皺とともに切なそうに動いた。

「大きくなってきた……琴夜のオマメ、弾けそうだ」

女壺の屹立の締めつけの強弱によって、琴夜の感じ方の度合いがわかった。

ひとつになったまま腰を動かさない光滋に、琴夜は自分から腰を擦りつけ、くねくねと動かし、腰を前後させた。光滋が肉の豆に置いた指を止めても、琴夜の腰の動きによって、肉芽は揉みしだかれていた。

琴夜の吐く息が熱くなり、荒くなり、小鼻がふくらんだ。何かを訴えるような視線が光滋に向いていた。眉間の皺も深くなった。その直後、顎を突き出した琴夜の口が大きく開き、秘口がきつい締めつけを繰り返した。

女壺の収縮が弱くなりかけたとき、光滋は漸く腰を動かしはじめた。

浴室に響く喜悦の声を上げながら、再び琴夜が痙攣した。久々の熟れた女体に光滋も我慢できなくなった。疼く肉杭を蜜壺深く数度打ち込んだ。それだけで、多量の白濁液が噴きこぼれた。

ベッドに戻ると、光滋は琴夜の太腿を押し上げ、じっくりと女園を観察した。ついに子供を産むことはなく、選ばれた複数の男達によってこってりと愛された秘園だ。

「セックスすると躰が感じて、そうやって見られると心が感じるわ。光滋にとびっきりいやらしいことされてるみたいに感じるの。でも、とうに見飽きてたんじゃないの？」

「女のここは見飽きないもんだ。特に琴夜のとびきりいやらしいここはな」

光滋は大きめの花びらを指で大きくくつろげた。

「光滋のものが出てこない？　お口でするると栗の花の匂いがするわよ」

琴夜のいうように、秘口にシャワーを当てて洗ったつもりだが、白い精液の残渣がとろりと溢れ出た。

「ねえ、光滋のものが出てきてない？」

「少し」

「自分のものを口にするなんていやでしょう？　ビデを持ってきたから洗って。バスタオルを敷いてすれば大丈夫よ」

「ビデならトイレについてたじゃないか」

「光滋があんまり優しいから、赤ん坊になりたくなったの。でも、赤ん坊じゃなくて患者さんみたい。光滋はいつだっていやらしいドクターだもの」

光滋は横になっている琴夜に言われるまま、バッグから精製水の入った使い捨てビデを出し、腰の下にバスタオルを敷いた。ビデの口を開け、光滋が嘴《くちばし》を秘口に押し込むと、琴夜の口から小さな喘ぎが洩れ、内腿がひくりと硬直した。

光滋は容器を押して精製水を女壺へと送り込んだ。指先の力を抜くと、女壺を満たした精製水が、再び不透明な容器に戻ってきた。

「もうひとつ使ってうんと綺麗にして」

琴絵が催促した。

かつて、ホテルを使ったあと、琴夜が使い捨て用の携帯ビデを出した。まだまだ若かった光滋は、初めて見る膣洗浄器に単純に興奮し、それを奪った。そして、浴室に立たせた琴夜の足を開かせ、嘴を差し込んだ。何度かそんなことがあったが、数回で飽きてしまった。しかし、きょうは新鮮だった。

「ねえ、ペニスを入れるときとそれを入れるとき、どっちが興奮するの？」

「こっちの方がいやらしくていいかな」

「ふふ、私もペニスを入れられるよりそれの方が変な気持ちになるわ。ふたりともいやらしいのね」

くくっと笑った琴夜が、忘れていたような咳をした。腹圧でノズルが押し出されそうになった。

白い残渣の洗い流された女壺に舌を押し込んだ光滋は、屹立の代わりに出し入れしたり膣襞を舐めまわしたりした。ざらついているのにやわやわとした妖しい肉襞の感触を確かめると、花びらや肉の豆を舌先で捏ねまわした。指を女壺に入れ、後ろのすぼまりも揉みしだいた。

「光滋のお口も指も好き……よすぎて泣きたくなるの……この次は誰の後ろをかわいがるの？」

「琴夜のことしか考えていないときに、そんな白けたことを言うな。仕置きに、後ろを犯すぞ。久しぶりに押し込まれるとなると、少し痛いぞ。それとも、ほかの男に後ろを犯してくれとねだったか」

琴夜の喉が鳴った。

光滋の優しさはそれまでだった。不意に嗜虐の血が疼きはじめ、どうすることもできなくなった。

「ワセリンがないわ……大きいのを入れるのは許して。指だけにして」

これまで幸福にうっとりと酔っていた琴夜が焦りの顔を見せると、光滋は興奮して熱くなった。

「時間をかけて揉みしだいてやるさ。コンドームの先にはゼリーがついてる。十分だろう？」

逃げようとした琴夜の両手を浴衣の紐で後ろ手に括った。ベッドの縁に上体を押さえつけ、コンドームを被せた指で執拗に菊皺を揉みしだいた。そして、それを押し込み、ゆっくりと出し入れした。琴夜は啜り泣くような悦びの声を漏らした。だが、菊花への長い前戯のあと、光滋が屹立をすぼまりに押しつけると硬直し、また逃げようとした。

「忘れたのか。力を抜いて息を吐くんだ」

光滋が腰を沈めると、琴夜の悲鳴が広がった。

零時を過ぎていた。みんな休んでいるかと思ったが、雅光と藤絵は起きていた。琴夜を送って食事をしてくると言ったものの、濃密な男女の時間を過ごしてきただけに、顔を合わせるのが憚られた。

「なかなか粋な人だな。銀座のママとは恐れ入った。光滋がクラブに通っていたとはな」

「お風呂？　それともビールでも？」

「もう呑んできたから酒はいい。風呂に入ってくる。先に休んでればよかったんだ」

光滋はふたりのいた和室に足を入れず、廊下からそう言うと、まっすぐ浴室に向かった。

ふたりに近づく前に、琴夜との情事の痕跡を消したかった。

風呂から上がると、藤絵は三人分の熱いお茶を淹れて待っていた。

「あんなにたくさん買っていただいて申し訳ないわ……」

「いいパトロンもついてるんだ。あれくらいほんの子供の小遣いだ。座るだけで五万も十万も取られる店なんだ」

「まあ……座るだけで？　光滋さん、そんな高いお店に行ってたの？」

藤絵は口元まで持っていった湯呑をテーブルに置いた。

「会社の金だ。接待のとき使うだけさ」

そう言ったものの、光滋は藤絵の入院に仰天してタクシー代を借りたとき、入口付近を覗いただけだ。あとは、客のいない昼間、死んだように静まり返った店を一度見せてもらったことがあった。琴夜は、金はいらないから呑みたいときはいつでも来てと言った。だが、とうとう足を運ばなかった。

一度ぐらい行ってやればよかった。一度ぐらい琴夜が粋に客をあしらう姿を見ておけばよかった……。

何故か今になって、光滋はふっとそんなことを考えた。

「あの人、明日は東京に帰るのか」

「クラブは土日が休み。開店は七時だから、月曜の夕方までは躰が空くんだ。京都をまわって帰りたいらしい。明日、少し京都を案内してやろうかと思うんだ。俺もしばらく行ってないし。だめかな」

光滋は琴夜との関係を悟られるのではないかと気を揉みながら、ふたりを窺った。

「真面目すぎるほど仕事してるんだ。気晴らしに行ってこい」

「紅葉にはまだ早すぎるから残念ね。でも、京都はいつだって素敵ね」

ふたりが勘ぐっているような様子はない。だが、雅光には見透かされているような気がしてならなかった。

「あの泥大島、素敵だったわ。帯も粋で、目の保養をさせていただいたわ。やっぱり銀座のママさんは着てるものも違うわね」

光滋は腋下に汗を滲ませた。

京都には午前中に着いた。

二条城や三十三間堂など、観光客で賑わっているところをタクシーでまわった。だが、二時を過ぎると、光滋は琴夜にホテルのチェックインを急がせた。そして、まだ陽が高いうちから琴夜を抱いた。

半年ぶりの二度目のアナルコイタスに、昨夜の琴夜は涙を浮かべていた。いつも使っていなければ後ろは硬くなる。元々きつく締まっていた琴夜のすぼまりだけに、屹立を挿入するのは無理だった。だが、無理だからこそ強引に実行したくなった。女の幸せそうな顔だけ見ていると、その女が色褪せてくる。泣き叫ぶ顔に欲情する。光滋はそんな男になってしまった。

「まだ痛いわ……光滋のばか。やっぱり優しくなかった」

琴夜の声は恨めしげだったが、甘えた口調だった。

「まだ痛いだと？　後ろで繋がるのは無理だと言いたいのか。俺はきょうも後ろでやるぞ」

琴夜の顔が青ざめた。

「見せてみな」

いやがる琴夜をひっくり返して、尻を持ち上げ、腫れぼったく割れているすぼまりを眺めた。

「見ないで。ああ、いや。いや」

「これじゃ、使いものにならないな。今度来るときは、俺をもっと楽しませることができるように、事前に拡張棒で慣らしてきな。捨てちゃいないだろう？」

光滋は後背位のまま女壺を貫いた。


夕食を済ませてホテルのバーで軽くカクテルを呑んでいると、光滋は帰るのが面倒になった。

「俺も泊まるか」

「いいのよ……乱暴に犯されたけど、凄く嬉しかった。二日もつき合ってくれてありがとう。明日から私もお仕事頑張らなくちゃ。うんと男を騙して稼がなくちゃね」

琴夜は光滋のカクテルグラスに自分のグラスを合わせた。久しぶりに会った琴夜にもっと優しくしてやればよかったと、光滋は少し後悔した。

「悪かったな」

「何が？　光滋らしくないわ。嬉しいけど」

琴夜はくふっと笑った。

「有名な陶芸家になってちょうだいね。いい器には銘があるでしょう？　いつか気に入ったものが焼けたら、琴夜ってつけてほしいわ。だめ？」

「琴夜っていい名前だもんな。源氏名とばかり思っていたら、本名と言うんで、あのときはびっくりした。ああ、いいのができたら琴夜とつける。とびっきり上等の抹茶碗に琴夜とつける」

「嬉しい。約束よ。指切り」

琴夜は子供のように小指を出した。

零時前に帰宅すると、今夜は紫織も起きていた。紫織を愛していながら琴夜との濃密な時間を過ごしてきたが、光滋には後ろめたさはなかった。そして紫織と、一日も早く、琴夜と過ごしたような異常な時間を持ちたいと思った。

「みんなに渡してくれって」

光滋は琴夜から預かったものを差し出した。藤絵には無地の紅い和傘、紫織には紅い花びらを散らした蛇の目傘だ。和傘を開いたふたりは歓声を上げた。

「綺麗！」

「高いのに……いいのかしら」

「父さんにはこれ」

「私にもあるのか」

趣味のいい西陣織のネクタイだった。

「さすがに銀座のママだろ？　男性へのプレゼントは慣れたものだ。俺は端で見てるだけだったが、親父にぴったりだと思って驚いた」

乱暴に扱われたにも拘わらず、光滋を憎むことのできない琴夜の心遣いだった。

「お母さま、今度のお茶のお稽古の日、雨になるといいわね」

紫織の言葉に、一同が唇をゆるめた。


年が明けてまもなく、琴夜のクラブで働いているというホステスからの電話に、光滋は受話器を落としそうになった。

琴夜は肺ガンの末期で、いつ逝ってもおかしくないという。一度見舞ってくれないかというホステスに、光滋は家を飛び出すようにして上京した。

電話を掛けてきたホステスの峰香《みねか》が、病室にいた。三十半ばで、育ちのいいお嬢様という感じの小柄な女だ。ホステス達はどこかしら気の強いところが見えるものだが、峰香は目元にも口元にもおっとりした感じしかなかった。

去年の秋よりいっそう痩せた琴夜が、酸素吸入の管を鼻腔に入れて眠っていた。

「いつからなんだ……」

「もう一年ほど前から肺ガンとわかっていて……手術しても、たいして生きられないのなら、何もしないで動けるだけ動いていたいって。誰にも言うなって、ママは私にだけ言ってくれたんです……」

峰香の目が潤んだ。

「人の迷惑になるし、みっともない姿は見せたくないから、入院していることは誰にも知らせるなって言われてたんです。でも、死んだことだけは一番にあなたに知らせてくれって……だから、いちばん大事な人だと思って、ママの約束破って……だって、私ひとりで看取るなんて。ママほどの人が私みたいなホステスひとりに看取られて逝くなんてあんまり可哀相で」

峰香が肩を震わせた。

バストイレつきの明るい病室だ。峰香が泊まり込んで看病しているらしい。

「ママがときどき、すごく好きな人がいるけどいっしょになれないって言っていたし、一昨年は東京からいなくなるって辛そうにしていたし、きっとあなたのことだと思って」

泣きながら話す峰香が琴夜を心底信頼し、心配しているのが伝わってくる。そんな峰香に琴夜も最期《さいご》を任せる気になったのだろう。しかし、琴夜がもうじき死ぬということが、光滋には信じられなかった。

風邪だ、気管支炎だと言っていた琴夜は、光滋にさえガンということを隠し続けていたのだ。いよいよ長くないとわかり、去年の秋、光滋に会いに来たのだろう。

　あのとき、何故か素直に琴夜を抱きたいと思った。あれほど琴夜に対して素直になれた自分が不思議だった。最後は乱暴なことをしたが、残りの命を知って会いに来た琴夜の想いを、光滋の魂が察知したのかもしれない。あの二日間、琴夜が愛しかった。二日目の夜、ホテルに泊まっていこうかと言った光滋の言葉は、決して社交辞令ではなかった。琴夜のそばにいたかった。

　光滋は眠っている琴夜を眺めた。意味もなく額の髪を掻き上げてやった。細くなった手を握った。足をさすってやった。

　琴夜が目を覚ました。光滋がいるのを知ってはっとした。そして、唇を動かした。こうじ、と動いた。

「どうして入院したこと黙ってたんだ。どうして教えてくれなかったんだ」

「ママ、約束破ってごめんなさい」

　峰香は赤い目で詫びると、気を利かせて病室から出ていった。

　光滋は琴夜の手を握った。琴夜が握り返してきた。細い手には、以前のような力はなかった。

「早くよくなれ。そして、銀座の店を売り払って、俺の窯の近くで小さな小料理屋を出せよ。

出したかったんだろう？　あんな田舎だから、客なんかたかがしれてるし、儲からないと思うがな」

「嬉しい……光滋のそばに行くことを許してくれるのね。そしたら、毎日来てくれる？」

細い声だった。

「当たり前だ。知り合いをいっぱい連れていく。潰れると困るからな」

「ありがとう……優しいのね」

琴夜が紅のない唇をゆるめた。

「去年の秋は乱暴だったわ。でも、乱暴な光滋も好き……」

琴夜は苦しそうに息をした。

「また後ろを犯してやる。ママの泣き叫ぶ顔はなかなかそそる」

「意地悪な人」

「乱暴にしたあとは優しくしてやる。だから、早くよくなれ」

琴夜の唇がまたゆるんだ。

まだ光滋が大学生になって間もないころ、琴夜はアルバイト先の店にやってきた。和服の似合う美しい女だった。初めて琴夜の待つホテルに行ったときのことも鮮明に思い出した。

何もかもが、つい昨日のことのようだ。

「光滋……光滋がいつも何を見ているか、私はあのときわかったの……タクシー代を貸してくれって血相変えてお店に来たときのこと……光滋がいない間、黙って引き出しを見てしまったの。許してね……綺麗な女の人の写真があったわ。それが光滋が愛している人だとわかったの……」

桐子の写真、桐子とそっくりの継母、藤絵の写真。琴夜はほかの女ならまだしも、光滋の実の母と継母には勝てないと思ったという。

「戻って来た光滋は、もう帰れないと泣いたわね……もしかしたら私に心を向けてくれるかと……あのとき、小さな希望を持ったのよ……でも、あるときから頻繁に家に帰るようになって……妹ができたって写真を見せてくれたわね……光滋のお継母さんに似ていたわ……私がどうあがいたって勝てない相手を、光滋はまた好きになってしまったんだってわかったの。辛かった……」

琴絵の息が荒くなった。

「喋るな……眠れよ」

「話したいの……」

琴夜の胸が痛々しく喘いだ。

「死ぬ前にもう一度光滋に会いたかった……写真でしか見たことのないふたりにも会いたか

った……写真よりずっとずっと綺麗なふたりだったわ。ショックだった……光滋が愛するのも無理はないと思ったわ。でも……光滋は登り窯のところで私を抱き寄せてくれたわ……あのときはとても嬉しかった……」

何もかも知っていながら光滋を愛し続けた琴夜に、光滋は初めて胸が熱くなった。琴夜を愛する男はいくらでもいた。それにも拘わらず、琴夜は光滋だけをひたすら愛し続けたのだ。

「部屋は片づけてあるわ……紫織さんに形見の着物をあげてちょうだい。すぐわかるようにしてあるから……紫織さんに渡すことは光滋に渡すことになるでしょう？　それから、私が死んだら、光滋がプレゼントしてくれたあの泥大島を着せて送ってほしいの……それから……もうひとつお願い……私の骨は光滋の作った志野焼の器に入れてほしいの。作ってちょうだいね」

「ばかだな……琴夜が死ぬはずないだろ。まだまだ大丈夫だ。骨壺は俺と揃いのを作ってこう。みんな、いつかは死ぬんだ。だけど、あんまり先のことを言わないでくれ」

光滋は泣きたいのを懸命に堪《こら》えた。

「琴夜って茶碗も作ると約束したな。さっさと実行しないと、今度は俺の方が琴夜に尻でも叩かれそうだ」

琴夜が笑った。喋るだけ喋って安心したのか、やがて琴夜は目を閉じた。

夜、雪が降り始めた。

琴夜は眠り続けた。血圧が下がってきた。

翌日の午後、目を開けた琴夜は、光滋が傍らにいるのを知って微笑した。

「雪だぞ。静かだろう？」

「光滋がここにいるなんて……ここにいてくれるなんて……私……世界一幸せな女ね……峰香ちゃん、後のことよろしくね」

琴夜はふたたび眠りに落ちていくように、穏やかな笑みを浮かべ、そのまま静かに息を引き取った。

「琴夜っ！」

「ママっ！」

悲鳴に似たふたりの声が重なった。

揺り動かしても二度と琴夜は目を開けなかった。

琴夜のマンションにはパトロンをはじめ、客やホステス達に宛てられた手紙がきれいに並んでいた。

光滋宛てのものもあった。琴夜が病室で口にしたことも書かれていた。形見分けの着物のこと、骨壺のこと、貯金のこと、紫織と幸せになってほしいということなどが、達筆な文字で綴られていた。

光滋と知り合ったときから、琴夜は光滋名義の通帳を作り、毎月少なからぬ貯金を続けていた。それは、光滋が東京を去ったあとも続いていた。十年以上続けられた貯金は、東京のそこそこのマンションも買えるほどの、光滋にとっては驚くほどの額だった。琴夜が作ったらしい香西の印鑑もいっしょに入れてあった。

たくさんの畳紙《たとう》があり、それを渡す相手の名前、住所などもきちんと書かれており、光滋宛てのものには、高井《たかい》想月《そうげつ》作・手描き友禅〈華炎《かえん》〉と書かれていた。有名な友禅作家だと、かつて琴夜は、想月の着物の載った雑誌を光滋に見せたことがあった。光滋はその着物を見るのは初めてだった。

〈華炎〉という題のように、その手描き友禅は、まるで炎が燃え盛っているようだ。裾から、妖しく華麗な炎が噴き上がっている。漆黒の闇を思わせる黒地に、きらびやかな紅色の炎が上がっている。

光滋を愛して逝った琴夜の情念の色に見えた。

琴夜の生前からの遺言で、葬儀は行わないことになっており、身内のない琴夜の骨揚げはホステス達だけでやることになっていた。だが、光滋は琴夜の死を看取ることができ、火葬場にも行った。

ホステス達は男相手の商売をしているだけに、光滋が琴夜とどんな関係だったのか聞くまでもなく悟り、静かに骨揚げも終わった。

光滋は骨揚げのとき、いくつかの骨を盗んだ。それを琴夜が望んでいた骨壺に入れてやるつもりだった。峰香は光滋が琴夜の骨を包んで懐に入れるのを黙って見ていた。そして、ママが喜んでくれるわ、とそっと呟いた。

第九章　淡雪色の茶碗

琴夜が逝った年の十二月、光滋にとって待望の窖窯が、藤窯から車で二十分ばかり離れた場所に出来上がった。ゆくゆくは〈紫窯〉と名づけるつもりだ。しかし、しばらくは窖窯の試運転ということにして、名前は伏せておくことにした。窯印はかねてから、紫の「む」を片仮名にした「ム」と決めていた。

光滋の作った器の釉薬を、この窖窯がどんな衣に装わせてくれるのか、試行錯誤していかなくてはならない。試作品の段階が終われば、作品をまずは藤窯に陳列してもらうことになっている。そして、おいおい各方面の店に出すことになるだろう。いっときも早く、琴夜の骨壺も作ってやりたかった。

やや遅れて、暮れには平屋の家屋も完成した。上座の八畳の和室には炉が切ってあり、入《いり》側《がわ》に水屋が設けられていた。茶器を作る陶芸に茶道は欠かせない。そして、いずれ師範になるだろう紫織のことも考慮に入れていた。

和室を挟むように、入側の反対側には廊下があり、外の雨戸を閉め、さらに和室の障子を閉めると、部屋は二重に防音される。紫織との妖しい行為のために、光滋は和室をもっとも重要な部屋と考えていた。

二間続きの和室は、居間と食堂とも繋がっており、襖を開け放しておけば広々としている。六畳の洋間も二部屋、玄関脇にあった。

工房は家屋と切り離した。いずれ、店となる陳列室を作るときのことを考慮に入れた設計だった。

最低限の日用品も揃い、簡単な引っ越しも終えて、新築祝いに一家四人と陶工のふたり、売店を手伝っている岸本や老夫婦の椎名が上座の和室に集った。台所も使えるが、寿司や刺身などを注文し、酒だけ女達がときどき燗をつけに立った。

床の間には光滋の作った小さな蓋つきの香炉があり、和紙に包んだ琴夜の骨が入っていた。

琴夜のために素晴らしい骨壺を作ってやること、誰に見せても恥ずかしくない「琴夜」という銘をつけた抹茶碗を作ること、紫織と暮らすこと、その三つは琴夜との約束であり遺言だ。光滋は死者を欺くつもりはなかった。

「いよいよ独り立ちですね。おめでとうございます」

椎名老人が改めて祝いの言葉を口にすると、陶工や岸本も後に続いた。

「いや、まだまだ時間がかかりそうで、いつ本当に独立できるやら。何しろ、初窯の結果がどう出るか。独り立ちまでには五年や十年じゃ無理でしょうから」

「いいえ、光滋さんは器用だし勘がいいし、じきにいいものができますよ。何しろ、窖窯ですからね。どんな面白いものができるか楽しみです」

もうじき九州の実家に帰ってしまう脇田が、確信しているように言った。

「いや、親父にも窖窯は効率が悪いって言われた。一回焚いてどれだけ商品になるようなものができるか、俺にも皆目見当がつかないんだ。食っていけなかったら、親父の窯でバイトして給料もらうしかないな」

「今からそんなこと言ってたんじゃ、先が思いやられるな」

雅光はそう言いながらも機嫌がよかった。

「あとでお茶を点てましょうか。きょうは簡単なお点前《てまえ》になりますけど」

水屋の棚には、数個の抹茶碗から水指《みずさし》、建水《けんすい》、棗《なつめ》、柄杓など、一通りのものは揃っていた。

「光滋の嫁さんにいちばんに使わせなくていいかな」

「あら、そうですね」

雅光と藤絵のやりとりに、紫織がコクッと喉を鳴らした。

「やっぱり、お相手、いらっしゃったんですね」

好奇心丸出しの岸本に、光滋は間髪を入れずに否定した。

「親父、新築祝いに変なこと言うなよ。ここにいる身内が何でもいちばんに決まってる。今夜はいちばん風呂にも入ってもらわなくちゃな。紫織はいちばんにこの部屋に泊めてやる。泊まっていけ。俺はあっちの部屋でいい」

光滋は昴りを悟られないように、さりげなく隣室の和室を指した。

今夜は紫織を抱くつもりだ。春に帰省して九カ月も経っている。紫織を初めて抱いたのは去年の夏だ。一年以上経っている。琴夜が逝ってしまったこともあり、光滋は女に飢えていた。金を出して抱ける女など無意味だ。愛する女を思いきり抱き締め、辱めたかった。

「親父達も泊まっていくか？　廊下まで使えば四、五十人は泊まれるかもしれないからな。全員大丈夫だ」

光滋は紫織を泊めたい一心で、不自然にならないように陽気に振る舞った。

「まだ布団を二組しか用意してないわ。私達はいいわ」

「じゃあ、紫織だけでも泊まっていけ。簡単な朝飯ぐらい作れるぞ」

「まあ、紫織は炊事係なの？」

藤絵が笑った。

「着替えも持ってきてないし……」

「着替え？　明日は休みじゃないか。パジャマがわりに俺のTシャツでも使えばいい。それから、洋間はひとつおまえのものにしろ。いつでも使っていいぞ。ここに住んでもいいんだぞ。どっちがいいか決めておけ」

「でも……」

「泊まってあげたら？　光滋さんたら、広すぎてひとりじゃ心細いんじゃないの？」

藤絵がまたくすりと笑った。

「光滋さんはいいですね。こんなかわいい妹さんがいて。俺には兄と弟だけで、まったく色気のない家庭なんですから」

「僕の妹なんか、女っていうより男に近い怪物で、結婚したいなんて変態や物好きは絶対にいませんよ。いたら、心変わりされないうちに熨斗《のし》をつけて送り届けてやります」

「おいおい、今ごろくしゃみしてるぞ」

ふたりの陶工の発言に、一同が苦笑した。

早い時間からはじまった新築祝いは二、三時間の後、光滋の作った絵志野の抹茶碗に点てられたお茶を楽しんでお開きになった。

陶工と椎名夫婦、岸本が先に帰っていった。

「風呂に入ってくれよ」

「私達が金を出したわけじゃなし、おまえが先に入れ」

「金は関係ないだろ。これからもいろいろと世話になるんだ。親父達が先だ」

雅光が最初に入り、藤絵、紫織、光滋の順に風呂に入った。ほんのりと頬に紅を塗ったような紫織の湯上がりの顔は、いつものように光滋の獣欲を刺激した。藤絵も妖しく色めいて見えた。

「せっかくだ。みんな泊まっていくか？　俺はごろ寝でいい。上に掛けるものぐらいいくらでもある」

「いや、私達は帰ろう」

「泊まるのは紫織だけか」

「私も帰る……」

「木の香りのする素敵なお家だわ。泊まっていっていいのよ」

「おまえ、最近遠慮深くなったんじゃないか？　昔はもっと図々しかったぞ」

「まあ、紫織はいつも控えめよ。ねえ」

藤絵が庇った。

紫織は帰るつもりだったが、雅光達にわからないように紫織に向けられた光滋の鋭い視線に気づくと、ついに藤絵の勧めもあって折れた。

雅光と藤絵が帰ってふたりきりになると、光滋はようやく紫織を抱けるのだと昂った。

「紫織、どうしてすぐに泊まっていくと言わなかった。本当に帰るつもりだったのか」

ソファに座っている紫織は、臙脂色のセーターの胸元を喘がせて落ち着かなかった。光滋と目を合わせようとせず、床に視線を落としている。

「紫織、ほかに好きな男ができたんじゃないだろうな。絶対に許さないぞ」

顔を上げた紫織は慌てて首を横に振った。

「あれから何カ月経ったと思ってるんだ。おまえは俺に一度も抱かれようとしなかった」

「ときどき……手やオクチで……」

「親父達を気にしてそそくさとな」

紫織の横に座った光滋は、抱き寄せて唇を塞いだ。紫織の躰は硬い。これまでいつも受け身で、自分から舌を差し入れて光滋の唾液を絡め取るようなことはなかった。今も光滋の舌の動きに任せているだけだ。

最初のうちは、それも初《うぶ》でいいと好感を持った。だが、去年の春に藤窯に戻ってきてから二年近くになるというのに、紫織は決して肩の力を抜くことがなかった。まだ光滋に心を許していない。いつか激しく求めるように育てなければならない。育てると言うより飼育だ。

光滋は飼育の段階を想像するたびに昂った。

「どうしてじっとしているんだ。舌を動かせ。俺のものを口でするとき、舌を動かせるようになったじゃないか。もっと俺を求めろ。俺がいやか。憎いか。どうなんだ」

明日の朝までふたりでいられると興奮している光滋と裏腹に、紫織は沈んでいる。光滋はもどかしさにきつい口調で言った。

「お兄ちゃん……紫織は怖い……すごく怖いの……紫織をかわいがってくれてるお父さまとお母さまを裏切っていると思うと、あの日から毎日辛くて怖いの……だから、もう何もしないで……もうおしまいにして。本当のお兄ちゃんに戻って。お兄ちゃんに力ずくで引き留められても、お父さま達といっしょに帰るつもりだったの。だけど、このことをちゃんとお兄ちゃんと話さないといけないと思って残ることにしたの」

紫織の言葉は別れを意味していた。聞き入れられるはずがなかった。

「おしまいにしてだと？　本気で言ってるのか。俺が戻ってきたのは紫織のためだ。この家も窖窯も、紫織がいるから作ったんだ。それを、おしまいにしてだと？」

「お父さまもお母さまも許してくれるはずがないわ。ほかの人達だって」

「人が許さなくても俺達だけが納得していればいいんだ。俺達はもともと血の繋がっていない他人同士なんだ。愛し合ってどこが悪い」

いつまで紫織は同じことを繰り返すのだろう。何故、いつまでも諦めないのだろう。これが初めてではない紫織の泣き言に、光滋は苛立った。どんな強硬な手を使ってでも、紫織の心を自分に向けなければならない。紫織を雅光や藤絵から奪わなくてはならない。雅光達に対して、激しい嫉妬と対抗意識が湧き起こった。

「今夜は寝かせないぞ。俺がどんなにおまえを必要としているか、紫織の躰に刻み込んでやる。去年の夏から、おまえは一度も抱かれようとしなかった。ほんの形ばかり俺のものを咥えてしゃぶって、それでおしまいだ。俺が自分の部屋で、何度おまえを抱いている妄想に浸りながら、自分の手でペニスをしごき立てたと思ってるんだ。自分でする虚しさがわかるか？」

生々しい自慰を告白する光滋に、紫織は総身をよじった。

「悶々としたまま男がおとなしく眠れると思ってるのか。おまえはもう女になったんだ。ネンネみたいなことは言うな。俺を満足させろ。俺がマスタベーションせずに眠れるようにしろ」

紫織は耳を塞ごうとした。光滋はその手を握った。

「おまえは本当に俺に抱かれたいと思ったことはないのか。自分の指であそこを触りながら寝たことがないとは言わせないぞ。十八にもなろうというおまえが、何もしないで眠れるのか。おまえには男が必要ないのか。えっ？　答えろよ。おまえはとうに男を知ってるんだ。東京で俺のものを、一週間毎日ぶち込まれたんだ」

「いやあ！」

紫織は首を振り立てた。

「こたえろ。自分の指であそこをいじって遊ぶことぐらいあるだろう？　いつから覚えたんだ」

慎み深い紫織が、そんな屈辱的なことを口にできるはずがなかった。光滋に女にされ、女芯を触られてから、初めて紫織はそこに触れるようになった。しかし、めったに触ることはなかった。それでも、触ったことがあるというだけで紫織は耐え難いほど恥ずかしかった。

「今夜は俺達だけだ。声を上げても外には聞こえない。雨戸もしっかりと閉めてあるからな。だいいち、近所に家なんかありゃしないんだ。今夜はおまえを寝かせない」

紫織の目は恐怖に満ちていた。愛する女に怯えた目で見つめられ、光滋の血は獣の血へと変わっていった。力ずくでメスを組み敷くオスの快感が総身を満たした。

紫織は逃げようとした。拒まれるほど光滋の獣欲は増した。

「来い！」

「いやあ！」

ソファから引きずり下ろされると、紫織は脚を踏ん張り、躰を引いて抵抗した。それを強引に奥の和室まで引っ張っていき、後ろ手に襖を閉めた。

光滋は床脇の地袋から赤い縄を出した。

縄を見た紫織は、新たな悲鳴を上げて抵抗した。抵抗されるほどに、光滋は凶暴になっていった。紫織の激しい抵抗と悲鳴が光滋をますます駆り立てた。

「おまえを女にしたときも、このロープで縛ったんだ。おまえはいつもそうやって抵抗するんだ。俺にこいつを使わせようとして、わざと抵抗するんだ。そうだろう？」

「いやっ！　帰る！　帰るの！　いやっ！　いやあ！」

家具のないがらんとした二間続きの和室に、紫織の悲鳴が広がった。

紫織を押し倒した光滋は、強引にセーターとスカートを剝ぎ、キャミソールやブラジャー、パンティも剝ぎ取った。そして、紫織を大の字にして腕を押さえ込み、息を弾ませながら生《い》け贄《にえ》を見下ろした。

帰省してから光滋の部屋で見た下半身だけでもなく、乳房だけでもなく、久々に見る白い全身だ。乳房は去年の夏よりふくらみ、肉の饅頭に生えている恥毛は、わずかに濃くなっている。そんなことはわかっていたが、改めて総身を眺めると新鮮だった。

まるで見知らぬ男に犯されるように、紫織は顔を歪め、首を振り立て、全力で抗った。

押さえつけられてなお抵抗しようとしている必死の形相の紫織を見つめ、光滋は再び自分が受け入れられていないことを知った。それがわかるほど、逆に紫織に執着し、血が滾る。

紫織は心も躰も光滋のものにならなければならないのだ。

光滋はふっと床の間の琴夜の骨の入った蓋つきの香炉に目を向けた。琴夜ならこんなとき、進んで躰を開くだろう。ふたりきりの時間を心ゆくまで楽しむだろう。光滋の命じたことに素直に従うだろう。

東京を去るという前の夜、躰に印を求めた琴夜のことが脳裏に浮かんだ。熟したふくよかな総身に点々とついた赤い唇の痕。平手で容赦なく叩いた尻たぼの、痛々しいほど腫れ上がった手形……。

（琴夜、俺は紫織が欲しい。おまえも望んでくれたことだ。こいつが欲しい……）

まるで光滋の気持ちが届いたかのように、白い肌に赤いいましめをされた琴夜が現れ、乱れ髪も艶やかに床柱にしなだれかかって妖しい目を向けた。

（光滋に括られると、何もかも光滋のものになったような気がしたわ……自由にされると、全部光滋のものになった気がしたの……今も私のすべては光滋のものよ……その人も光滋のものになるわ。きっと……）

光滋に愛されていることを確信しているような至福の笑みを浮かべた琴夜は、そう言って消えていった。

光滋は琴夜の言葉で、紫織が必ず自分のものになると確信した。

「しないで。放して」

紫織がもがいた。

光滋は赤い縄を取って紫織の両手首を括って立ち上がらせると、隣室との境の鴨居に縄尻を放って掛け、万歳の格好にして括りつけた。

「いやあ！　いやあ！　放してっ！」

手入れされたやや青白い腋下の窪みを晒してくねくねと総身を動かす紫織は、足指を辛うじて敷居につけていた。

「去年より成長したな。ここの毛もあのときより濃くなった」

光滋は翳りを撫でさすった。

「乳房もだいぶふくらんできた。お乳が出てもおかしくないみたいだな」

身をくねらせるたびにぷるぷる揺れるふくらみを、光滋は掌に入れた。ふたつのふくらみを寄せ、乳首を口に入れて舌で愛でた。

声を上げた紫織は、胸を突き出して悶えた。

「感じるだろう？　どうして俺が抱いてやるというのに逃げようとするんだ。感じるのが怖いか。それとも恥ずかしいのか。それとも、こうやって括られたいってわけか」

「しないで。嫌い。お兄ちゃんなんか嫌い。嫌い！　大嫌い！　いやあ！」

あたり憚らぬ声で叫んだ紫織が啜り泣きはじめた。鼻頭を染めて啜り泣く仔兎は被虐の匂いを放っている。藤絵の姪で、実の母娘のように似ているふたり。かつて覗いた光景が甦る。外泊すると偽って、夜、こっそり戻ってきた十八歳の光滋は、いつになく大きな声を上げている藤絵に動悸がした。あの夜の雅光は獣のようだった。優しい父や夫の仮面を脱ぎ捨てた獰猛なオス獣だった。

藤絵の両手を後ろ手に括って、何度も尻を打ちのめした雅光は、両手をいましめられて四つん這いになることができずに尻だけ掲げている藤絵の後ろのすぼまりを、ねっとりと舐めまわした。そして、咎人のような藤絵を、後ろから突き刺し、犯した。

光滋にとって、狂おしい光景だった。愛する藤絵を破廉恥に玩ばれる口惜しさと昂り……。その光景を思い出して、数えきれないほど自慰を繰り返した。

それから、藤絵を継母さんと呼ばねばならない苦しさに耐えきれず、東京に逃げた。光滋はいつしか雅光のように、女を愛するとき、異常な行為に走る自分に気づいた。あの日の光景が原点なのだ。もの静かな男でありながら、夜になると獣の行為に走る雅光の血を、光滋も継いでいるのだと思った。

それを増長させたのが琴夜だった。誰が見ても女豹の琴夜が、光滋を愛するあまり、光滋の嗜虐の血を嗅ぎ取って、自らその血に躰を委ねることを選んだ。縄師の元に通うことさえ勧めた。琴夜には複数の男がいたが、光滋にしか隷属する女としての姿を見せることはなかっただろう。

藤絵の被虐の匂いに、雅光が眠っていた獣の血を甦らせたことは理解できる。光滋は藤絵とそっくりの紫織をいたぶらずにはいられない。紫織の総身から漂っている被虐の匂いが、光滋を冷酷な暴君にする。紫織の言葉や抵抗に深く傷ついたり苛立ったりしながら、最後はこうして力ずくでいたぶってしまう。

（おまえがそうさせるんだ。おまえの啜り泣きが、その顔が、その目が……そうだ、その目だ。その目が俺を獣にするんだ。おまえのせいだ。こんなことをするのはおまえのせいなんだ）

誰が見ても尋常とは思えない光景だ。だが、赤い縄で手首を括られて鴨居に吊されている紫織の姿は妖しいほどに美しい。紫織の白い肌には赤い縄がよく似合う。あの雅光と藤絵の異様な営みを覗き見たのは、今の紫織と同じ高校三年生のときだった。

光滋の脳裏に不思議な感覚が広がった。藤絵達を盗み見てから十五年の歳月が隔たっているというのに、まるで今の時間とひとつに重なったように感じた。

あのときの雅光は自分で、藤絵は紫織だったのではないか。そして、目の前の紫織はあのときの藤絵で、自分は雅光ではないのか……。何もかもがひとつに繋がっているような不思議な感覚がある。

　琴夜さえもここにいて、紫織と一体になっているのではないか。そして、自分を生んだ桐子さえ……。

「解いて。解いて。いやいやいやっ！」

　紫織が小刻みに震えている。涙が頬を伝っていく。やわやわとした唇も震えている。泣いている紫織の中に、光滋の愛するすべての女達が息づいていた。だから、紫織を愛さなければならない。愛するために辱めなければならないのだ。

「いい顔だ。紫織の泣き顔は綺麗だ。何が哀しい。どうして泣く。うちに来たときから、おまえは俺を愛してくれたじゃないか。俺の布団に入ってこようとしたじゃないか。ああ、そうだ、俺が戻ってくるたびに、小さかったおまえは俺の布団に入ってきて眠ったんだ。だから、これからもそうするんだ。以前のようにするだけだ。それだけのことじゃないか。そうだろう？　そして、子供のおまえは大人になった。大人として愛してやるだけだ」

　光滋は紫織を見つめながら、片手で乳房を揉みしだき、片手を下腹部へと伸ばして肉の饅頭のあわいに指を押し入れた。

　悲鳴を上げて身をくねらせた紫織に、赤い縄がぎしりと音をたてた。

「餅のように柔らかいんだな」

掌にちょうど収まる乳房を揉みしだきながら、光滋はねっとりしている花びらも同時にぴらぴらと玩んだ。

「花びらもいいが、オマメはもっといいだろう？」

小さな肉の尖りをそっといたぶりはじめた光滋は、紫織の顔を見つめた。眉間に皺を寄せてイヤイヤをした紫織は、視線を逸らして喘いだ。小鼻がふくらみ、息が荒くなっていく。

上品な弓形の眉毛、ふるふると揺れている長い睫毛、ほんのり桜色に染まった鼻頭、とろけそうな珊瑚色の唇。破瓜のあとも無垢なままの女。どんなに辱めても汚《けが》しても神聖なままの女。それが紫織だ。

「気持ちがいいか。答えろ。自分でもこうやってここをいじることがあるんだろう？　オマメが大きくなってきたぞ」

紫織が口を開けて喘ぎながら、肩先や腰をくねらせる。羞恥と快感の伴った表情は絶品だ。

光滋は肉芽から指を離し、秘口のぬめりを掬った。

「見ろ。感じてる証拠だ。こんなものをいっぱい出してるんだからな」

紫織の目の前にぬめる指を突き出し、舌を出して舐めとった。紫織は首を振り立てた。

「おまえはどこもかしこも綺麗だ。その哀しそうな目も……鼻も……唇も」

光滋は口にした箇所に唇をつけていった。

「細い首も……乳房も……鳩尾も……臍の窪みも」

吊されている紫織は、必死に総身をくねらせて光滋の舌から逃れようとした。だが、決して執拗な舌から逃れることはできなかった。

光滋は生暖かい舌を下方へと滑らせていった。跪いて腹部を舐めまわし、もっとも大切な女園は通過して、太腿、膝へと這い下りていった。背を丸め、足の甲は這《は》い蹲《つくば》るようにして舐めまわした。

権力者でありながら、自ら奴隷の姿になって紫織を舐めまわすことにも光滋は快感を感じた。囚われ人が美しく崇高であればあるほど、その囚人に仕えることに喜びを感じることもあるのだ。

足指まで舐めまわした光滋は、背後にまわると、今度は踝から脹ら脛、尻肉へと舐め上げていった。

つんと突き出た若々しい張りのある尻たぼを両手で掴み、左右に割った。ヒッ、と声を上げた紫織のすぼまりが恥ずかしげにひくついた。

「紫織のアヌスはおちょぼ口のようにかわいい。綺麗な色だ。排泄器官とは思えない」

「いやあ！」

これまでより激しい抗いを見せて、紫織が尻を振りたくった。すぼまりに舌を這わせたい光滋は、尻たぼを叩きのめした。派手な肉音が弾け散った。紫織が呻いた。縄がぎしっと音をたてた。

「紫織のお尻を舐めてくださいと言ってみろ」

「いやいやいや。ヒイッ！」

光滋は続けざま尻を打ちのめした。右だけ叩きのめした。白い尻と赤く手形の浮き出た左右の差が鮮明だ。

「言うことを聞かないなら、お仕置きに尻を叩くのがいちばんだ。小さいときはいい子だったのに、どうして今になってお仕置きされるようになったんだ？　お尻にキスしてくださいと言うんだ」

首を振りたくる紫織に、左の尻たぼも赤く染まっていった。

心根の優しい紫織は、小さいころから叱責されることも仕置きされるようなこともなかった。それだけに、光滋から受ける打擲は堪《こた》えているはずだ。

「どうして俺の言うことが聞けないんだ。優しくしてやると言ってるのに、どうして素直になれないいんだ」

「嫌い……お兄ちゃんなんか嫌い……嫌い」

紫織の声は掠れていた。

「裸にされて吊されて舐めまわされたと親父達に言ってみるか？　頭の先から指の先まで、前も後ろも全部舐めまわされたとな」

むだ毛一本ない手入れされた腋下の窪みを舐め上げると、紫織はくすぐったさに身をよじった。

「全部俺のものだ。紫織をほかの男なんかに渡すもんか。どこかに閉じこめてでも俺だけのものにする。いいか、紫織、俺はおまえを誰にも渡さない」

憑かれたように乳首を舐めまわし、背中を舐め、再び臀部のあわいの蕾をくつろげ、ひくつく中心を舌先でつついた。

紫織の太腿がぶるぶると震えた。光滋は双丘を周囲の皺から中心のすぼまりに向かって、ねっとりと舐めまわしていった。つるつるした粘膜は、排泄器官とは思えない心地よい感触だ。

「しないで……いや」

紫織は尻をくねらせた。おぞましさと、くすぐったさと、疼くような感覚がごったになって、触られていない女園までがずくずくと脈打ちはじめた。このまま同じ行為を続けられれば、喉が切れるほど叫ぶか、舌を噛んで、妖しい感覚から逃れるしかない。

「もういや……しないで……お願い……しないで……お兄ちゃんの言うとおりにします……

しないで」

喘ぎと啜り泣きの入り混じったような声だった。

「何でも言うことを聞くのか。きょうだけじゃなく、ずっと聞くのか」

拒絶した紫織に、光滋はすかさず尻たぼを叩きのめした。

ヒッと悲鳴を上げたあと、紫織が肩を震わせた。瑞々しい総身が、嗚咽に合わせて小刻みに震えた。

光滋はまた前にまわって紫織を見つめた。泣いている紫織は被虐の色で濃く染まり、光滋の股間を痛いほど反り返らせた。光滋はパジャマを脱ぎ捨てて裸になった。

屹立を握り、亀頭を肉饅頭のあわいに擦りつけた。

「こいつがおまえのここに入りたくて入りたくて、どんなに辛い毎日を送っていたかわかるか。おまえを突き刺して、柔らかくて熱い肉に締めつけてもらいたかったんだ。立ったままだって入るんだぞ」

一年数カ月ぶりに秘口を割って押し入った屹立に、紫織は息を止めた。光滋に強制され、ときおり口に含んだあの太い肉茎が、破瓜の後も指さえ入れたことのない狭い柔肉に沈んでいく。膣襞をいっぱいに押し広げながら奥に進み、腰と腰が一部の隙もないほど密着した。

「どうだ紫織、久々に俺とひとつになった気分は」

光滋はもっと近づこうと腰を揺すり上げた。膣襞の心地よい締めつけを感じながら、紫織の唇を塞いだ。

紫織が全身の力を振り絞るように首を振った。唇が離れた。

「解いて……腕がちぎれそうなの……何でも言うことを聞くから解いて。このましないで」

壁に押しつけてするのならまだしも、空に浮いたような頼りなげなこの姿勢で抽送し、最後までいくのは難しい。紫織の言葉は渡りに舟だった。屹立を抜いて、鴨居にまわした縄を解いた。紫織は万歳の格好から解放されると、両手を差し出し、手首の縄を解いてくれと言った。

「そいつはまだだ。そう簡単におまえが言うことを聞くとは思えないからな。終わってから解いてやる。仰向けになって横になったら脚を開け」

紫織は首を振りながら後じさっていった。

「見ろ、やっぱり素直になれないじゃないか。今度はどんなお仕置きがいい。えっ？」

紫織を追い詰める快感に、光滋の屹立はくいくいと反応した。怯えている紫織を容易に捕らえ、畳に押し倒した。悲鳴が上がった。

「早く女の悦びを覚えろ。これがしたくてしたくてたまらなくなるように、早く本当の悦びを覚えるんだ」

再び屹立を女壺に押し込んだ光滋は、二、三度腰を動かした。紫織の眉間に小さな皺ができた。

「痛くないだろう？ もう処女膜は破れてしまったんだからな。ここに入れることができるのは俺だけだ。こんなふうに奥の奥まで入れることができるのは」

括られている両手が前にきているだけに、紫織はその手で光滋の胸を押した。だが、虚しい抗いにすぎなかった。

ゆっくりと腰を動かす光滋は、柔襞の優しい締めつけにうっとりとした。抜き差しをやめて躰を倒すと、乳房を掴んで乳首を吸い上げた。紫織が声を上げるたびに、微妙に膣襞が蠢いた。

「お兄ちゃんのばか……んん……嫌い。嫌い」

肩先をくねくねと動かしながら光滋を押しのけようとする紫織の声は、切なげに喘いだ。

「気持ちいいですと言ってみろ。あそこがひくひくしてるじゃないか」

紫織は首を振った。

「感じないのか。だったら乳首も舐めてやる」

しこり立っている乳首の先だけを舌先でつついたり捏ねまわしたりした。そうやって乳首を責めながら、片手で結合部の上の肉の豆も揉みしだいた。

秘口がひくひくと屹立を締めつける。肉の尖りは蜜でねとついた。紫織の息がいっそう荒くなってきた。光滋は乳首を責めるのをやめ、肉の豆だけを刺激した。

「いくんだろう？　いくときはいくと言え。気持ちのいいあれが押し寄せてくるときはいくと言うんだ。言わないとお仕置きだ」

大きく口を開いて荒々しい息を吐く紫織が、何かを訴えるような目を向けた。光滋は肉の豆を揉みしだいていた指を、左右に小刻みに振動させた。

「しないで。あう……い、いくっ！」

紫織の背中が畳から浮き上がって硬直した。秘口がきりきりと屹立を締めつけた。ぷっくりした唇から覗いた白い歯が、照明を照り返して妖しくぬめ光った。

悩ましい大人の顔で法悦を迎えた紫織を見つめた光滋は、獣になって抽送を再開した。蜜壺を捏ねまわし、穿った。

紫織の躰は粉々に砕け散ってしまいそうに揺れた。そして、振り絞ったような声がひっきりなしに洩れた。光滋は白濁液を噴きこぼしたい一心で紫織を穿ち続けた。一年以上、我慢に我慢を重ねてきた紫織の躰だ。紫織の喉から押し出される喘ぎとも呻きともつかない声は、光滋の獣欲を煽り立てた。光滋はひたすら腰を動かした。

やがて、激しい衝撃が光滋の脳天に向かって突き抜けていった。

気をやったあとの光滋は、ひととき、ぐったりと紫織の胸に顔を伏せた。それから、おもむろに躰を起こし、結合部にティッシュを当てて屹立を抜いた。紫織の花びらは、慣れない抽送の摩擦で、痛々しいほど真っ赤になって腫れ上がっていた。

紫織は死んだように脚を開いたまま動かなかった。光滋はカメラを手に戻ってくると、紫織の太腿を更に押し開き、営みの痕跡の残る充血しきった器官に向かってシャッターを切った。

ストロボの光で紫織が目を開けた。紫織は声を上げ、泣きそうな顔をした。光滋はかまわず、何枚も秘園を写した。額や頬にへばりついた髪で色っぽい顔も、全身も、フィルムがなくなるまで写していった。

カメラを放った光滋は、紫織の唇を奪った。紫織は受け身のままだった。

「殺してしまいたい。食べてしまいたい。おかしくなりそうなほど好きだ。わかるか。俺にキスしてくれよ。なあ、紫織、舌を動かせよ。俺達は離れられないんだ」

「嫌い……こんなことするお兄ちゃんなんか嫌い。紫織を括るお兄ちゃんなんて嫌い」

紫織は泣きながらそっぽを向いた。

「恥ずかしいのか。おまえは俺が好きなんだ。養女に来たときから、おまえは俺を求めていたんだ。俺もおまえが欲しい。俺だけのものだ」

獣のように強引に交わったあとも、光滋は手首のいましめを解かなかった。紫織の透き通った耳朶を甘噛みし、息を吹きかけた。

「好きだ……好きだ……紫織は俺のものだ……俺だけのものだ」

光滋は白い巻貝のような耳に繰り返し囁いた。


年が明け、光滋の生活の場は完全に新築の家に移っていた。だが、家が広々としているだけ、ひとりの夜は虚しかった。

これから紫織をときどき抱けると思っていたものの、新築祝いの夜以来、紫織は一度も泊まろうとしない。たとえやってきても、必ず自宅に戻っていった。ひとりで来れば強引に引き留めるが、雅光達がいてはそうもいかない。

虚しさや苛立ちを紛らすように、光滋は夜を忘れようと、ひとりきりの工房で朝方まで熱心に轆轤を挽くことが多くなった。紫織が高校を卒業したら、何としてもここに住まわせなければならない。これ以上待てるはずがなかった。まだ窯名も出しておらず、訪れる客もなく、いつ寝ようが起きようが、支障はなかった。

夕食は毎日、藤窯に食べに行くということにしていたが、轆轤に熱中していると忘れることある。紫織とのことを考えて自棄《やけ》になり、わざと顔を出さずに外食することもあった。そんなとき、食事を心配した藤絵が、必ずといっていいほど雅光の運転で手作りの料理を運んできた。紫織がいっしょにやってくるときは喜々とし、そうでないときは落胆した。そして、そのたびに、今度は紫織を前以上にいたぶってやろうと苛立った。

工房には轆轤の回る音以外はなく、静まり返っていた。

車の止まる音がした。

光滋は顔を上げた。窓の外は闇だ。夕食時に顔を出さなかった光滋に、藤絵が弁当を作ってきたのだ。雅光が運転し、紫織も同乗しているだろう。今夜は紫織に部屋の片づけをさせるという口実をつくって何としても引き止めよう……。光滋は朝からそう考えていた。

しかし、紫織が来るのを期待していた光滋は、工房に現れたのが雅光と藤絵だけとわかると、内心、落胆し、苛立ちが募った。

「熱心だな」

「食事はちゃんと摂らないと躰によくないわ」

四十一歳になった藤絵は、まだ三十代にしか見えない。歳を重ねるほどに美しくなっていく継母が眩しかった。紫織と巡り合わなければ、光滋はこの継母だけを今も狂おしく愛し続けていただろう。今でさえ心は騒ぐ。だが、藤絵は所詮継母。雅光の女であり、決して光滋が独占できる女ではないのだ。光滋を誰より愛していた琴夜さえ、力ある複数のパトロンがついていた。しかし、紫織は他の誰も手をつけていない光滋だけの女だ。

「ひとりでやってると、つい時間を忘れてしまうんだ。もうこんな時間か。終わったら外で食べてもいいんだ。あんまり気を遣うなよ」

「そろそろ結婚でもしてくれたら、こんな心配はしなくてよくなるんだがな。子供じゃないし、放っておけばいいと言うのに、藤絵が心配してな」

継母だというのに、藤絵は実の母以上に気を遣っている。かつて光滋は藤絵を犯した。藤絵が気を遣うほどに、あの過去を口にしたくなるのはどうしてだろう。藤絵の苦痛に歪む顔を見たいという衝動が込み上げてくる。罪を感じ、隠し続けなければならないと思っていた遠い日が嘘のようだ。だが、光滋はその言葉を抑えていた。

「紫織は何してるんだ。もう大学も決まってるし、暇じゃないのか」

「ボーイフレンドとデイトだ。年頃だからな」

全身の血が逆流するようだった。

「そんな奴がいたのか」

「ふふ、担任の先生よ」

藤絵が笑った。

独身教師と聞いている。紫織の拒絶の原因がその男にあったのかと、光滋は怒りや嫉妬で男を殺したくなった。

「女子校の独身教師はもてもてらしい」

雅光は光滋の気持ちを逆撫でするように、ゆったりと笑った。

「クラスの子みんなで先生宅に行って、お料理作ってあげたりして、お別れ会なんですって。きっと今ごろ賑やかでしょうよ」

一対一の逢瀬ではないと知って、光滋は気抜けした。しかし、すぐそのあとで、最後にふたりきりになったところで、教師が強引に紫織の唇を奪っている妄想を浮かべた。

「最近は物騒な世の中になった。特に家の近くは人家がまばらで危険だ。あとで迎えに行ってやろう。先生の家はどのあたりなんだ」

「バス停に着いたら電話をもらうことになってる。私が迎えに行くから大丈夫だ」

光滋は諦めるしかなかった。

弁当を置いて、ふたりは帰っていった。

光滋は空腹を感じなかった。光滋の気持ちを無視して他の者達と楽しく過ごしている紫織を思うと、怒りが湧いた。

(俺をいたぶるつもりか。許さないぞ。いつまでも今のままでいられると思うなよ)

歯軋りした光滋は弁当を持って工房を出た。

光滋は毎日、上座の和室に布団を敷いて休んでいた。家の中心の床の間に、琴夜の骨を置いているからだ。

食事を終えた光滋は、横になっても目が冴えていた。一回目の窖窯を焚く日が近い。初窯への不安と紫織への苛立ちが交互に浮かんだ。

やがて、暗い闇が仄かに白くなり、光滋の贈った泥大島を着た琴夜が、廊下側の障子のこちら側にしなだれかかるような格好で浮かび上がった。

「来てくれたのか。今夜は来てくれないかと思った。もうじき窯を焚く。やっとだ。何度も焚かないといいものはできないだろうが、約束はきっと守る。だけど、紫織はまだ俺を求めようとしない。本当に紫織は俺のものになるのか。いや、今も俺だけのものだ。そうだよな、琴夜……」

琴夜はいつものように黙って耳を傾けている。聞いてもらえるだけで光滋の心は軽くなる。

光滋が熱心に轆轤を挽いているとき、工房の片隅で、琴夜が静かに作陶を眺めていることがあった。悶々としている枕辺に現れて、ほんのつかのま、一糸纏わぬ艶やかな姿を見せていくこともあった。そのうち光滋は、琴夜が現れると、現実の女を相手にしているようにあれこれ語りかけるようになっていた。

「俺は紫織とふたりだけで暮らすために戻ってきた。この窯はそのために築いた。俺には紫織が必要なんだ」

琴夜は静かな微笑を浮かべたまま静かに聞いている。

「おまえが生きてたらなあ。小料理屋か……近くにおまえの店があったらなあ……おまえの店に行って愚痴をこぼして……そして、おまえを抱いて……勝手な男か？　おまえの躰は素晴らしかった。おまえは本当にいい女だった。銀座のクラブのママをやってたんだ。いいパトロンだって何人もついてたんだもんな。もっとこっちに来いよ」

光滋が手を伸ばすと、琴夜は笑みを残したまま、すっと闇の中に消えていった。


春先、初めて窖窯に作品を入れることになった。記念の初窯になるだけに、紫織の作品も入れた。紫織が自ら轆轤挽きして絵を描いたものだ。

向付や小鉢、抹茶碗、湯呑、徳利、猪口、香合など小さい物が多かったが、琴夜の骨壺にしたい蓋つきの器や花瓶、水指、建水、中型の皿なども混じっていた。

釉薬は実験のつもりでいろいろなものを使ってみた。ひとつでもふたつでもいい、使えそうなものができたらと、祈るような気持ちだった。

最後は炎が作品の善し悪しを決める。窯焚き次第で成功もすれば失敗もする。だが、その前の窯詰めも成否を決定する重要な作業だ。

まず窯の奥にツクという支えを立て、耐火物の棚板を置き、作品はいちばん上から並べていく。中段、下段と奥が終われば、その手前に一段低い棚を作り、また作品を並べていく。下は風通しをよくするために詰めすぎないようにして、天井に沿って走る炎を生かすために、上はできるだけぎりぎりまで詰める。

そうやって、アーチ型の出入口の方に向かって作品が並べられると、薪を入れる焚き口と、その下に焙り用の開口部を残して煉瓦と壁土で目地《めじ》をした。あとは窯焚きに入るだけだ。

窯主となった光滋は、初窯に対する期待と不安で、興奮の余り息苦しさを感じた。

初窯の火入れとあって、雅光や藤絵、紫織、陶工の添島と脇田も駆けつけていた。何日焚くか迷いに迷い、まずは五昼夜焚いてみることにした。肉体労働の伴った仕事ということもあり、ひとりで徹夜してできる作業でもなく、今後、窯焚きのつど、雅光と陶工が手伝いに駆けつけることになった。交代で仮眠しながら薪を入れ続ける。だが、あくまでも窯主は光滋であり、他人任せにはできない。仮眠するとしても、一日二、三時間で良しとしなければならないだろうし、攻めに入れば仮眠も取れないだろう。

「成功するに越したことはないが、失敗しながら成長していくと気楽に考えていた方がいいぞ。おまえ、ガチガチだぞ」

雅光は肩の力を抜けと笑った。

日本酒と塩で窯を清めた。窯焚きのたびに繰り返される陶工達の神聖な儀式だ。光滋は緊張の中、厳粛な気持ちで手を合わせた。

いよいよ火入れになった。

光滋は真っ先に紫織とふたりで火入れをするつもりだった。将来、紫織と窯を守っていくことを決めているからには当然のことだ。

紫織は香西家の養女に来て十年、初窯の神聖さがわかっているだけに、意識して白いニットのワンピースを着ていた。白い仔兎のように可憐だ。光滋は毎日、紫織を辱める妄想に浸っている。しかし、窯焚きが終わるまでは、紫織に対する熱い想いさえ断たなければならない。ひたすら器の完成のためだけに意識を集中させるのだ。

細い赤松の枝に火をつけ、紫織といっしょにそれを焚き口に置いた。最初は奥に放らず、ほんの先端だけを入れて入口で焚く。一気に手前の温度だけが上がらないようにするためだ。

さんざん藤窯の登り窯を手伝ってきたが、窖窯は初めてだ。書物や窖窯の経験のある陶工に聞いた知識が今回どれだけ生きるのか、光滋には心許なかった。だが、火入れした以上、これから約百時間、無心に祈りを込めて薪をくべ続けるしかないのだ。

光滋と紫織の次に、雅光と藤絵が小枝を置いた。脇田達も続いた。

二日ほどゆっくりと焙りが続いた。次は攻め焚きだ。約四十時間かけて千二百五十度まで温度を上げる。最後に、ねらしといい、やはり四十時間ほど、その温度を保つ。

四人の男達は、初めての窖窯に精力的だった。だが、五十七歳になった雅光は、四日目には疲労の色を隠せず、あとは三人の男が交代に軽い仮眠を取って窯焚きを続けた。終わりに近づくにつれ、さすがに肉体はぼろぼろになり、気力だけで動いている気がした。

紫織への想いなど断ち切って初窯にかけなければと思っていたが、藤絵が藤窯を守っているため、紫織が泊まり込みで男達の食事を作ったり、風呂の用意をしたりしている。疲れきっている光滋は、最後に近づいたとき、仮眠の前に紫織を布団に押し倒し、スカートを捲り上げ、秘園の匂いを嗅いだ。そして、そのまま眠りの底に落ちていった。

火を止めて一週間、窯開きの日の空は晴れ渡っていた。

まだ庭とは呼べない屋敷の庭に、藤窯から移植した馬酔木の花が可憐に咲き乱れ、やはり藤窯から持ってきた紅白の侘助が、最後の花を控えめにつけていた。

窯焚きを手伝った者達だけでなく、顔馴染みの数人も集まってきた。光滋は最悪の場合を考えて、ひとりきりで窯を開けたかった。だが、誰もが初窯に興味を持っていた。

光滋は祈るような気持ちで入口の煉瓦を外し、中を覗いた。その瞬間、心臓が高鳴った。

何か、とてつもないものができているかもしれない……。

そんな予感がした。

手前のものはよくなかった。だが、奥の抹茶碗が、薄闇の中できらりと輝いた。

美濃特有の百草土を使い、長石釉をたっぷりかけた白い無地志野茶碗だ。それを最初に手に取った光滋は、想像していた以上の出来に昂った。すぐに外の光で確かめた。

淡雪が降り積もったような優しい肌。志野独特の柚子肌《ゆずはだ》。ところどころに緋色が発色し、雪明かりとも人肌ともとれる優しい風情を醸し出している。抹茶碗の轆轤挽きも上出来だった。

「凄いですね……」

言葉にならない雅光の感嘆のあと、陶工の脇田も目を凝らした。想像もできなかった素晴らしい衣装を纏った貴婦人が出てきたのだ。

「今回はこれひとつでよしとしなくちゃな……奇跡だと思う。偶然が重なったんだ。初窯でいいものが出ることがあるというし、次はこうはいかないだろう……」

光滋の言葉尻は震えそうになった。

「早く全部出してみろ」

上擦ったような雅光の声に、光滋も我に返って窖窯に潜った。

窖窯の場合、前列の作品に面白いものができることが多い。だが、まだ火加減もわからない初窯だけに、今回は逆に奥の出来がよく、前列は感心できるものはなかった。前列と後列の作品の出来に大きな差があった。それでも、無地志野の抹茶碗のほかに、絵志野の抹茶碗がふたつ、ざんぐりとした釉の溶け具合も、鉄絵の色の黒と茶の微妙な色の変化も面白い。これも人肌のような暖かさを感じさせる仕上がりになった。

無地志野茶碗は雅光が非売品にしているものと肩を並べるほどの出来で、手放せない記念の作品になりそうだ。愛しい女をこの手で作り上げたのだという昂りでいっぱいだった。ここに誰もいなければ、今すぐ裸の胸に抱き締めたかった。

これからもっともっと艶めかしい肌の器を焼き上げるのだ。光滋に野心が湧いた。

琴夜の骨壺は失敗だった。作品によって成否の差は大きかったが、芸術品とも言えそうな予想以上の作品が出てきたことで、光滋は満足だった。

最高の出来の無地志野の抹茶碗を、光滋は〈琴夜〉と命名することにした。ときおり現れる琴夜が、初窯を見守ってくれていたのだと確信した。

雪の降る日に逝った琴夜。あの病室の窓の外の雪風景と、肌を重ねたときの琴夜のぬくもりが、目の前の無地志野茶碗に内包されているようだ。その茶碗を掌に載せれば、琴夜と知り合ってからの日々が甦ってくる。光滋は命を宿した茶碗に頬を擦《す》りつけた。

第十章　灰色の別離

五月の風が緑の匂いを運んでくる。工房の窓を開けて轆轤を挽いていると、四方に壁のない原っぱで作陶しているように錯覚することがあった。

短大生になった紫織は、片道一時間かけて大学に通っている。なかなか光滋の元にやってこない。地元で暮らすようになれば、毎日紫織に会えると思っていた。毎日紫織を抱けると楽観していた。だが、現実は思いどおりにならない。

初窯で思いのほか素晴らしい作品ができて心躍ったのも束の間、紫織が目の届かぬ短大に通っていると思うと、轆轤の手がたびたび止まった。

光滋は焦っていた。通学途中の電車やバスの中で紫織は男達に目をつけられ、いかがわしいことをされているのではないか。教授達に言い寄られているのではないか。大学のコンパで、他校の学生達に愛を告白されているのではないか……。

次々とふくらんでくる妄想に、光滋はときおり頭を掻き毟った。あろうことか、轆轤の上で手を滑らせ、完成間近の作品を壊してしまうような失態も続いた。プロとして自分でも信じがたい失敗が続くと、光滋はますます紫織への欲望を募らせ、同時に怒りも募らせていった。

紫織がやってくるとしてもたいてい土曜か日曜で、藤絵達といっしょに顔を出す。そのまま光滋も車に乗って藤窯へ行き、食事を摂ることもあったが、ふたりきりになれないことは苛立ちを募らせることにしかならなかった。

「どうして俺を焦らすんだ。明日、俺の家に泊まれ。いやならあの写真、俺の友達に見せる。おまえとのことを黙っているより、誰かに話してしまった方が気が楽になる」

藤絵達の目を盗んでそう言うと、紫織はたちまち困惑の表情を浮かべた。

あの写真というのは、紫織を括って抱き、行為のあとの姿や女園を写した新築祝いの夜の淫らなものだ。そんな写真を、たとえ親友といえども見せるわけにはいかない。光滋にとっては神聖な写真も、他人に見せてしまえばただの猥褻な写真でしかなくなる。

ただの脅しとも知らず、紫織は、見せないで、と哀願した。

「だったら、明日泊まるんだな？」

「でも……」

「夕方までに来なかったら、友人を呼んで、俺はおまえとのことを話す。あの写真も見せる」

「いや……だめ」

「だったら泊まるんだ。親父達には友達の家に泊まると言え」

痺れを切らした光滋は紫織を脅迫した。そして、藤窯を出るとき、雅光と藤絵に、明日は久々に友人と呑むことにしている。帰りは午前様になるだろうと、紫織との逢瀬を極力隠せるように言い残した。


翌日、紫織は光滋の元にやってきた。光滋に言われたとおり、友人宅に泊まると言って出てきたことを気にしている。紫織は嘘をつけない真面目すぎる女だ。それが、今まで家人にも光滋との仲を気づかれずにいるのだから、どれほど周囲に気遣い、心身共に疲れ果てているのかわかった。

中途半端な今の状態に終止符を打つために、紫織が短大を卒業したら、雅光達に自分の気持ちを話さなければならない。しかし、あと二年は長すぎる。きょうの紫織と明日の紫織は微妙に違うはずだ。日々、人の躰は変化していく。紫織の躰を見ることができない日々が無情に過ぎていく焦りは大きい。時間は決して取り戻すことができない。

光滋はすぐに風呂を入れた。

「お父さま達に嘘をつくのはいや」

紫織は思い余った口調で言った。

「じゃあ、ここに来ると言って出てくればいいだろう？　おまえがここに泊まったって、誰も文句は言いやしない。それを、おまえがとっとと帰って行くから、嘘をつかないとまずいことになるんじゃないか」

適当なことを言って泊まればいいものを、いつも帰ってしまうために、たまに泊まることも不自然になってしまうのだ。今は中高生でも親を騙して男と外泊することがあるというのに、紫織はたとえ二十歳を過ぎようと、そんなことはできそうになかった。

風呂がいっぱいになると、光滋はいやがる紫織を強引に浴室に引っ張っていった。

「全部洗ってやる」

「いや……自分で」

「まだ恥ずかしいのか」

光滋の手にしたタオルを、紫織は必死に奪おうとした。光滋は奪われまいとした。そんな些細なことさえ、光滋にとっては楽しい戯れだった。

浴室の壁に紫織を押さえつけて、光滋はつるつるした紫織の肌にシャボンの泡立ったタオルを滑らせた。乳房を滑るタオルに、紫織が身をよじった。翳りに指を這わせて泡立て、肉饅頭のあわいにも指を入れると、紫織は切なげに喘いだ。

「そこはいや……自分でするから……いや」

「自分で洗うとき、ちゃんとここを洗ってるのか？　ここを洗わないで出てくるんじゃないのか？　あとでここをいっぱい舐めてやる」

花びらや肉の豆がぬるぬるとしているのは、石鹸のせいなのか蜜が溢れているのかわからない。

紫織は尻をくねくねとさせながら、光滋の手首を握って秘所からもぎ取ろうとする。拒めば拒むほどオスを刺激することに気づかず、紫織は、いやいや、と誘惑的な声まで押し出していた。

紫織がふいに短い叫びを上げて硬直した。女園をいじりまわしていた指が会陰を滑り、アヌスのすぼまりまで一気に移って、その窪みに入り込んだのだ。

「ふふ、紫織のここは可愛い。ちぎれるほど締めつけてるぞ」

「やめて……」

シャワーの湯とは明らかに違う屈辱の汗を噴きこぼしながら、動くことができない紫織は喘いだ。

「いつか紫織のここに俺のものを入れてやる。前だけじゃなく、ここの処女も俺が貰う。じっくり時間をかけて、何日も何日も忍耐強く広げていって、俺の太い奴を咥え込ませてやる」

光滋の脳裏に、琴夜とアブノーマルに交わったときの悲鳴が甦った。

紫織の唇が震えた。白い喉がこくっと鳴った。紫織の怯えた顔は極上だ。わざと恐怖を抱かせ、その表情を眺める快感に、屹立に疼きが走り、鈴口に透明液が滲んだ。

すぼまりに入った指の先を、光滋は更に沈めていった。

声を出すことができず、紫織は顔を歪めて苦しそうに首を振った。

「今夜は思いきりかわいがってくださいと言ってみろ。言えないのか。言えないなら、ずっとこのままだ」

すぼまりの指をわずかに動かすと、紫織は光滋の両腕を痛いほど摑んだ。その指先さえ小刻みに震えていた。紫織の怯えと緊張は、光滋に精神的なエクスタシーを与えていた。

「しな……いで」

漸く絞り出された掠れた声が、ますます光滋を煽った。

「今夜は思いきりかわいがってくださいと言えよ」

脂汗を滲ませて喘ぐ紫織の内腿まで震え出した。紫織は哀れな目をしてイヤイヤをした。

光滋は食い締められた指を浅い部分でゆっくりと動かした。出し入れは困難で、ほんの気持ちばかり円を描くように動かすしかなかった。紫織の洩らす喘ぎは仔犬の泣き声に似ていた。

「しな……いで……いや」

やっと聞き取れる掠れた声を押し出して、紫織は光滋に哀願した。光滋はそれを無視して後ろのすぼまりをいたぶった。

「今夜は……紫織を……」

一気に続けることができず、喘ぎで言葉が切れた。

「……かわいがって……ください」

「思いきりだろう？」

「……思いきり」

屈辱的な責めから逃れるために、紫織は光滋の求めるままの言葉を押し出した。

光滋は指を抜いた。その瞬間も、紫織は短い声を上げた。

「思いきりだな？　ああ、思いきりかわいがってやる。一年分でも二年分でもかわいがっておかないと、おまえは俺を焦らすんだ。本当は俺を焦らして楽しんでるんだろう？」

紫織は肩先で喘ぎながら何度も首を横に振った。

上座の和室に布団を敷くと、光滋は荒々しい息を吐きながら紫織を押し倒した。頻繁に抱けないだけ、射精の欲求が強い。一度吐き出してから二度目はじっくりといたぶるつもりだ。

唇を塞ぎ、一方的に舐めまわし、乳房を揉みしだいた。乳首を舌で責めて吸う。女を抱く前の形ばかりの儀式だ。意識はすでに紫織の熱く潤んだ柔肉のあわいにあった。

短い時間で上半身を愛撫した光滋は、紫織の太腿を大きく押し上げてMの字にした。ぱっくりひらいた柔肉に鼻を押しつけ、風呂に入った後も残っているはずの、女壺の奥のメスの匂いを吸い込んだ。そして、生暖かい舌先で女の器官のすべてを舐め上げた。

紫織は声を上げてずり上がっていった。ずり上がるだけ光滋も進んでいき、美しくも猥褻な器官を舐め上げた。

すぐに紫織は法悦を迎えたとわかる声を上げて硬直し、激しく痙攣した。

光滋はぬるぬるになっている女園の蜜を味わいながら、紫織の絶頂の声に自らも快感を覚え、熱心に舌を動かした。ふたりの時間を重ねるたびに、紫織はますます藤絵や琴夜の声に似た艶めかしい女の声を上げるようになるだろう。

「いくと言えと教えただろう？　まだいってないのか。いつまでも舐めまわすぞ」

秘口からねっとりとした透明な蜜が雫っていた。会陰に雫り落ちる蜜を、光滋は舌先で受け止めながら、その溝を捏ねるように刺激した。

「いくっ！」

総身を震わせる紫織が、そのときを告げて反り返った。

光滋はひくついている屹立を秘口に突き刺した。卵形の顎を突き出した紫織が、光滋の背中を摑んだ。

「おまえはあそこを舐められるとすぐにいくな。いやじゃないだろう？　口でされるのが好きだろう？　自分の指でするよりよっぽどいいはずだ。今、俺の太い奴がおまえのどこに入ってるか言ってみろ。さあ、ここはどこだ」

腰を浮き沈みさせると、紫織は美しい顔を歪めて喘いだ。

「紫織、セックスのときはいやらしいことを言ってみろ。舐めてくださいと言えよ。太い奴で刺されると気持ちいいですと言えよ。セックスがよくなってきましたと言えよ」

紫織は半開きの唇から淫らな言葉を出そうとはしなかった。光滋に見下ろされているのさえ恥ずかしいというように、顔を背けようとする。その表情が光滋には魅力だった。紫織が消極的であればあるほど、かえって光滋は欲情する。

光滋はまず正常位で紫織を突いた。そして、両足を肩に担いだ。

「いやあ！」

紫織は足を下ろそうと躍起になった。深い結合をいやがっているのではなく、破廉恥な繋がりを恥じている。その焦りも光滋には心地よかった。

「奥の奥まで俺のものが入ってるだろう？　もっともっといろんな繋がり方があるんだ。少しずつ教えてやる」

光滋はできるだけ破廉恥な体位でひとつになりたかった。結合を解いて紫織をひっくり返した。腰を掬って掲げた。紫織は尻を落とそうとした。

「動くな！　犬の格好で繋がるんだ。後ろからだって繋がることができるんだ」

いや、と激しい拒絶を口にしながら、紫織は前に進み、うつぶせになった。光滋は尻たぼを二、三度打擲した。ヒッ、と叫びが迸った。

「動くなと言ったはずだ。また括られて吊されたいのか。それでもいいんだぞ。立ったままかわいがってやってもいいんだ。括られたいならそのままでいろ。いやなら尻を上げろ。さっさと四つん這いになれ。待たないぞ……そうか、鴨居に吊されたいってわけか」

光滋が次の行動に移るのを察知した紫織は、慌てて四つん這いになった。光滋は紫織の背後に跪くと、くっついている膝を肩幅ほどに割った。光滋のものを受け入れていた秘口は微かに開いて潤み、花びらはぼってりとしていた。紫織の太腿は恥じらいに震えた。

「見ないで……お兄ちゃん、見ないで」

肩越しに振り返って光滋を見つめた紫織の目が弱々しいほど、光滋の血は騒いだ。

「これからふたりきりのときは、お兄ちゃんと呼ぶのはやめろ。光滋と言うんだ。あなたでもいい。言って見ろ」

「言えない……お兄ちゃん、見ないで」

紫織は鴨居に吊されたくないために、尻を落としたいのを辛うじて耐えていた。

「いやらしい眺めだ。尻を落としたら、すぐに括るからな。こんな格好をしてると、おまえの性器は丸見えだ。アヌスまで見える。ぬるぬるをいっぱい出して、何ていやらしいんだ。太い奴が欲しいくせに。そうだろう？」

「見ないで。見ないで」

小刻みに震えていた太腿が、羞恥と緊張のために恐ろしいほどぶるぶると震え出した。

「これ以上見られたくないなら、太い奴を入れてくださいと言えよ。そしたら見られずに済むぞ」

躰を支えている四肢が折れてしまいそうなほど総身が揺れている。

「入れて……ください」

強制されて口にした言葉とはいえ、光滋の屹立はひくひくと反応した。

「太い奴をだろう？　もっとはっきりと言え」

「大きいのを……入れてください」

「どこにだ。えっ？　どこに入れるんだ？」

さらに意地悪く光滋は尋ねた。

「ヴァギナに……ばか！　お兄ちゃんのばか！」

紫織は動かせる唯一の首を激しく振りたくった。黒髪が躍った。紫織は猥褻な四文字を知らない。光滋は紫織の口からその言葉を出させたくはなかった。ヴァギナで十分だった。

光滋は屹立を背後から押し込んだ。紫織の背中が反り返った。

「犬の格好でも入るのがわかっただろう？　人間も動物だ。これがいちばんいいのさ。紫織、いい格好だ。私はこの格好でされるのが好きですと言ってみろ」

紫織は首を振って即座に拒絶した。

「言えよ。好きなはずだ。おまえは恥ずかしい格好が好きなんだ。うんと恥ずかしいことをされて、最後に優しくされるのがいいんだ。そうだろう？」

紫織はただ首を振り立てていた。

光滋はくびれた腰を掴んでゆっくりと抜き差しした。癖のない紫織の髪は、光滋の腰が動くたびに肩のあたりで揺れる。破廉恥な体位で交わっていても、紫織の躰と髪の毛は優雅に舞っている。

破瓜のときの激しい苦痛を忘れたように、紫織は突かれるたびに女の声を洩らした。だが、まだ女壺の性感は開発されておらず、快感より淫猥な姿で交わっている羞恥の方が大きいだろう。

「この格好でされるのが好きですと言え」

紫織は、いやを繰り返すだけだ。

光滋は女園に手をまわして結合部を確かめた。肉杭によって広げられた秘口が指先に触れた。妖精と見まがわれてもおかしくないような紫織がメスにされ、オスの太い器官を押し込まれている。その猥褻さに、光滋の指先に電流が流れた。

「言え。紫織、言ってみろ。淫らになれ」

光滋は肉の豆を探すと、包皮の上から揉みしだいた。途端に紫織の反応が鋭く返ってきた。

「さあ、言えよ。この格好が好きですと。それとも、私は淫らな女ですと言うか？　もうオマメがコリコリしてきたじゃないか。そんなに感じるか」

堪らないというように、紫織は顎を突き出したり首を振ったりしながら、内腿を大きく震わせた。

「言えよ。言わないとこのかわいいオマメを捻り上げるぞ」

口を開かない紫織に、光滋は包皮ごと肉の豆を抓り上げた。

悲鳴を上げた紫織は、フライパンに載っているような勢いで跳ねた。

「もう一度抓られたいか」

「しないで！　この格好が……好きです」

「紫織はこの格好でされるのが好きですと、ちゃんと言えよ」

光滋は火照っている肉の豆をいじり続けた。

「紫織は……この格好でされるのが……くっ……好きです」

四つん這いの姿で全身を震わせながら、紫織は喘ぎを伴った声で言った。

「そうか、そんなに好きなら、この格好でいかせてやる」

光滋は入口近くを屹立の先で擦った。浅いところを玩び、ときどき深く押し入れた。

紫織の口から、これまでにない甘やかな声が洩れた。光滋は紫織がこのまま法悦を極めるかもしれないと期待した。

「これがいいのか」

「おかしくなる……おかしくなるの」

啜り泣きの混じったような声は、紫織がこれまでにない快感を得ている証だった。

光滋はラストスパートに入りたい欲求を抑え、入口付近への刺激を執拗に与えては深く押し入った。

「お、お兄ちゃん……おかしくなる」

光滋は尻から背中にかけてぞくぞくした。紫織が外性器ではなく、膣で感じているのだ。

「やめろ！」

ふたりだけの世界に不意に押し入ってきた男の声に、光滋と紫織の躰が凍りついた。深く結合していた躰が離れた。

「いつから……いつからだ！」

かつて見たこともない仁王のような顔をした雅光が立っていた。

「いつからだ！」

玄関は閉めたはずだ。どうして雅光がそこにいるのか、光滋には見当もつかなかった。紫織は足元の毛布を取って裸身を隠し、哀れなほど怯えていた。

「おまえ達、何をしているかわかってるのか！　兄と妹でありながらおまえ達は！　いつからこうなったか答えろ！」

パニックに陥っていた光滋は、兄と妹でありながらという雅光の言葉に自分を取り戻し、激しく反発した。

「俺達は元々他人だ。血の繋がりもない。兄と妹というのは親父の勝手な言いぐさだ。俺達は男と女だ。俺は紫織といっしょになる。一昨年の夏に東京で紫織を抱いた。だから、俺は戻ってきたんだ。紫織といっしょになるために戻ってきたんだ」

「バカ野郎！」

雅光の平手が光滋の頰に飛んだ。強力な平手だった。裸の光滋は仰向けに布団に倒れ込んだ。雅光は光滋を追い、馬乗りになって左右の頰を何度も平手で叩きのめした。

「やめて！　お父さま、やめてっ！　いやあ！」

　紫織は悲痛な叫びを上げながら、光滋から雅光を引き離そうとした。鼻血の雫っている光滋から、ようやく雅光が離れた。

「紫織、服を着ろ！　二度と光滋には会うな！　親に嘘をついてまでこんなことをしていたとはな。さっき、おまえが今夜泊まると言っていた友達から、おまえに電話があった。嘘をついて外泊するからには男友達でもできたのかと思ったが、胸騒ぎがしてここに来てみたんだ」

　雅光は鍵の掛かっていなかった台所の窓から忍び込んだのだと話した。

「藤絵が知ったらどんなに哀しむか。おまえという奴はどこまで」

　怒り狂った雅光のこめかみに、蚯蚓のように青筋立った血管が浮かんでいた。

「俺が何も知らないと思っているのか！　おまえがやったことを、藤絵は知らなくても俺は気づいてたんだ。だが、紫織をかわいがるおまえの気持ちだけは純粋だと信じてたんだ。それをおまえという奴は！」

　やはり雅光は、光滋が藤絵を抱いて孕ませたことに気づいていたのだ。藤絵にとって不可抗力だったことも知っているのだ。だから、藤絵を責めることも、光滋の仕業だと告げることもなかったのだ。

「俺がやったことって何のことだ。教えてくれ。俺が何をしたっていうんだ！」

あの事実を気づかれていたとしても、否定しなければならない。妊娠するはずのない藤絵が孕んだのは事実でも、雅光はあの現場を見ていない。どう疑いをかけられようと、肯定しなければいいのだ。藤絵にその事実を告げたいという悪魔的な思いが過ることはあっても、雅光にだけは知られたくなかった。

「おまえという奴は！」

雅光はまた光滋の頬を殴りつけた。今度は平手ではなく、拳だった。

紫織が狂ったような叫びを上げた。

「いつまでそんなみっともない格好でいるんだ。さっさと服を着てこい！」

決して紫織を叱ることがなかった雅光が、裸の紫織を隣室に押しやった。紫織は泣きながらよろける足で脱衣場に向かった。

「俺は紫織が好きだ。紫織以外の女は愛せない。父さんは母さんが死んで再婚しないと言いながら、そっくりの女が現れたらいっしょになった。継母さんは俺とは七つしか違わないのに、父さんとは十六も年下だった。継母さんと呼ぶことがどんなに辛かったかわかるか。俺は辛くて家を出たんだ。俺の気持ちなんかわからなかっただろう？」

光滋は挑むような目で雅光を見つめた。

「おまえは納得したじゃないか。だから再婚したんだ。それが、おまえという奴は」

また雅光が吐き捨てるように言った。

「死んだ母さんに似すぎていたからだ。だけど、いくら似ていても母さんとは違う。今度は紫織がやってきた。継母さんの姪だから、継母さんによく似ていた。会うたびにそっくりになっていった。だから、俺を産んだ母さんにもそっくりだ。好きになって当然だろう？　紫織がほかの男のものになるぐらいなら、紫織を殺して俺も死んだ方がましだ。俺は紫織と暮らす。ここはそのために建てた家だ」

「許さん！　絶対に許さんぞ！」

「俺は紫織が好きだ。養子を解消すれば済むことじゃないか！」

「紫織は私の娘だ。おまえの妹だ。私も藤絵も絶対に許さんぞ。二度と紫織に近づくな。おまえは勘当だ。今後いっさい香西家とは縁がないものと思え。おまえの祖父さんの土地を処分して、それなりの金は分けてやる。縁切りの金だ」

雅光は両方の拳をぎゅっと握った。そして、光滋を睨みつけると背を向けた。

ほんの数秒、雅光の後ろ姿を見つめていた光滋は、我に返って後を追った。

薄桃色のセーターとスカートを着た紫織が、肩を震わせながら泣いていた。その紫織の腕を鷲づかみにした雅光が、怒りを全身に表しながら玄関に引きずっていった。

「待て！　紫織はここで暮らすんだ。俺の紫織を連れていくな！」

「これ以上、私を怒らせるな。紫織、さっさと来い！」

光滋に威圧的な口調で言った雅光は、紫織を乱暴に引っ張った。

「紫織、行くな！　ここに残るんだ！　紫織！」

「さっさと来い！」

雅光に強引に引っ張られて行く紫織は、何度も光滋を振り返った。しかし、ここに残るとは言わなかった。うちひしがれた苦悩の泣き顔を残して、やがて光滋の視野から消えていった。

車が走り去る音がした。後には残酷なほどの静けさが残った。世界が灰色になった。よろよろと奥の和室まで戻った光滋は、まだ紫織のぬくもりが残っている布団に裸のまま崩れ落ちた。灰色の世界さえ消え去り、自分ひとりだけが生き残ったような気がした。光滋は発狂しそうなほど孤独だった。

やがて灰の中の埋《うず》み火《び》が燃え上がっていくように、頭の中が真っ赤になった。怒りの炎だった。

仕事などできるはずがなかった。光滋は紫織を連れ戻すために、深夜の藤窯をうろついた。

車では目立つかと、藤窯から少し離れたところに車を隠し、叢《くさむら》や木陰に隠れて屋敷を窺った。紫織が庭先に顔を出すことはなかった。

電話を掛けても、紫織が出ることはなく、藤絵も不思議と受話器を取ることはなかった。雅光の声がすると、光滋はそのまま電話を切った。

あっというまに一週間が過ぎた。

陶工の脇田が工房を出て居候している椎名の家に戻るのを、光滋は待ち伏せした。叢からひょいと出てきた光滋を見て、脇田がぎょっとした。

「俺の顔、そんなに怖いか」

光滋は笑ったつもりだった。だが、この一週間、殆ど満足な食事も摂っていない。さほど濃くないとはいえ、無精髭も生えている。頬が痩けて青白い唇をした光滋の顔は、脇田を驚かせて当然だった。

「尋ねたいことがあるんだ」

「申し訳ありません……光滋さんには何も喋るなと先生に言われています」

「何も喋るな、か……おまえ、何を知ってるんだ。何を聞いた？」

「何も……だから、何を聞かれても答えようがありません」

「紫織は家にいるのか。恥を承知で聞くんだ。俺は紫織が好きだ。ずっと好きだった。親父が引き離そうとしても、俺は諦めない。俺と紫織は血が繋がっていないのは知ってるだろう？　紫織を好きになるなと言うほうが無理だ。なあ、紫織は家にいるのか」

「何も言えません……先生にお世話になっている以上、僕には答えられません。わかってください」

脇田は心苦しそうに深々と頭を下げた。

「わかった。俺は今から家に行って、親父を傷つけてでも紫織を連れ戻す。ひょっとしたら、親父を殺すかもしれない」

光滋は薄く唇をゆるめた。

「待ってください。無茶はしないでください。頼みます」

ただならぬ光滋の気配に、脇田が慌てた。

「紫織はいるのか」

「……いらっしゃいません」

「どこにいるんだ」

「僕にもわかりません。一週間前から奥様といっしょにいなくなってしまったんです。暫くふたりは戻ってこないと、先生はそれだけおっしゃいました。今は賄いの女性を雇って掃除や炊事をしてもらっています」

雅光は紫織だけを隔離しても逃げるかもしれないと思ったのか、見張り役として藤絵をつけて、どこか光滋の手の届かぬところへ連れていってしまったのだ。たとえどんな手段を取って雅光に迫ってみても、決して雅光は口を開かないだろう。殺されても沈黙を押し通すことは目に見えていた。

光滋は歯ぎしりした。

「早まったことはしないでください。頼みます。光滋さんは立派な陶芸家にならなければならない人です。その才能があるんです。今はどうか作品を作ることだけを考えてください。あの初窯の作品の出来を見れば、これからどんな素晴らしいものができるか想像がつくじゃありませんか」

「今の俺には土を捏ねることもできないんだ。紫織がいないと何もできないんだ。ばかだと笑いたいか」

「先生の気持ちもわかりますし、光滋さんの気持ちもわかります。もう少し辛抱してくださ い。先生もいつかわかってくれるかもしれません。ともかく、今はいい作品を作ることしかないじゃありませんか。窖窯を無駄にするんですか。作品で先生を納得させてください」

「優等生の言葉だな」

光滋は鼻先で笑うと脇田から離れた。

翌日から、紫織の通っているはずの短大の校門を見張った。四日経っても五日経っても紫織の姿はなかった。苛立った光滋は親戚の者だと偽り、緊急だと言って校門の見える電話ボックスから学校に電話した。

入学して間もないというのに、退学したと言う事務員の言葉に光滋はあぜんとした。徹底的な隔離だった。雅光の光滋に対する憎悪を感じた。光滋も雅光への憎しみを募らせた。

雨戸を閉めたままの上座の和室に横になって、光滋は欄間をじっと見つめた。赤い縄で吊り下げられ、人の字になった紫織の白い総身が、新築祝いの夜にそこにあった。つい半月前は、この布団の上で紫織と光滋はひとつになって揺れていた。その秘密の行為を覗かれ、引き離され、それから依然として紫織の行方がわからない。

半月で窶《やつ》れた光滋は、広々とした和室で、目だけを魔物のように爛々と輝かせていた。

深く愛するあまり、そのたびに、光滋は紫織を破廉恥にいたぶった。紫織はいつも受け身だった。もしかして、紫織は引き離されたことを喜んでいるのではないか。そして、ほかの男との愛を育んでいるのではないか。それを藤絵は喜び、雅光も見守っているのではないか。結婚の話が進んでいるのではないか。誰かに抱かれているのではないか……。

次から次へと不安が過っていく。

「琴夜……おまえは大切な友禅を紫織に着せてくれと形見にくれたんだったな。だけど、本当は俺から紫織を引き離したいんじゃないのか……琴夜、何とか言ってくれ」

薄闇の中に琴夜は現れなかった。

「おまえを失って紫織まで失ったら、俺はどうすればいいんだ。琴夜、出てこいよ。琴夜……」

光滋は恐ろしいほど孤独だった。半身を起こし、床の間の香合の蓋を開けて、琴夜の数個の骨の中から、一番小さなひと欠片を出した。豊満だった琴夜の躰を支えていたとは思えない軽すぎる欠片だ。

光滋は握り締めたあと、匂いを嗅いだ。今も鼻腔に染みついているあの甘やかな琴夜の香りも肌の暖かさもなかった。それは自分の目で確かめて盗んだ琴夜の躰の一部だというのに、今はそれさえ自分を拒んでいるような気がした。

琴夜の小指だったかもしれないと思えるほど細い骨の欠片を口に運んだ光滋は、先の方をわずかに噛み砕いた。舌の上でざらざらと粉になった。光滋は憑かれたように一片の骨を噛み砕いて呑み込んでいった。

喉に何かが引っかかっているような違和感を覚える。光滋は台所に足を運んで日本酒の一升瓶を開けた。普通の湯呑より二回りほど大きな鼠志野の湯呑に溢れるほど酒を注ぎ、水のように一気に呑み干した。喉のざらつきが消えた。食道を通って胃に辿り着いたアルコールは、胸のあたりをかっと燃やした。

光滋はもう一杯、なみなみと湯呑に酒を注ぎ、それも乱暴に呑み干した。昨夜から殆ど何も食べていない。頭がくらくらした。光滋はその場に倒れそうになった。

「だめよ。そこで寝ちゃ。光滋、こっち」

「その着物、どうして……」

手描き友禅、高井想月の〈華炎〉を着た琴夜が光滋を手招きしていた。

漆黒の闇に噴き上がる真っ赤な情念を表したような見事な着物は、琴夜が形見分けしてくれたものだ。その華麗な着物を、光滋はまだ誰にも見せていなかった。紫織には、いっしょに暮らしはじめてから着せてやるつもりだった。

なぜ琴夜がその着物を着て、華麗な揃いの帯を締めて手招きしているのだろう。

琴夜に誘われ、光滋は布団の敷いてある奥の和室へとふらふらと向かった。

「私の骨を食べちゃうなんて。でも、嬉しい。今度はこの私を食べて……」

肉感的な視線で見つめる琴夜は、朱の紅で濡れている唇を動かした。骨を食べたことで、ようやく琴夜に想いが通じたのだと光滋は思った。

琴夜は光滋のパジャマを脱がせていった。

「今度は私の帯を解いてちょうだい」

琴夜はじっと立っている。

手慣れた仕草で光滋は帯締めを解いた。帯を解くと、仄かな香りがこぼれ出た。琴夜が好きだった質のいい伽羅の香りだ。

琴夜の着物には、いつも伽羅の移り香があった。畳紙の隅に伽羅を忍ばせておき、十分に香りを移しておく。それを、着る前に衣紋掛けに掛ける。その間に移り香は部屋にこぼれ、琴夜が着物を着るころには、仄かな香りとなっていた。強すぎず弱すぎず、品のある粋な香りだ。懐かしい伽羅の移り香が、光滋の鼻腔に心地よかった。

光滋も伽羅を部屋で炷《た》くことがあった。けれど、琴夜の着物に籠った香りは実に淡く、甘やかな琴夜の体臭と混じり合って、世界にひとつしかない香りになっていた。目の前の琴夜から、その香りがこぼれ出し、部屋の空気を風雅な色に染め変えていった。

光滋は華麗な着物を琴夜の肩から落とした。孤独な心を灼き尽くしてくれるような友禅の深紅の炎《ほむら》は、肉欲の炎《ほむら》ともなって、琴夜と自分を覆い尽くしそうだ。

友禅の下から真っ赤な炎《ほむら》が現れた。光滋ははっとした。男達を欲情させる朱の長襦袢だ。

「琴夜……」

光滋の声が震えた。

何もかもが生きていたときの琴夜と同じだ。逝ったあとも、ときおり光滋の前に現れていた琴夜。しかし、こうして躰に触れることはなかった。ある間隔をおいて静かに語り合うこともあれば、見つめ合うだけで終わることもあった。それが、今夜の琴夜は自分から手招きし、帯を解いて抱いてくれと言っている。

長襦袢の上から抱くと、その下には豊麗な総身があった。全体のふくらみから体温が伝わってくる。光滋は布団に琴夜を横たえた。唇を塞ぐと、琴夜はすぐに舌を差し入れてきた。ねっとりした妖しい舌が光滋の舌と絡み合って、唾液をむさぼっていった。

長襦袢の色のように紅く熱い琴夜の躰が、光滋の股間のものを雄々しく立ち上がらせた。唇を離すと、琴夜は舌先をちろりと出して、光滋の唇を追おうとした。だが、長襦袢を割って琴夜の半身を剝き出しにすると、漲った白い乳房がぽわんとまろび出て、光滋はふたつのふくらみに吸い寄せられた。乳首を口に含むと、噎せるような柔肌の匂いがした。

夢中になって、吸い、捏ねまわし、舌先でつついた。そうしながら、裾を捲りあげ、肉付きのいい太腿を摑んだ。掌に吸い付いてくるようなむっちりした柔肉だ。光滋は湿った鼻息を乳房に噴きこぼしながら、内腿の手を付け根へと動かしていった。

長襦袢の下には肌襦袢も湯文字もなく、琴夜は光滋を煽るためだけに紅い衣装を身につけているようだった。

濃い毛叢を掻き分けて、ほっくらした土手の割れ目に指を入れると、すでにそこは熱いぬかるみとなっている。

光滋は懐かしい女壺に屹立を突き立て、深々と沈めていった。蠢いているような肉襞が、屹立をやんわりと締めつけてくる。じっとしていても、じわじわと絶頂に追い込まれていくような気がした。

「琴夜……」

結合部を更に強く押しつけながら、光滋は豊満な躰を抱きしめた。

「いけない人……お仕事もしないで。だからお説教にきたのよ。明日からは真面目に働いてちょうだい」

琴夜は口ではなく、目で話している。耳にではなく、心に直接響いてくる。

「こんなにだらしない生活をしていてどうするの？　こんなだらしないことで紫織さんを迎えられると思ってるの？　お父さまをあっと言わせるような器を作れなくて、どうしてお父さま達が大切に育ててきた紫織さんを引き受けられるの？　私でもいや。こんなだらしない光滋はいや。私の骨壺はどうなるの？　光滋とこうして楽しむのは今夜だけよ。約束して。いいものを作るって。器を作らない光滋に魅力はないわ」

琴夜はそれだけ言うと、腰をくねらせはじめた。何人もの男を楽しませてきた女の、流れるようにゆるやかな動きだ。肉襞や秘口を蠢かせながら腰をくねらせては、ときどき突き上げてくる。

光滋は熱い息を吐きながら、琴夜の巧みな動きに身を任せた。乱れきった緋の長襦袢をつけたまま動いている琴夜は、まるで一昔前の廓《くるわ》から抜け出してきた女のようだ。ほつれ毛も艶やかに、妖しい笑みを浮かべながら、光滋を悦楽の淵に追いやっていく。

下にいた琴夜が横になる。そして、上になって、乳房をゆさゆさと揺らしながら腰を浮き沈みさせる。

光滋は白濁液を噴きこぼすたびに、全身を駆け抜けていく火の玉に声を上げた。気をやれば、激しい疲労と倦怠感に暫くぐったりするはずが、あまりに扇情的な琴夜の魅力に、すぐに男は甦った。

琴夜の動きに任せていた光滋は、ようやく自分から動きはじめた。太腿を持ち上げ、肩に担いで、女壺の底を穿つ。背中を向けた琴夜を膝に抱いて、後ろから捏ねまわす。そのまま躰を倒して、仰向けの光滋の上に仰向けの琴夜を載せ、下から子宮を突き上げる。疲れると、そのままの姿勢で琴夜の花びらや肉の豆をいじりまわした。

「光滋……」

「いいか」

「いい……たまらないわ」

艶めかしい喘ぎを聞きながら、光滋は琴夜の膝裏を掬い上げた。繋がった秘所が剝き出しになった。上に重なっている琴夜が濡れた唇を半開きにして、美しい眉間を寄せている。

「こんないやらしい格好をさせるなんて……」

「琴夜はいやらしいことが好きだからな。腰、動かせよ」

「こう？　こんなふうに？」

ぐりぐりと腰を左右に振った琴夜に、光滋は、おおっ、と声を上げた。

ふたりは次々と体位を変えた。獣になって汗を雫らせながら、ひとつになった躰をくねらせ、擦り合わせ、浮き沈みさせた。あるときは光滋が前や後ろから琴夜の女園を舐めまわし、蜜を啜った。そうかと思えば、琴夜が屹立を口いっぱいに含み、蛞蝓《なめくじ》のように舌を這わせていった。

床柱に押しつけた琴夜を、立ったまま穿った。立っている光滋を、髪を乱した琴夜が跪いて愛撫した。屹立を口で、玉袋を両手で揉みしだいた。

布団からはみ出して、八畳の和室の隅から隅まで転げまわった。淫猥な熱気に満たされた和室全体が、オスとメスの体温で熱くなった。乱れきった緋色の長襦袢が琴夜の躰から離れずに、妖しい場をつくる淫靡で誘惑的な小道具になっていた。

激しく長い交わりに、琴夜の秘所が真っ赤な血を噴き出しているようにぬらぬらと光っている。花びらが充血してぼってりと咲き開き、肉の豆が包皮から大きくなった真珠玉を覗かせていた。

光滋は菊花を指で揉みほぐした。身悶える琴夜は、それでも自分から四つん這いになり、光滋を後ろで受け入れる姿になった。

光滋はきつい裏門に屹立を押し当て、ゆっくりと沈めていった。

琴夜の四肢がぶるぶると震えた。光滋の剛棒は食いちぎられそうになった。

「凄いぞ……痛くないか」

「好きにしていいのよ……でも、約束を守ってね」

琴夜は四つん這いのまま、淫らに腰をくねらせた。光滋は抜き差しを開始した。脳天が爆発しそうになった。

やがて、琴夜とともに細胞のすべてが弾け飛んでいった。

目を覚ました光滋は気怠さを感じた。そして、激しい性の宴を思い出し、琴夜の名前を呼びながら飛び起きた。

薄明かりが点っているが、雨戸を閉め切っているために、和室は薄暗い。光滋は隣の和室に行き、そこにも琴夜がいないのを知ると、居間への襖を開けた。眩しい光が目を射った。午後の光だった。

「琴夜！　琴夜！」

光滋は家の中を探しまわった。昨夜の行為が夢とは思えなかった。琴夜の肌のぬくもりや喘ぎが残っている。

工房まで探した。琴夜はどこにもいなかった。光滋はうなだれながら和室に戻った。仄かな伽羅の香りが鼻腔を刺激した。間違いなく琴夜の匂いだった。

『好きにしていいのよ……でも、約束を守ってね』

最後の琴夜の言葉が生々しく甦った。

光滋は琴夜の骨を入れている香合を開けた。骨の欠片がひとつ少なくなっていた。鼻をつけて匂いを嗅いだ。そこにも伽羅の香りが漂っていた。

第十一章　紫の女

琴夜との激しい交わりで憑き物が落ちたように、光滋は轆轤を挽きはじめた。仕事もせず、紫織を思って女々《めめ》しい時間を無為に過ごしていた腑甲斐ない男には、琴夜の言ったように、紫織を迎える資格はない。一人前の陶芸家にならなければ、紫織を食べさせていくこともできない。蓄えは減る一方で、そう遠くない将来、底を突くのはわかりきっている。

光滋は夜が明けるころ起き、まず米を洗って電気釜のタイマーを三時間後に合わせてスイッチを入れるようになった。

炊き上がるまでの三時間、体力を維持するために、散歩がてら山を歩く。志野焼にもっとも相応しい百草土を採取するためもある。自然が消えていきつつあるだけに、百草土の採取は困難になっている。百草土を業者から手に入れるには、高い代価を払わなければならなかった。それでも、光滋は陶芸家を目指す強い意識に目覚めていた。

最高の土、最高の技術、最高の窖窯、最高の窯焚き、紫織の存在……。そこから、光滋の目指す名品が生まれるだろう。

光滋は山から戻って簡単な朝食を作って食べると、工房に入って、まずは昼まで轆轤を挽いた。荒い百草土を轆轤挽きしていると、指紋さえ消えてしまいそうだ。

光滋は抹茶碗に力を注いだ。半筒形のものが多く、口や腰、胴などに変化をつけ、あるものは豪快に、あるものはふっくらやさしく形成した。大きさもさまざまだった。

抹茶碗のほかに、琴夜の骨壺を作ることも忘れなかった。琴夜が生前に決めていた寺に納めてある骨を入れる骨壺のほかに、持ち帰った骨を入れる小さな器も作らなければならない。小さな器に入った骨の方は手放さないつもりだった。紫織と暮らすようになる日がきても、自分が生きている間は琴夜を供養したかった。琴夜の骨の一部を狂ったように食べてしまったことも、今は幻だったような気がする。しかし、確かに一片の骨は消え失せた。

轆轤が回る。土に窪みをつけ、広げていく。胴を引き上げて茶碗の形を作っていく。土は女だ。

光滋は工房に入ってからは一切のことを忘れ、ひたすら轆轤を挽こうと思った。だが、いつしか女を思い浮かべることによって、微妙に味わいの違う器を作っている自分に気づいた。

初めての女、人妻だった二十五歳の絵里子は、歳の離れた実業家の夫と暮らしていた。ふたりきりになったときのゆとりのある笑み。黒いシルクのスーツと黒いインナー。ガーターベルトの眩しさ……。

童貞を失うのはこんなにたやすいことだったのかと、あのとき光滋は思った。それから女遍歴がはじまった。何人の女達を抱いてきただろう。

童貞を失って二カ月後、琴夜は数人目の女だった。今になって、琴夜と深い縁《えにし》で結ばれていたことがわかる。別れてから琴夜の愛を知った。そして、亡くなってから本当に結ばれた……。

光滋は過去の女達を思い浮かべながら轆轤を挽いていく。それぞれの女達の雰囲気が違うように、同じ女でも、日によって微妙に感じが違っていた。その微妙さがさまざまな器を形成していった。桐子や継母藤絵を浮かべていることもある。

あるときは、生まれて初めて本気で怒り、自分を殴った仁王のような雅光の顔を思い浮かべていることもあった。そんなときは、腰の張った重々しい抹茶碗が出来上がった。立派な鼠志野に焼き上がればと思った。雅光に対して憎悪しか抱いていないと思っていた光滋は、そんなとき、父に対する憎しみが消えていることを知ってはっとした。

藤絵を抱いたことを知られた時点で、勘当されて当然だった。それを、雅光は胸の奥深くしまい込み、普段と変わらぬように光滋に接していた。紫織のことにしても、目に入れても痛くないほど可愛がっていただけに、紫織を抱いたのがほかの男だったとしても、結婚という儀式を経ずに奪ったとなれば、やはり雅光はその男に対して怒り狂っていたのかもしれない。

雅光の怒りが理解できるようになった。だが、紫織と引き離されることは納得できなかった。紫織を想わない日はない。いい器さえ作っていれば、いつか必ず紫織は戻ってくると信じたかった。ほかの男の腕の中にいる紫織が浮かぶこともあるが、自棄酒を呑むわけにはいかない。ただ信じて待つこと。光滋にはそれしかなかった。

夏が近づいている。その前に一度窯焚きをしておかなければならない。夏は窯の温度が上がりにくくなる。対流の関係で煙突の引きが悪くなる。昔から、土用に窯焚きはしない。冬の方が綺麗に焼き上がることが多い。燃料も夏より冬場の方が少なくて済む。

窯焚きは、作品が揃えば窯に入れて火をつければいいというものではなかった。風、雨、気温など、さまざまな自然の影響を受ける。いくら慎重に計算しても、計算どおりにはいかない。すべての好条件が揃っても、薪一本のくべ方で失敗することもある。体力と気力のすべてを結集して挑まなければならない。火との闘いは自分との闘いなのだ。

ただ、いくら頑張ったところで、たったひとりで数日も徹夜を続けて火止めまで持っていく自信はない。三日ほどは体力がもったとしても、あとは朦朧として、まともに窯焚きを続けられるとは思えない。

光滋は初窯では五日焚いたが、今回は三日にしようかと思った。それが体力の限界だろう。

しかし、上等の百草土を使い、轆轤挽きも気に入って、釉薬にも期しているものがあるだけに、安易な妥協はしたくなかった。

五日ではなく、それ以上の日にちをかけてじっくりと焼き上げたいというのが光滋の夢だ。夢が遠のくようなことはしたくない。作品は揃ったが、何日焚くかで光滋は悩んだ。悩むだけ夏が近づく。よけいに焦った。友達はいくらでもいるが、素人に手伝ってもらえるような安易なものではない。

そんなとき、脇田が工房にひょっこりやってきた。

「休みなんです。いえ、僕だけですけど」

紫織の居所がわかったのではないかと、光滋は緊張した。

「あの……紫織さんのことはわかりません。本当です。ときどき奥さんは戻ってこられますけど、聞けるはずがありませんし。すみません……」

光滋の心を見抜いているように、脇田からそう言った。

「いや、いいんだ……元気にしているかどうか、それだけでも知りたいが、お袋に会うわけにもいかないだろうし、電話するわけにもいかないからな」

「元気だそうです。それだけは奥さんにさりげなく尋ねました」

「そうか。それならいいんだ」

紫織はどこで何をしているのか。遠くからでもいい、一目会いたいと、光滋は苦しいほどの愛しさをつのらせた。

「そろそろ田舎に戻ろうかと思うんです」

「跡継ぎだもんな。先月いっぱいと言っていたんじゃなかったか？」

「ええ、もういつでも帰っていいことになってるんです。でも、光滋さんの窯焚きの手伝いができるなら、それまで残ってもいいんです。窯焚きはひとりじゃ無理です。ほかに誰かいるならこんなことを言うつもりはありませんでしたが、ほかに誰もいないようですし」

「手伝ってくれるのか！」

光滋は思わず身を乗り出した。

「いつから焚いてもいいんだ。一日も早く焚きたいんだ。だけど、どのくらい焚くかで悩んでたんだ。ひとりじゃ、いくら頑張っても三日だろうし」

「三日だってひとりじゃ無理です。その間、どうやって飯を食うつもりです。徹夜すれば済むってもんじゃないでしょう？　無茶なことを考えますね。いつから焚きますか。明日からと言われても困りますが、明後日からなら何とかなります。藤窯に明日限りと言ってきます。いつ辞めてもいいと了承してもらっているから大丈夫です」

「明後日から……ほんとにいいのか？　大丈夫なのか」

脇田が神のように見えた。

二度目の窯焚きも窯を清める小さな儀式から始まった。初窯と同じ五日間焚くことにした。食事は休息を取るとき、近くで出来合いのものを買ってきて食べた。

光滋はひとりで焚かなければならないかもしれないと思っていたとき、何とか徹夜してと考えていたが、食事のことや生理作用をすっかり忘れていたことに気づいた。追い込まれて余裕をなくしていたことに我ながら呆れた。薪で焚くからには、所詮ひとりで窯焚きなど無理なのだ。

仮眠は、焙り、攻め、ねらしに応じて、臨機応変に、三時間ほど交代で取った。ふたりの布団は和室に敷きっ放しだった。

窯焚きが終わって焚き口を閉じたとき、ふたりは言葉もなく和室に転がり込んだ。そして、死んだように眠りに落ちていった。

一週間おいて窯出しになった。その間、脇田は光滋の家に寝泊まりした。男ふたりの生活になると、夜は酒を呑みながらやきものの話になり、あっというまに深夜になった。さすがに光滋は、日の出とともに起きることはできなくなった。

入口の煉瓦を外し、光滋が窖窯に入っていく。不安や期待で緊張するひとときだ。

外で待つ脇田に焼き上がった作品を渡していった。初窯で上出来の三点があっただけにそれ以上のものを期待していたが、特別に心騒ぐような作品はなかった。よくもなく悪くもなくといったところだ。

「欲張りすぎたな。ついあれもこれもと思ってしまうんだ。秋からは三カ月に二回ほど焚くとして、今度は同じ釉薬だけを揃えて入れることにしよう」

「最初のうちはあれこれやってみた方がいいですよ。一回二回で大成功じゃ、長くやっている陶工達はたまったもんじゃありません。でも、店に出すでしょう？　食べていかなくちゃなりませんからね」

「親父の売店に出してくれとは言えないし、知り合いに頼むつもりで、話はしてある」

「これはいいと思いますよ」

脇田は紅志野の骨壺を撫でた。

「水差しですか」

「いや、骨壺だ。いつか和服の銀座のママが来たことがあっただろう？　あの人に作ってくれと頼まれてるんだ。寺にお骨が納められてるから、早く作ってやらないといけないと思うんだが、よほど気に入ったものでないと申し訳ないしな。それもまだだめだ」

光滋は自分に助っ人を申し出た脇田に、他人に秘めていたこともぽつぽつと話すようになった。この男なら信用できる、共鳴してくれるに違いないという気がした。

「ときどき琴夜が出てくるんだ。出てくるったって、ちっとも恐ろしいことはない。俺が出てこいと呼んでいることもある。紫織がいなくなって、酷い生活をしてたんだ。工房にも入らず、飯も食わず、酒を呑んで……。そしたら、琴夜から説教されて怒られた。それでまじめに轆轤挽きをはじめたってわけだ」

「守護霊になってくれてるってわけですね」

「そんなもの、俺にはわからない。だけど、人は死んでも消滅しないってことだけはわかる。肉体が滅んでも魂とやらが残るのか、人の記憶に残っているものだけが不死なのか。ともかく、俺が生きている限り、琴夜は生き続ける。それだけは確かだ」

さすがに、骨を食べたとは言えなかった。

脇田は窯出しから一週間ばかりして、田舎に帰っていった。

また光滋はひとりになった。誰かを雇わなければならない。だが、夏は窯焚きをしない。秋口になるまで、もう少しひとりでいようと思った。誰かを雇って同居するようになれば、紫織が戻ってきたとき、ふたりきりの時間を過ごせない。紫織を思いきり抱いてやることもできない。紫織との暮らしを思い、陶工を雇うことを躊躇っているともいえた。

だが、秋になっても紫織の行方はわからなかった。

光滋はついにひとりの陶工を雇った。ひとり暮らしで女手がないことを理由に、近くの小さな空き家を借りてやることにした。

一、二カ月に一度は窯焚きをするようになった。初窯の〈琴夜〉以上の作品はできなかったが、全体的な仕上がりはよくなってきた。

紫織のことは今は忍耐するしかないと思っていたが、半年以上会えないとなると、冷静ではいられなかった。偶然を装って、藤窯にいるもうひとりの陶工、添島の前に現れて窯の様子を聞き、紫織のことも尋ねてみた。だが、やはり何もわからなかった。

年が明け、春になると、藤絵が戻っているということがわかった。光滋は藤絵を待ち伏せした。買い物には雅光運転の車で出かけることが多く、なかなか声をかける機会がなかった。

雅光はいまだに光滋を意識しているのだ。紫織の居場所を隠し続けるために、藤絵をひとりにさせないようにしているに違いない。藤絵は華道や書道の稽古にも通っていないようだ。雅光が許さないのかもしれない。すでに消えていたはずの雅光への憎悪が、再びふくらんでいった。

仕事がある以上、四六時中、藤絵を見張っているわけにもいかない。それでも、昼間は週に一度ほど、夜になると、できるだけ藤窯の見えるところで張り込んだ。

ある日、ついに藤絵がひとりで外に出た。地味な紺色の紬を着ている。すぐ近くに買い物だろう。光滋は人影がないのを確かめて、慎重に藤絵に近づいた。

声を掛けた瞬間、藤絵は全身に驚きを表して振り返った。

「元気そうだな」

目を見開いた藤絵は困惑しきっていた。

「紫織はどうしてるんだ」

琴夜は首を振った。

「どこにいるかを尋ねてるわけじゃない。どうせ、教えてくれやしないんだろう？　何をしているか知りたいだけだ。入ったばかりの短大を辞めさせたのは親父だろう？　可哀相なことをするもんだ」

「元気なのね？　何度も電話を掛けようと思ったのよ。でも、あの人に口止めされていることを喋ってしまいそうで、いっそ電話しない方がいいと……酷い母親と思ってるでしょう？　許してちょうだい」

「継母さんは俺を憎んでるんじゃないのか。どうしてこうなったか、親父から聞いてるんだろう？　どうして親父が俺と紫織を離したかわかってるんだろう？」

子供を産んだことのない藤絵が、手塩にかけて育てた紫織を、兄の光滋が抱いたとなれば、軽蔑されて当然かと思った。その藤絵が許してと言ったことが、光滋には意外だった。

「困ってることはないの？　ふたりでやってるんですってね。光滋さんの窖窯でいい作品ができるって、陶吉さんが誉めてらっしゃったわ。お店で私も見たわ。お父さんもよ。いい作品だと思ったわ」

藤絵は光滋の作品を置いている陶芸店の名を出した。

「どうして話をはぐらかすんだ。俺は紫織が何をしているか聞きたいんだ。継母さん、知ってるはずだよな？　俺と紫織が深い関係になってたってこと」

「言わないで」

たちまち張りのある美しい顔が曇った。

「継母さんも許さないって言うのか」

「何も言えないわ……紫織のことは一切話すなってお父さんに止められてるの」

「親父は親父、継母さんは継母さんだろう？　何でも自由に喋ればいいじゃないか」

雅光に素直に従っているだけの藤絵に、光滋は苛立った。

「喋りたくないの……」

「紫織のことを喋らないのは継母さんの意志ってわけか」

「いいものを作ってちょうだい。お父さんよりいいものを」

「紫織をどこに隠してるんだ！　いい加減にしろ！」

光滋は初めて藤絵に鋭い視線と言葉を向けた。薄紅の上品な唇が震え、藤絵の目が潤んだ。

「これ、使ってちょうだい」

泣きそうな藤絵は、懐から封筒を出して光滋に押しつけた。

「何だ」

「お金……少しだけど……いつか光滋さんに会えるかもしれないと思って、いつも持ち歩いてたの……もう行ってちょうだい。用を済ませたらさっさと帰らないと叱られるの」

「こんなもの、貰うわけにはいかない」

「邪魔にはならないでしょう？　お願い、私の気持ち。ね、さあ、行って」

藤絵の目尻から涙がこぼれ落ちた。

光滋は押しつけられた白い封筒を持って帰るとき、惨めで苦しかった。

いつ光滋に会うかわからないと、藤絵が幾ばくかの金をいつも用意していたことで、藤絵の思い遣りは痛いほど伝わってきた。だが、紫織のことを何ひとつ聞けなかったことは口惜しい。久しぶりに光滋は、浴びるほど冷や酒を呑んだ。


これまで以上に、光滋は憑かれたように陶芸に打ち込んだ。誰もが認める作品を作り、大きな賞を取りたい。そして、紫織を迎えに行くのだ。

六回目の窯焚きで、漸く琴夜の骨壺にしてもいいと納得できる紅志野の器ができた。琴夜のふくよかな総身を連想させるような丸味を帯びた壺だ。仄かな明かりが点っているような薄桃色の肌は、初窯でできた〈琴夜〉とも似通っていた。

茶碗も何点かいいものができた。やわらかい釉薬に、暖かみのある上品な火色が美しく発色していた。光滋は口縁、腰まわり、見込み、高台と、厳しい目で一点ずつ観察していった。

小さな賞なら間違いなく取れるだろう。だが、光滋は大きな賞を取らなければ無意味だと思った。もっといいものを作りたい。紫織に会うために……。

光滋の轆轤挽きと釉薬に対する研究が、また新たに始まった。

紅志野の骨壺は床の間に置き、香合に入れていた骨を仮に移した。その骨は、立派な香合ができたとき、それに戻し、生きている限り光滋の手元に置いておくものだ。会心の出来の骨壺は、紫織にも見せてやりたかった。

いまだに名前のない窯元に、陶工がまたひとり増えた。工房では三台の轆轤が朝から晩まで回っていた。

二月の空気にはそこはかとない梅の香りが混じっている。蕗《ふき》の薹《とう》も春の近いことを知らせていた。沈丁花《じんちょうげ》の蕾も大きくふくらんでいる。光滋の好きな椿はここかしこに咲いていた。

侘助が好きな光滋は、玄関脇の紅侘助と白侘助を見るたびに、ひととき心をなごませることができた。

白侘助は十一月末から咲いていた。紅侘助は今年に入って咲き始めた。ひと枝折って玄関の一輪挿しに挿せば綺麗だろうと思うものの、男ひとりの家にはそぐわないような気もして、手折《たお》ることはなかった。紫織がいれば庭や近所で見つけた木や花を、見事に生けてくれるだろう。侘助も紫織を待っているような気がしてならなかった。

紫織と会えなくなって二年近くなる。光滋は三十六歳になった。引き離されたとき十八歳だった紫織は二十歳になっている。紫織がどこで何をしているのか、いくら陶芸に打ち込むことを決意したとはいえ、これほどの日が経ってしまうと不安になる。

ナイフを持って藤窯に出かけ、藤絵の喉に切っ先を突きつけて雅光を脅し、紫織の居所を聞こうと、気違いじみたことを考えることもあった。

高校時代の友人達がたまに訪れてきて酒宴になることもあったが、光滋は心から楽しむことはなかった。誰もが妻を持ち、親となっていた。光滋の紫織に対する気持ちを、友人達は口に出さないまでも気づいているようだった。

琴夜は炎《ほむら》を描いた友禅を着て現れた夜を最後に、光滋に姿を見せることはなかった。紅志野の骨壺ができて安心したのかもしれないと思うと淋しかった。ときおり骨壺を撫でながら、琴夜に話しかけたが、琴夜の言葉が返ってくることはなかった。

まだ八時になったばかりだというのに、和室はしんと静まり返っていた。光滋は今夜も骨壺を撫でていた。

電話が鳴った。放っておくつもりが、いつまでも鳴り続ける。光滋は骨壺を床の間に戻し、居間の電話を取った。電話の主は黙っていた。

「もしもし、香西ですが」

相手は沈黙していた。悪戯電話かと、光滋は受話器を置こうとした。

「お兄ちゃん……」

紫織の声だった。光滋は心臓が飛び出すのではないかと思うほど驚いた。

「どこにいるんだ！　紫織！　どこにいるんだ！」

「元気……？」

「ああ。早く帰って来い。ずっと待ってるんだぞ」

「いい人を見つけて……」

「何を言ってるんだ。おまえ以外の女など愛せやしない。ばかなことを言うな……」

「紫織には婚約者がいるの。だから……」

二年ぶりの紫織の声に心臓が破れそうになったが、それとは比べものにならないほどの衝撃だった。

「お兄ちゃん、ごめんね……今までいろいろありがとう……」

「紫織！　おい、紫織！　紫織っ！」

受話器を置いた紫織にかまわず、光滋は何度も名前を呼んだ。

紫織を信じて待っていた自分が間抜けな男に思えた。怒りと、滑稽さに、光滋はテーブルを拳で叩いた。

信じて待ち、いつか迎えに行くことだけを楽しみに、ひたすら轆轤を挽き続けた日々は何だったのか。その日々を、紫織はほかの男と愛し合い、将来まで誓っていたのだ。

逃げ去った仔兎が、ほかの男の掌の餌を食《は》んでいる。撫でられ、胸に抱きしめられ、頬を擦りつけられている……。

これまで、いくつもの絶望があったが、これ以上の絶望が訪れることはないだろう。光滋は自分の魂が死んだような気がした。生きている限り、これからは闇しかないのだ。

酒を呑む気力さえ失せていた。光滋は居間のソファに背を預け、身じろぎもしなかった。自分が息をしているのかどうかさえわからなかった。思考が停止し、人間の形をしたただの抜け殻になっていた。

蠟人形のように身じろぎもしない光滋の傍らで、時計の針だけが規則正しく時を刻んでいた。

インターホンが鳴っている。しつこいほどに鳴り続け、誰も出ないのに諦めたのか、そのうち静かになった。だが、今度は居間の窓硝子をドンドンと叩きはじめた。分厚いカーテンを引いた向こうで、誰かが執拗に自分の存在を訴えている。カーテンの隙間から光がこぼれ、光滋が在宅していると確信しているのかもしれない。

抜け殻になっていた光滋も、あまりの執拗さに現実に戻り、ついに時計に視線を向けた。

午前二時。紫織の電話から六時間も経っていた。こんな時間に電話なしで訪れるのは悪友ぐらいだ。夫婦喧嘩でもして、一夜の宿をということかもしれない。

光滋は無視していた。誰とも会いたくなかった。

「お兄ちゃん……」

光滋は紫織の声を耳にしたような気がして自分をあざ笑った。

「お兄ちゃん……」

ゆるめていた唇が強ばった。

弾かれたようにソファから立ち上がった光滋は、今まで背を向けていたカーテンを引きちぎるように開いた。

雨が降っている。春を知らせる雨とはいえ、深夜の空気はまだまだ冷える。紫織が泣いていた。白いニットのワンピースも、胸まで伸びたストレートの髪もびっしょりと濡れ、雫がしたたり落ちていた。

光滋は幻だと思った。

「お兄ちゃん」

声は聞こえなかったが、震える唇がそう動いた。光滋は息苦しくなった。

窓を乱暴に開け放ち、紫織を抱き寄せた。幻ではなかった。

居間に上がった紫織は泣き続けていた。二十歳になった紫織があどけない子供のように見えた。

「こんな時間にどうしたんだ……」

二年近く音信不通だった紫織が、唐突に電話を掛けてきて別れを告げたかと思っていると、今度はいきなり深夜に現れた。二度の衝撃に光滋は混乱していた。

「どうしたんだ……」

紫織は泣き続けている。なぜ泣いているのかわからない。押し倒して抱きたい欲求が首をもたげた。

「優しくしてくれる人がいて……その人と結婚しようと思ったの……お父さまにとってもお母さまにとってもそれがいちばんいいと思ったから……お兄ちゃんのことが忘れられなかっ

たけど、その人に抱かれてしまえば忘れられると思ったの……その前にお兄ちゃんの声を聞きたくなって……お父さまに絶対だめだと言われてたけど……これで最後だからってとうとう約束を破ったの……」

忘れられなかったと言った紫織の言葉で、光滋に光明が射した。

「その人に抱かれたの……あの電話のあとで初めて抱かれたの」

生々しい言葉に、喜びも束の間、光滋は酷く打ちのめされた。男を呪ってやりたいと思った。

「その人に抱かれてわかったの……愛せないって……やっぱりほかの人を愛せないって……抱かれたあとでたまらなく哀しくなって、タクシーに乗ったの。タクシーでここまで来たの。だけど、もう紫織のこと、嫌いになったでしょう？　ほかの人に抱かれてすぐにここにきた紫織なんて」

紫織は戻ってきたのだ。闇に葬られた魂が甦り、真っ暗な絶望の沼底から一気に天上に引き上げられたようだった。

「寒くないか？　風呂に入ろう。風邪を引くぞ。腹は減ってないか？　あったかい御飯を炊いてやってもいいぞ」

光滋は少女のころの紫織に接していたときのように優しく言った。

いっしょに風呂に入った。紫織は二年前よりわずかに痩せていた。男に抱かれてきたばかりの紫織の躰を、光滋は隅々まで丁寧に洗ってやった。

また翳りがわずかに濃くなったようだ。肉の饅頭のあわいを割って指を入れ、花びらの脇まで洗うとき、紫織は光滋の腰を摑み、小鼻をふくらませて切なそうに喘いだ。

男の指や屹立の痕跡を消すように、光滋は何度もそこを指で辿った。すぐにぬるぬると蜜のぬめりが溢れてきた。光滋は指を二本、秘口に押し入れた。

紫織は幼児のようにぷっくりした唇を、悩ましげに開いた。

女の顔をして喘いでも、紫織は処女のようだ。たとえ、これから何度躰を重ねようと、やはり紫織は処女のままなのだ。

光滋は奥まで沈めた指で久々の肉襞を確かめると、男の精液を掻き出すように動かした。

薄い弓形の眉が微かに動いた。童女のような澄みきった目が、何かを訴えるように光滋を見つめた。

「ここをどうされた。うん？　太いものを入れられる前に、こうして指を入れられたんだろう？　ここを大きく開かれて何をされた？　舌も入れられたんじゃないか？　紫織、答えろ。ここをどんなふうにいじられたんだ」

紫織は泣きそうな顔をしてイヤイヤをした。

紫織が戻ってきたという現実が自分の中ではっきりとしてくるにつれ、以前のように紫織に対する嗜虐の血が騒ぎはじめた。

「久しぶりにここに入れられてよかったか。太いのを入れられるのが好きになったか。こうして指でいじられるのとどっちがいい。もっとほかのものを入れてやってもいいんだぞ。ここにもな」

後ろのすぼまりに中指の第一関節まで押し込むと、ヒッ、と声を上げた紫織の総身が硬直した。

「ここのバージンも俺が貰う。そう言ったこと、覚えているか。あの日、ここに指を入れたら、やっぱりおまえはこんなふうに躰を硬くしたんだ。俺はあの最後の日のことを、何もかもよく覚えているぞ。これからは、もっと恥ずかしいことをしてやる。おまえは恥ずかしいことをされたいために戻ってきたんだ。そうだろう？」

「いや……後ろはいや」

くうっと呻きながら紫織は震えた。固く食い締める菊口に、指は第一関節より深く入っていこうとしない。指を動かせば、それを咥え込んだ菊口が、もぎ取られそうに凹凸を作るだけだ。

「後ろのバージンをあげますと言えよ。言うまで、もっと沈めていくぞ」

紫織の総身が粟立った。

強引に指を押し進めようとしたが、指はますますきつく食い締められ、それから一ミリたりとも沈もうとはしなかった。光滋は沈めるのを諦め、周囲をなぞるように丸く動かした。しないでと言うように、紫織が哀願するような目で光滋を見つめて首を振る。その顔を見ていると、紫織はいたぶられるために戻ってきたのだと思うしかない。紫織は被虐の女だ。辱められるとより美しく輝く。

「おまえの後ろは俺が貰う。じっくりと時間をかけてここを広げて、俺の太い奴を咥え込ませる。前も後ろも俺だけのものだ」

紫織の乱れた息が鼻からこぼれ、光滋の胸を湿らせていった。

「後ろのバージンをあげますと言えよ。言えないのか。もう一本入れられたいか。前のようにはいかないぞ。一本でこれだ。二本になると相当きついぞ。まして、俺の太い奴となると、石榴のように裂けて失神するかもしれないな」

光滋は中指を抜いた。ヒッ、と紫織が声を上げた。二本の指を脅しのために菊口につけると、汗ばんだ紫織は怯えた目を向けて首を振った。

「しないで……」

「いやなら、後ろのバージンをあげますと言えよ。怪我をさせるようなことはしない。じっくりと柔らかくしていって、近いうちにいただくことになる」

紫織は息をするのもやっとというように胸を喘がせた。

「言えないのか！」

薄桃色の乳首を捻りあげると、悲鳴を上げた紫織が目尻に涙を溜めた。

久しぶりに戻ってきた紫織がまた去っていくかもしれないという不安もわずかに残っていた。だが、透けるように白い肌や、男を欲情させて獣にする哀れな表情を見ていると、美しいメスを貶《おとし》めなければならないのだという気持ちを抑えきれなくなる。光滋の屹立は十代のころのように反り返り、紫織の中心を狙ってひくついた。

光滋はもう一方の乳首も捻り上げた。

「まだ言えないのか」

回転させた躰を壁に押しつけて、尻たぼを叩きのめした。

激しい肉音と悲鳴が浴室の壁に反響して周囲から降り注いだ。

光滋は紫織の悲鳴にますます興奮した。立ったままの紫織を、後ろからずぶりと刺し貫いた。柔襞は十分すぎるほどに潤っていた。

「言えっ！　さっさと言えよ！　後ろのバージンをやると言え！」

子宮の底を砕くほどに肉杭を打ちつけると、紫織は頭をのけぞらせて悲鳴を迸らせた。

「優しくして！」

「違う。何と言えばいいんだ」

光滋の乱暴な抽送に、紫織の総身が砕け散ってしまいそうだ。紫織は切羽詰まった悲鳴を上げて光滋の欲望を更に駆り立てていった。

「後ろの……ヒッ！　バージンを……んんっ！　あげます」

ついに紫織が強制された言葉を押し出した。

「ふふ、後ろにこいつを咥え込むってわけか。おまえのようなかわいい顔をした女が、後ろで太い奴を咥え込むだと？　よくそんなことが言えたものだな」

強引に言わせておきながら、光滋は言葉で嬲った。そして、さらに獣欲を煽られていった。

「後ろのバージンまでやるってことは、俺だけの女になるのか。前も後ろも、髪の毛の一本一本まで俺のものになるっていうわけか。えっ？」

ぐいぐいと腰を打ちつけるたびに、紫織の口から呻きとも悲鳴ともつかないものが押し出された。激しい打ち付けを、淡い花のような紫織の器官が受け止めているのが不思議なほどだ。

「全部俺のものか？」

紫織は喘ぎながら頷いた。

「どんなことをされてもいいか？」

紫織は乱暴に突かれた瞬間、喉が切れるような声を上げた。そのあと、やっとのことで頷いた。

「口ではっきりと言え」

「どんなことを……されてもいいから……ここにおいて……全部、お兄ちゃんのものだから」

声が掠れている。だが、強引に言わされたのではなく、正直な紫織の気持ちだとわかった。

「戻ってくるのはわかってたんだ。おまえは俺にいたぶられることでしか悦べないんだ。そうだろう？　どんなことをされてもいいだと？　ああ、これからどんなことでもしてやる」

光滋は一年と九カ月ぶりに抱いた紫織を、浴室で立ったまま穿ち続けた。そして、一回目の獣液を噴きこぼした。紫織を抱いた男の痕跡が消え去った。

シャワーの湯で柔肉の内側の青臭い残渣を洗い流し、浴室を出た。

和室の布団に横たえた紫織の口に、光滋はすぐに甦った屹立を押し込んだ。自発的にちろちろと可愛く動きはじめた舌の感触に、背中から尾てい骨にかけてぞくぞくと快感が走り抜けた。

屹立を抜いて胸と胸を合わせて唇を塞ぐと、これまで受け身だった紫織が、初めて積極的に舌を動かした。舌を絡めると、紫織も不器用に動かしてくる。そして、唾液さえ自分のものにしようとした。

紫織が自分のものになったのだと光滋は実感した。紫織が光滋のものになるためには、一度だけ、ほかの男に抱かれなければならなかったのだ。

光滋がわずかに舌を差し出すと、まるで赤子のように無心に吸いついてくる。自ら求めることのなかった紫織が、光滋を兄ではなく男と認め、妹から女になったのだ。紫織は十五歳のあの夏の日に女になったのではなく、今夜、ようやく本当の女になったのだという気がした。

ふたりは何時間も唇だけを合わせ、唾液をむさぼり合った。セックスより甘美な時間だった。

光滋が男になったのは十八年も前のことだ。それから多くの女を抱き、そのたびに唇を合わせてきた。だが、これほど長い間、唇だけを求め合っていたことはない。セックスより新鮮で、心地よいエクスタシーが持続しているような感覚だ。

光滋が舌を突き出すと、紫織が舌で玩び、吸い上げる。今度は紫織が花びらのような唇から、ちろっと舌先を覗かせる。光滋がそれを吸い、舐めまわす。何度か繰り返すと、唇同士を強く押しつけたり、顔を離して舌で唇をなぞってみたりする。

同じことの繰り返しだけで満ち足りていた。キスの長さで愛情が量れるのだと、光滋は今になって悟った。

「シックスナイン、わかるか？」

何日でもキスを続けられると思ったが、片方が受け身では決してできない愛撫を、光滋はしてみたくなった。今の光滋はセックスではなく、愛撫に夢中だった。濃厚なキスに惑わされ、紫織を辱めることを忘れていた。

光滋は紫織を抱いたまま回転し、下になった。紫織は光滋に乗った状態で、下向きになって女園を愛撫されたことがない。仰向けで愛撫されるより羞恥を感じるだろうという気がした。

「俺のものをしっかりとしゃぶれ。俺はおまえのあそこをしゃぶる。いっしょにあそこを舐め合うんだ。それがシックスナインだ。四十八手で言えば逆さ椋鳥《むくどり》だ。こっちに尻を向けて跨ってみろ」

紫織は恥じらいの表情を見せた。

「言われたとおりにしろ。こんなことぐらいで躊躇うな。あとから後ろも広げていくんだ。もっと恥ずかしい格好をしてもらうぞ」

言葉だけで興奮し、光滋は鈴口に透明液を滲ませた。紫織の頬が朱に染まった。

仕置きするまでもなく、紫織は喉をこくこくと鳴らしながら、光滋の頭に尻を向けて跨った。

光滋はさっそく両手で肉のあわいをくつろげた。同じ女園のはずが、下から見上げる秘園は、被さった格好で下向きに眺める秘部より猥褻だ。とろけそうな桃色の器官に舌を伸ばし、花びらの尾根を辿った。白い内腿がさっと緊張した。小粒の肉の豆を舌先でつついた。

あえかな声を洩らした紫織の腰が跳ねた。

「しゃぶれ。メスとオスがいっしょに性器を舐め合うんだ。ふたりきりのときはおまえはメスで俺はオスだ。しっかりとしゃぶれ」

紫織が屹立を咥え込んだ。頭が動き出した。拙い口戯だが、積極的に動いている。教え込めば、じきに巧くなるだろう。舌も何とか動かしている。

光滋は花びらを一枚ずつ吸い上げた。口いっぱいに剛直を咥え込んだ紫織が、秘部を責められる快感に、くぐもった声を洩らした。

秘口に舌をこじ入れて入口をなぞり、屹立代わりに上壁を擦るようにして出し入れすると、紫織の口戯が止まり、鼻から喘ぎが洩れた。

何時間も口づけだけで過ごしたように、いつまでもこの体勢でいたかった。しかし、紫織は快感に耐えきれず、肉茎を咥えたまま、躰を支えている太腿を震わせはじめた。このまま紫織が気をやれば、その瞬間、屹立を食いちぎられるかもしれない。

「出せ。もういい。出すんだ」

紫織が剛直を放したとき、光滋は桃色の器官全体を唇で覆い、会陰から肉の豆に向かって、べっとりと舐め上げた。

紫織が絶頂を迎えて痙攣した。生き物の口のように桃色の秘口が収縮を繰り返した。

光滋は紫織を仰向けにすると、まだ収縮の収まっていない秘口を正常位で突き刺した。紫織は光滋の背中を力いっぱい抱き締めた。これまでこれほど強く抱き締められたことはなかった。光滋は紫織のとろりとしたような色っぽい表情を眺めながら、ゆっくりと抽送した。


紫織は戻ってきた。だが、雅光が紫織を取り戻しにくるのではないか、藤絵が訪ねてくるのではないかと、光滋は落ち着かなかった。雇っている陶工にも、紫織が戻ってきていることは告げなかった。紫織は陶工達がいる間、息を殺して部屋に潜んでいた。

屋敷の横の工房に出るとき、光滋は自宅の鍵を厳重に確かめた。台所の窓から雅光が入ってきた苦い経験から、人が入ってこられるはずもない小さめのトイレの窓にまで鍵を掛けた。

四六時中、神経を休めることができなくなった。

二月も残り少なくなったとはいえ、まだ寒い夜に、紫織と裸と裸の胸を合わせ、その鼓動と体温を感じていると、嗜虐の血が騒いで汗ばむほどに火照った。

紫織を赤い縄で括《くく》り、存分に辱めたいのは毎夜のことだ。だが、雅光が唐突にやってきて、雨戸さえ蹴り破って侵入してくるのではないかと思うと、異常な営みに没頭できるはずがなかった。

そんなとき紫織は、一昨年の春、光滋と引き離されてから、雅光の大学時代の同期である親友の大学教授宅に連れていかれ、高い塀を巡らした屋敷で生活していたということをぽつぽつと話し出した。


藤絵も与えられた部屋でいっしょに寝起きした。教授の妻もいろいろな稽古事をしていた。週に一度ずつ、華道、茶道、書道の教授が屋敷に通ってきた。紫織と藤絵もいっしょに学んだ。そんなとき、何度か逃げ出す機会はあったものの、藤絵や雅光の立場を考えると、行動に移すことができなかった。

一年ほど経ったころ、教授の考えか、雅光の目論見か、屋敷にひとりの男がやってきた。教授は紫織にその男を紹介した。教授の教え子で大学院を出て大学に残っている優秀な青年だった。マナーをわきまえた優しい二十代後半の男は、週に二、三度訪れては紫織と話すようになった。男が屋敷の外に出ようと言わなかったのは、紫織の立場をすでに教授から聞いていたためかもしれない。

屋敷の夫婦も藤絵も手伝いの者達も、男と紫織がふたりでいると気を遣い、近づくのを遠慮するようになった。藤絵は遠まわしに、男と紫織がいっしょになることを願っているようなことを口にした。

紫織は男といっしょになれば、雅光と藤絵に対して親不孝せずに済む。光滋も諦め、いずれ周囲に祝福される結婚をしてくれるだろうと思うようになった。

半年前、ついに男が紫織に愛を打ち明けた。紫織は迷ったあげく、聡明で優しいその男とならうまくやっていけるかもしれないと結婚を考えるようになった。だが、決意はすぐに揺らいだ。

男との愛を育んでいるとわかる紫織に外出の許可が下り、短い時間なら男と屋敷の外に出られるようになった。紫織は一度その男に抱かれてしまえば、光滋を完全に諦めることができ、心身共に男のものになれると思った。そして、男に誘われ、ついに身を任せた。

しかし、結果は逆だった。抱かれたことで心は痛み、男が不意に遠い存在になった。光滋への思慕が急速にふくらみ、とめどもなく涙が溢れた。

わけを聞いた男は怒らなかった。それどころか、屋敷に戻ればまた出られなくなるかもしれない紫織の身の上に、このまま光滋の元に行けと、タクシー代まで持たせて紫織を逃したのだ。

光滋はその話を聞いて、男が本当に紫織を愛していたのがわかった。紫織がどんな男に抱かれたのか気になっていたが、光滋はそれを聞き、男に一生かかっても返しきれないほどの恩ができたような気がした。そんな男に抱かれたため、紫織は汚れないまま戻ってくることができたのだ。だが、それほど深く紫織を愛し一度でも抱いた男に、嫉妬と敵意を感じていることは否めなかった。

「寒くないか」

「寒くない……」

「一週間も経ったのに、どうして親父達は来ないんだ。その男が、おまえが別のところに行ったように欺いてくれたんだろうか。まさかな……」

そこまで気遣ってほしくはなかった。これ以上の借りはたくさんだという気がした。

「こんなことなら、親父達が簡単に来れないような遠いところに窯を築くんだった。九州でもいい。できるだけ遠いところに……それも考えてるところだ」

紫織との逃避行なら楽しいだけだ。

「九州で志野焼を作ってどうするの？　お父さまに負けない志野焼を作るんでしょう？　あ

んな立派な無地志野茶碗や紅志野の器ができたのに、その窖窯を見捨てるなんて、そんなことを考えないで」

幼いころから志野焼に親しんできた紫織の、やきものを知り尽くしている言葉だ。だが、紫織を一生ここから出さないわけにはいかない。いつかは紫織の存在が陶工に知られ、雅光達に知られてしまうのはわかりきったことだ。

三月になれば窯焚きをしようと計画していた光滋だが、紫織が戻ってきたにも拘わらず周囲を気にして仕事に集中できないでいた。

桃の花が咲いた三月初旬、夜になって藤絵が訪れた。車を運転してきた陶工の添島は、大きな荷物だけ下ろし、車に戻って待機した。

光滋は紫織を納戸の奥に隠し、何食わぬ顔で久々の継母を迎えた。こんな日が来るのはわかっていた。男ひとりの暮らしと錯覚させるために、リビングはいつも故意に散らかしていた。

「紫織、いるんでしょう？　呼んでちょうだい」

「継母さんが来るなんて珍しいことがあると思っていたら、紫織だって？　紫織の居場所なら、俺が聞きたいぐらいだ」

紫織が戻ってきて一カ月になる。それでも、光滋は紫織の存在を否定した。

「紫織の奴、とうとう逃げたのか」

「お父さんも私も、紫織がここにいるってとうにわかっているのよ。ある人に聞いていたの。でも、許してやってくれって言われたわ。どんなに引き裂こうと思っても引き裂けないものがあるって……」

ある人というのが紫織を一度だけ抱いた男だということを、光滋はすぐに直感した。感謝より、出来すぎた男に対する苛立ちがあった。

「お父さんも、もう紫織を取り戻しには来ないから安心して。だから、紫織に会わせてちょうだい」

「いないものは会わせられない。俺も紫織を待っているんだ」

「会わせてくれるまで、今夜は帰りません。いいえ、何日でもここで待ちます」

紫織に似て、乱暴に扱えば壊れてしまいそうな藤絵が、これまでになく強い決意の籠った口調で言った。

「何日でも待てばいい。紫織がここに戻って来るまで、俺といっしょに何日でも何カ月でも待とう。俺も紫織に会いたい。毎日紫織のことばかり考えて暮らしてるんだ」

雅光が本当に紫織を諦めたかどうかわからない。隙を見せるのは早い。紫織を簡単に出すわけにはいかなかった。

藤絵はソファから立ち上がった。和室に向かった。探すつもりだ。

「紫織、出てきてちょうだい。連れ戻しにきたんじゃないから出てきてちょうだい」

藤絵は和室にいないとわかると押入まであけた。廊下を歩きながら、また同じことを繰り返した。浴室やトイレまで開けていった。洋間にも入った。納戸も開けた。しかし、藤絵には隠れている紫織を見つけることはできなかった。

「工房と窖窯を探してくるわ」

藤絵がそう言ったとき、紫織が自分からリビングにやってきた。

「バカ野郎！」

光滋の怒声に紫織がうなだれた。

「いたのね。よかった。元気？　座って。誰もここからあなたを連れて行きはしないから心配しないでいいのよ」

紫織は藤絵の顔を見ただけで涙ぐんだ。光滋の元に戻ってくることを選んだとはいえ、雅光と藤絵に対する罪の意識を感じて苦しんでいるのは光滋にもわかっていた。それでも、紫織と再び引き裂かれるわけにはいかない。

藤絵は玄関の大きな荷物を、光滋に持ってきてほしいと言った。

細長い段ボール箱から、畳紙と、それとほぼ同じ大きさの桐箱や小さめの桐箱などが出てきた。

最初の桐箱には白打掛が入っていた。一面の青海波模様に鶴亀が織り出された極上の緞子《どんす》は、目に痛いほどの絹の輝きを放っていた。次の桐箱の帯も白く輝いていた。三番目の桐箱には白い絹の掛下が入っていた。畳紙には絹の長襦袢などが入っていた。

小さめの箱には、白い筥迫、懐剣、末広、簪の類が入っていた。足袋と草履もあった。花嫁の白無垢が一式全部揃っている。

「去年の暮れごろだったかしら。お父さんが、どうしても紫織に白無垢を着せたいから作ってくれって私に頼んだのよ。それから、家で作りはじめたの。質のいい綸子《りんず》だから、裁断するのが怖かったわ。失敗したらどうしようって」

藤絵が笑った。

「お父さんはそのころ、紫織が別の人と結婚すると思っていたかもしれないわ。でも、きょうは、これをここに届けろって言ってくれたの。わかってるでしょうけど、今のままでは、ふたりは法律的には一生、兄と妹でしかないのよ」

藤絵は淡々と話していた。

「だから、今は結婚式を挙げることはできないけど、光滋さんが素晴らしい作品を作って、陶芸家として世間に認められる日が来たら、紫織との養子縁組を解消して、夫婦として認めてやるって。紫織にこれを着せて、四人だけでお祝いしてあげたいと言ってくれたわ。それまで、光滋さんは勘当のままですって……紫織も家には戻ってこられないのよ」

藤絵は光滋から紫織に目を向けた。

光磁は耳を疑った。

今まで、それを望んでいた。しかし、雅光はふたりの関係を、決して許さないだろうと思っていた。夢のような気がした。喜びより、まだ戸惑いの方が大きかった。

「お母さま……ありがとう。お父さまにもお礼を言って」

紫織は藤絵の縫った打掛や掛下に手を触れると、顔を覆って泣き出した。

「光滋さん、これはお父さんから。光滋さんのお祖父さんの土地を処分したの。財産分けと思ってちょうだい」

光滋名義の預金通帳と印鑑だった。

「光滋さん……紫織を幸せにして……紫織をどんなに大切に育ててきたか、紫織がうちに来た七歳のときから光滋さんもよく知ってるわね……お父さんに許してもらって、おめでたいことなのに、なぜか辛いの。どうしてかしら……ごめんなさい。まだ混乱してるの……紫織をお願い……お願いします」

雅光からの使いを終えた藤絵は、今までの凜とした表情と口調を不意に崩し、肩を震わせて嗚咽した。

「きっと紫織を幸せにする。勘当が解けて結婚できるように、いい作品も作る。約束する。一日も早く紫織が家を行き来できるようにする。待っててくれ」

さっきまで大きく見えた藤絵が、やけに小さく見えた。一度だけ光滋に抱かれたことを雅光に知らされることもなく、藤絵は最後まで光滋の母として生きていくだろう。

紫織は暫く自由に会えなくなる藤絵のために、茶を点てた。そして、車が消えるまで見送った。


光滋は念願だった〈紫窯〉の看板を出した。窯印は初窯のときから、紫窯の紫の最初の一文字を取って、片仮名で「ム」と刻んでいる。

紫織は光滋の妹として紫窯で働きはじめた。まだ夫婦になることは伏せていた。光滋の朝食の後は陶工達の昼食も作る。仕事が終われば、ウィークデイの夕食は陶工達の分も作って、いっしょに食卓を囲んだ。時間を見つけて轆轤も挽いた。絵志野の絵付けもした。藤窯に養女に入ったときから土と接していた紫織は、釉薬のことや窯焚きのこともよく知っている。紫窯は活気づき、光滋はまるで不死の生命を得たように働きはじめた。

窯焚きも活気づいた。光滋は三月末の窯焚きを、五日間ではなく一週間に伸ばしてみた。じっくりと焼き上げるのは以前からの希望だった。今までと勝手が違い、失敗に近かったが、次はいい作品ができそうな気がして落胆することはなかった。

まだ紫窯には売店もなく、旅行者が工房を覗きにくることもほとんどない。光滋は五月の連休明けに予定している窯焚きの前に、陶工二人に一週間の休暇を与えて田舎に帰した。紫織と数日のふたりきりの時間をつくるためだ。

夕食も終わり、紫織といっしょに入った風呂から上がった光滋は、奥の座敷に紫織を伴った。

「まだこんな時間なのに……」

普段、陶工は夕食を終えると、早々に借家に戻っていく。休暇を与えた陶工達が田舎に帰っているとはいえ、こんな早い時間に奥の和室に伴われた紫織は、恥ずかしそうに光滋を見やった。

「これに着替えろ」

真っ赤な長襦袢は、夜の営みのとき、光滋が好んで紫織に着せるものだった。ただでさえオスを煽る紫織が、赤い長襦袢を羽織ると光滋の屹立を痛いほどに疼かせた。まるで、犯してくださいと言っているようだ。

紫織の恥じらいの顔は、いつも光滋に粗暴な思いを抱かせた。しかし、傷つけず徹底的に辱めることに熱中した。ただ、今夜は違う。

光滋は黒漆の座卓を部屋の中央に置いた。

「ここに仰向けになれ」

赤い縄も出した。紫織はこれから括られていたぶられるのを知って、いっそう恥じらいの色を濃くした。

紫織は辱められて濡れる女になっている。最後に優しく抱きしめてやれば、どんな屈辱を受けて泣いた後でも、光滋にしがみつくようにして甘えた。光滋はその瞬間が好きだった。甘える女を更に辱めたいと思う瞬間でもあった。

座卓を使うのははじめてだ。百二十センチほどの長さしかない座卓に、百五十センチ半ばの紫織の総身が乗るはずもない。紫織は戸惑いを見せた。

「膝は曲げて下ろせ」

光滋は紫織の両手がVの字になるようにして、片方ずつ手首を座卓の脚に括りつけた。伊達締めを解いて両脚を割り、足首も左右の座卓の脚に固定した。紫織は抵抗しなかった。だが、秘部を破廉恥に晒されたことで、こくこくと喉を鳴らした。

赤い袖に腕だけ通し、あとは敷物のようになった長襦袢は、猥褻さを増した。

「なんていやらしい格好だ。紫織のあそこがぱっくり割れて、ピンク色に光ってるぞ。太いものをくださいと言ってるのか。貪欲な女だ。どんなにいじりまわされても逃げられないぞ。どこを触ってほしい？」

光滋は細長い肉の帽子を被った小さな宝石を舌で捏ねまわした。オスをそそる艶めかしい声が広がった。

光滋は肉茎を押し込みたい誘惑に駆られた。だが、舌戯もすぐにやめた。そして、破瓜のときからほんのわずかずつ濃くなっていく翳りを撫でまわした。

「今夜はここを剃るぞ」

「いやっ」

即座に拒んだ紫織が、慌てて四肢を動かそうとした。

営みの最中、紫織は、いや、という言葉が本来持っている意味とは違う、ただの喘ぎとして口にすることが多い。だが、今の言葉は完全な拒絶だった。

「どうしてこんな格好で括るか考えなかったのか。紫織の毛を全部剃ってしまうためだ」

ほくそ笑む光滋に、紫織は無駄な抵抗をはじめて総身をくねらせた。

拒まれると心が疼く。今夜は特別の儀式をするのだ。

紫織は光滋が剃毛の準備をしている間、必死になって手足を動かした。

「しないで。しないでいや、お兄ちゃん、いや」

「ふたりのときはそんな呼び方をするなと言ったはずだ」

湯を入れた洗面器や剃刀を持ってきた光滋に、紫織は肩先をいっそう大きくくねらせた。

「初めて俺と過ごした五月の連休のことを覚えているか。おまえは俺といっしょにひとつ布団で寝る前に、トイレが怖くてひとりで行けないと言ったんだ。外で待とうとしたら、母さんは中で待っててくれると言った。とうとう、俺は中に入った。おまえは目の前でパンツを脱いで用を足した。あのとき、おまえのここはつるつるだった。おまえはこれから八歳の紫織に戻るんだ」

「いや。しないで！」

紫織は逃げようとしているつもりだろうが、尻が卑猥にくねって、よけいに光滋を欲情させた。光滋は昂りながら恥毛にシャボンを泡立てた。

「怪我をしたくなかったら動くな。すぐに終わる」

剃刀を見せると、紫織は拳を握って全身を強ばらせた。血管の透けた椀形の乳房が大きく揺れた。

光滋は恥丘に剃刀を当て、下に向かって滑らせた。シャリッと猥褻な音がして、白いすべすべの地肌が現れた。恐怖のためか、紫織の腹部が隆起を繰り返している。愛らしい臍の窪みも浮き沈みした。

シャリシャリと淫猥な音をさせながら、光滋は恥丘から肉の饅頭へと剃刀を動かしていった。緊張のため、貝殻のような紫織の足の親指が、いつしかピンと反り返っている。

肉の饅頭に移った剃刀で薄い翳りを剃るとき、花びらや肉芽を傷つけないように、光滋はより慎重に手首を動かした。そのとき、あれほど剃毛をいやがっていたはずの紫織が、秘口からじっとりと透明液を溢れさせているのに気づいた。

紫織はこれほどまでに被虐の女になったのだ。光滋は早く次の儀式に移りたかった。

綺麗に剃り上げられた女園は子供のようだ。だが、明らかに八歳の紫織の秘部とは異なっていた。割れ目ばかりやけに大きく目立っていたあのころは、もっとざっくりと股間が割れていたような気がする。今は割れ目が下の方に移り、二枚の大人の花びらを包んでいるにも拘わらず、肉の饅頭がこぢんまりと整っている。

「赤ちゃんみたいだ」

紫織は洟を啜った。桃色にうっすら染まった鼻が光滋の嗜虐の血を煽った。

「剃られて感じるとはな」

光滋はふふと笑って、秘口の蜜を指で掬い上げ、紫織の口に強引に押し込んだ。

「これから、おまえに結婚指輪の代わりのものをプレゼントしてやる。本当は、それをプレゼントするためにこうやって括ったんだ。剃毛もその準備だ」

光滋はかねてから用意していたラビアピアスを施す日を心待ちしていた。ついにそのときが来たのだ。

花びら専用の銀色のピアスリングを見せられた紫織は、怯えた目をして首を振った。

「俺だけのものという印だ。アメシストもおまえにプレゼントしてやる。おまえには紫色が似合うからな」

古代エジプトの王家の墓からも出てくるというアメシスト。水晶の中で最も高価な石だ。紫織の花びらにつけるのはアメシスト以外にない。ダイヤのように澄ました宝石より、よほど美しい。

「紫織、俺はずっと前から、おまえのかわいい花びらに孔《あな》を開けて、これをつけたかったんだ。すぐに終わる。我慢しろ。耳にするのと同じだ」

躰の中でもっとも繊細な部分に、光滋は孔を開けようとしている。紫織は美しい顔を恐怖に歪め、剃毛前とは比べものにならない叫びを上げて固定されている手足を動かした。

東京で光滋はラビアピアスを施している女を抱いたことがあった。そのときは呆れるだけだったが、今は、愛する紫織のための最高の刻印だという気がしていた。

必死にもがきながら叫ぶ紫織は、光滋の獣欲を満足させた。あの破瓜の瞬間、女を哀れに思いながら、紫織の苦痛の顔と声に興奮していたように、今も光滋は震えるほどの昂りを感じていた。

　尻が精いっぱいくねくねと動く。肩先も動く。固定された手足も拘束から逃れようと、いっときもじっとしていることがない。

　光滋は小さな薄紅梅色の乳首を、ひとつずつ容赦なく捻り上げた。悲鳴を上げて胸を突き出した紫織が、目尻に涙を溜めて大きく口を開けた。

「鞭で打たれたいか？　俺のものだという印をつけられるのがそんなにいやか？　クリトリスを貫くピアスだってあるんだ。だが、俺はおまえの花びらにかわいいピアスをつけたい。今夜はふたりだけの結婚式だ。ラビアピアスは服従の印だ。俺からの最高のプレゼントだ。おまえは俺だけしか見ることができないピアスをつけて、いつか、あの白無垢を着て、みんなにも俺の妻と認められるんだ」

　怯えた紫織の頬に涙が伝っていた。

「さあ、ピアスをしてくださいと言え。俺の花嫁なら、ちゃんと言えるはずだ」

　光滋は濡れた瞼に唇をつけ、耳朶を甘噛みし、唇を塞いだ。光滋が舌を差し入れると、紫織はちろちろと少しだけ動かしたが、動きを止めてしゃくり上げた。助けを求めても誰も来るはずのない広い家で、紫織は光滋の愛に応えなければならない生け贄だった。

光滋は捻り上げた乳首を癒すように舐めてやった。紫織が甘い声を洩らした。少しずつ這い下りていき、剃毛した皮膚を隈なく舐めた。これからピアスを施そうとしている右側の花びらは、唇のあわいで優しく愛撫した。

「紫織、そろそろピアスをしてくださいと言ったらどうだ。おまえの情けない顔を見ていると、剃り上げたばかりのデリケートなところを鞭でぶちのめしたくなる。鞭だってあるんだ」

薄く笑う光滋に見つめられ、紫織の怯えが増した。

「鞭もいいぞ。乳房もぶちのめしてやろうか」

紫織は震えながら首を振った。

「紫織に……ピアスを……ピアスをしてください」

涙を浮かべて口にする紫織を見ると、ズタズタに汚して辱めたい衝動が湧き上がるのをどうすることもできなかった。

「クリトリスじゃなくて花びらでいいのか。乳首だっていいんだぞ。じっとしてろよ。あとでうんとご褒美をやるからな」

ご褒美とは、紫織をとことん貶めることだった。手術用のゴム手袋をはめた光滋は、消毒液で花びらや周辺を拭いた。孔を開けるところに印をつけ、抗生物質を塗ったピアッシング用の針で、やわやわとした花びらを容赦なく貫いた。

声にならない呻きを洩らした紫織の唇が小刻みに震え、歪んだ表情には恐怖が張りついていた。

光滋は花びらを貫いた針の後ろにリングを押しつけながら、いっしょに孔を潜らせた。ピアスをプライヤーで閉じる前に、金具のついたアメシストの小粒を通した。それから、リングが閉じられていった。出血はほとんどなかった。

「終わったぞ」

緊張が解けた紫織が総身を震わせて泣きはじめた。光滋は四肢を拘束している縄を解いて紫織を起こし、施されたばかりの秘部のピアスを手鏡に映して見せた。

「紫織は俺だけのものだ。これは俺のものだという印だ。ここは誰にも見せるな。二度とほかの奴に見せるな」

紫織といつか結婚できると思っても、たった一度とはいえ紫織を抱いた男に対して、勝利したという気は微塵もなかった。敵意の方が大きかった。

紫織は洟を啜りながら、結婚の印であり服従の印でもあるという花びらを貫いたリングと、それに通されて揺れている小さなアメシストを見つめていた。

「こんないいものを貰って礼を言わないのか」

光滋は紫の石を指先で揺らした。怯えた紫織が花びらを庇った。

「おまえは礼儀も知らない女か」

「ありがとう……あなた」

紫織は躊躇うようにそう言うと、頬を染めて俯いた。紫織は完全に妹から女になっていた。琴夜の数片の骨を納めている紅志野の骨壺に目をやると、まるで琴夜を抱いたときの火照った肌のように艶やかに輝いた。琴夜が友禅〈華炎〉を、たった今紫織に着せてくれと言っているようだ。

いつでも着せられるようにしておいた友禅を、光滋は桐のタンスから出した。友禅から漂い出した仄かな伽羅の香りが、部屋中に満ちていった。

この作品は一九九九年二月太田出版より刊行されたものです。

GENTOSHA OUTLAW BUNKO

炎《ほむら》

藍川京《あいかわきょう》

平成14年6月25日　初版発行
平成21年12月20日　10版発行

発行人——石原正康
編集人——菊地朱雅子
発行所——株式会社幻冬舎
〒151-0051東京都渋谷区千駄ケ谷4-9-7
電話　03(5411)6222(営業)
　　　03(5411)6211(編集)
　　　振替00120-8-767643
印刷・製本—株式会社 光邦
装丁者——高橋雅之

幻冬舎アウトロー文庫

ISBN4-344-40253-7　C0193　　O-39-6